地底旅行

ジュール・ヴェルヌ作
平岡 敦訳

岩波少年文庫 618

Jules Verne

VOYAGE AU CENTRE DE LA TERRE

1864

目次

目　次

目　次

地底旅行

1　リーデンブロック教授

一八六三年五月二十四日の日曜日、わが叔父《おじ》リーデンブロック教授はハンブルク〔ドイツの都市〕の旧市街でもとりわけ古い通りのひとつ、ケーニッヒ通り十九番の小さな屋敷《やしき》にあわただしく戻《もど》ってきた。

家政婦のマルテは大あわてしているに違《ちが》いない。というのも台所のかまどにかけた昼食の鍋《なべ》は、ぐつぐつと音をたて始めたばかりだったから。

《やれやれ》とぼくは思った。《ひと一倍気の短い叔父《おじ》さんのことだ、腹《はら》をすかせていたら大騒動《おおそうどう》だぞ》

「もう、だんな様が！」マルテは食堂のドアを細目にあけ、びっくりしたように声をあげた。

「そうらしいね。でも、マルテ、昼食のしたくができてないのはあたりまえさ。まだ二時になっていないんだから。聖《せい》ミハエル教会の鐘《かね》が、ついさっき一時半を打ったところじゃないか」

「でも、どうしてだんな様はお帰りに?」

「きっと本人が説明するだろうよ」

「ほら、いらしたわ。わたしは退散しますから、うまく話しておいてくださいね、アクセル様」

マルテは彼女の城たる台所に、さっさと引っこんでしまった。

ぼくはひとり、あとに残された。しかし教授連中のなかでも折り紙つきの気難《きむずか》し屋《や》にうまく話しておくなんて、ぼくの優柔不断《ゆうじゅうふだん》な性格ではとうてい決断できることではない。ここはひとつ大事をとって、二階の自室に引きあげよう。そう思ったとき、蝶番《ちょうつがい》をきしませて玄関《げんかん》のドアがあいた。屋敷《やしき》の主人は足音を響《ひび》かせて木の階段《かいだん》をのぼると、食堂を抜《ぬ》けてまっすぐ書斎《しょさい》へむかった。

しかし叔父《おじ》は足早に歩きながらも、太いステッキは部屋の隅《すみ》、けばだった大きな帽子《ぼうし》はテーブルのうえにと放《ほう》り投《な》げ、甥《おい》にはよく響《ひび》く声でこう命じたのだった。

「アクセル、いっしょに来い!」

ぼくが動く間もなく、叔父《おじ》は短気そうな口調《くちょう》で駄目《だめ》を押《お》した。

「なにをぐずぐずしているんだ」

ぼくは恐《おそ》るべき暴君《ぼうくん》の書斎《しょさい》に駆《か》けつけた。

叔父《おじ》のオットー・リーデンブロックは、決して悪い人間ではない。それはぼくも喜んで認《みと》めよう。とはいえ、よほどのことがない限り、彼の度《ど》はずれた変人ぶりは一生なおらないだろう。

叔父《おじ》はヨハネウム学院の教授で鉱物学《こうぶつがく》を講《こう》じているが、授業のあいだに決まって一、二度癇癪《かんしゃく》をおこす。それは学生たちの怠慢《たいまん》や注意散漫《さんまん》を憂《うれ》いているのでもなければ、勉強の成果があがるように叱咤《しった》しているのでもない。叔父《おじ》にとってそんなことは、どうでもいい些細《ささい》な事柄《ことがら》だった。他人《ひと》のことなど眼中になく、ただ自分のためだけに授業をしているのだから。ドイツ哲学流《てつがくりゅう》の表現を使うなら、《主観《しゅかん》にしたがって》教えているのだ。独善的《どくぜんてき》な学者で、なんでもよく知っているくせして、いざ人にたずねられるとなかなか教えようとしない。要するに、知識の出《だ》し惜《お》しみをしているのだ。

ドイツでは、この手の教授をよく見かける。

残念ながらわが叔父《おじ》は、弁舌《べんぜつ》さわやかなほうではない。普段《ふだん》はさほどではないけれど、人前で話をしようとすると、舌がうまくまわらなくなってしまうのだ。話すのが商売の人間にとって、これは嘆《なげ》かわしい欠点だ。例えばヨハネウム学院で講義《こうぎ》をしているときも、急につかえてしまうことがあった。なかなか口から出ようとしない強情《ごうじょう》な言葉と、叔父《おじ》は格闘《かくとう》を続ける。そのあげくに発せられるのが、あまり学問的とは言《い》い難《がた》い悪態だったりするものだから、怒《いか》りが爆発《ばくはつ》するというわけだ。

ちなみに鉱物学《こうぶつがく》では、ギリシャ語やラテン語由来の名称《めいしょう》がたくさんあって、これがまた発音しづらいときている。詩人なら口にするのも忌《い》まわしいと思うような、耳ざわりな音なのだ。ぼくだって鉱物学《こうぶつがく》の悪口は言いたくない。それは本意ではないけれど、菱面体結《りょうめんたいけっ》晶《しょう》やらレティンアスファルト樹脂《じゅし》やら、ゲーレン石、ファンガサイト、モリブデン酸鉛《さんなまり》、タングステン酸マンガン、チタン塩酸ジルコンやらといった名前を相手にしたら、どんなによくまわる舌だって間違《まちが》えるのも無理ないだろう。

叔父《おじ》のささやかな欠点は町でも有名で、みんな面白《おもしろ》がっていた。叔父《おじ》が危《あぶ》なっかしいところにさしかかるのを待ちかまえ、怒《おこ》り出《だ》すのを見てもの笑いの種《たね》にしようというのだ。いくらドイツ人だからって、これはいささか趣味《しゅみ》が悪い。リーデンブロック教授の授業にはいつも聴衆《ちょうしゅう》がつめかけるが、教授が怒《いか》り心頭に発するさまを見て笑ってやろうという連中が、なんとたくさんいたことか。

ともかくわが叔父《おじ》が正真正銘《しょうしんしょうめい》の学者なのは、いくら強調してもしきれない。ときには試《し》料《りょう》を乱暴《らんぼう》に扱《あつか》うあまり、壊《こわ》してしまうこともあったけれど、持って生まれた地質学者の才能に鉱物学者《こうぶつがくしゃ》の目を兼《か》ね備《そな》えている。ハンマーや鋼《はがね》の鑿《のみ》、磁石《じしゃく》、吹管《すいかん》、硝酸《しょうさん》のフラスコを持たせればきわめて有能な人物で、どんな鉱物だろうとその断面や外観、硬《かた》さ、可溶性《かようせい》、叩《たた》いた音、臭《にお》い、味から、今日《こんにち》科学的に認《みと》められている六百種のどれに分類されるのか、たちどころに判別するのだから。

そんなわけでリーデンブロックの名は、ドイツ中の高等学校《ギムナジウム》や学会に知れわたっていた。ハンフリー・デイヴィ〔イギリスの化学者〕やフンボルト〔ドイツの博物学者〕のような高名な学者や、フランクリン〔イギリスの探検家〕やサビン〔イギリスの探検家〕といった船長たちも、ハンブルクに来る機会があれば必ず叔《お》父《じ》のもとを訪《おとず》れた。ベクレル〔フランスの物理学者〕、エベルマン〔フランスの化学者〕、ブリュースター〔イギリスの物理学者〕、デュマ〔フランスの化学者〕、ミルヌ＝エドワール〔フランスの動物学者〕、サント＝クレール＝ドヴィーユ〔フランスの化学者〕といった大学者たちも、興味深い化学の問題について、好んで彼に意見を求めるのだった。叔父《おじ》はこの分野でも華々《はなばな》しい発見をいくつもしており、一八五三年にはライプチヒでオットー・リーデンブロック教授による『超越的結晶学概論《ちょうえつてきけっしょうがくがいろん》』なる書物が刊行されたけれど、この図版入り大型本は思ったほどは売れなかった。

さらに叔父《おじ》は、ロシア大使シュトルーヴェ氏〔ロシアの天文学者〕が集めた、ヨーロッパで有数の貴《き》重《ちょう》なコレクションからなる鉱物学《こうぶつがく》博物館の学芸員もしていた。

あんなにもあわただしくぼくを呼《よ》びつけたのは、ざっとこんな人物なのである。痩《や》せて背《せ》が高く、頑強《がんきょう》な体つきをした男を想像して欲《ほ》しい。すでに五十をすぎているけれど、豊かな金髪《きんぱつ》のおかげで十歳《さい》は若《わか》く見える。大きな眼鏡《めがね》のうしろでたえず動く、ぎょろりとし

オットー・リーデンブロック教授

た目。尖《とが》った高い鼻は、鋭《するど》い剃刀《かみそり》のようだ。あれは磁石《じしゃく》だな、鉄粉《てっぷん》だって吸《す》いつくぞ、など陰口《かげぐち》をたたく連中もいるが、もちろんそんなことはない。あの鼻が引き寄せるのは嗅《か》ぎ煙草《たばこ》だけ。しかし正直言って、その量たるやそうとうなものだけれど。

かてて加えて叔父《おじ》の歩幅《ほはば》は、定規で計ったようにきっちり一メートルで、激《はげ》しい気性《きしょう》のあらわれか、拳《こぶし》を握《にぎ》りしめながら歩くのだと聞いたなら、あまり近づきたくない人間だと誰《だれ》しも認《みと》めるところだろう。

叔父《おじ》が住んでいるケーニッヒ通りの小さな家は、半分が木造、半分がレンガ造りで、正面の妻壁《つまかべ》が階段状《かいだんじょう》になっている。すぐ前には、一八四二年の大火で運よく焼け残った町の古い一角に張りめぐらされた運河の一本が流れていた。

なるほど、それは古くて少し傾《かたむ》いた家だった。まるで通行人にむかって、腹《はら》を突《つ》き出《だ》しているかのようだ。《道徳同盟《どうめい》》〔一八〇八年から一八一五年まで活動したドイツの秘密結社〕の学生がはすにかぶる帽子《ぼうし》みたいに、屋根は片側《かたがわ》に傾《かし》いでいる。お世辞にも安定感があるとは言えないが、家の正面を支えるどっしりとした楡《にれ》の古木のおかげで、なんとかふんばっていた。春になると、窓《まど》ガラスごしに若芽《わかめ》や花を見ることができた。

ともあれ叔父《おじ》はドイツの教師としては、まずまず裕福《ゆうふく》なほうだった。家もその中身も、すべて彼の持ち物だ。中身というのは十七歳《さい》になるフィルラント生まれの養女《ようじょ》グラウベン

ケーニッヒ通りの小さな家

と家政婦のマルテ、それにこのぼくのことだ。早くに両親を亡《な》くしたぼくは、叔父《おじ》のもとで研究助手を務めていた。

地質学には大いに興味をそそられた。ぼくの体には、鉱物学者《こうぶつがくしゃ》の血が流れている。貴重《きちょう》な小石を前にしていれば、退屈《たいくつ》することはなかった。

家の主人はよく短気をおこしたけれど、要するにケーニッヒ通りでの暮《く》らしは幸せなものだった。叔父《おじ》のふるまいにはいささか乱暴《らんぼう》なところがあるが、それでもぼくをかわいがってくれた。叔父《おじ》は待つということを知らない。自然な時間の流れが、まどろこしくてしかたないのだ。

四月に居間の植木鉢《うえきばち》に木犀草《もくせいそう》や昼顔の株《かぶ》を植えると、早く大きくなるよう毎朝葉っぱを引っぱるような人だった。

こんな変わり者が相手では、逆らってもしかたない。というわけで、ぼくは叔父《おじ》の書斎《しょさい》に飛びこんだ。

2　謎《なぞ》の古文書《こもんじょ》

叔父《おじ》の書斎《しょさい》は、まさに博物館だった。ありとあらゆる鉱物の標本が、可燃鉱物《かねんこうぶつ》、金属、岩石という三大区分にしたがい、ラベルを張って並《なら》べられている。

ぼくにはどれもこれもお馴染《なじ》みの、鉱物学《こうぶつがく》の逸品《いっぴん》ばかりだ。黒鉛《こくえん》、無煙炭《むえんたん》、石炭、褐炭《かったん》、泥炭《でいたん》。こうした石ころの埃《ほこり》を、何度払《はら》ったことだろう。同じ年ごろの少年たちと遊びまわるより、そのほうがずっと楽しかった。瀝青《れきせい》や樹脂《じゅし》、有機塩には、ほんのわずかな埃《ほこり》もつけてはならない。鉄から金までさまざまな金属類が並《なら》んでいるけれど、科学標本として見れば価値《かち》はみんな同じ。どっちが高価かなんて関係なかった。宝石《ほうせき》のたぐいもたくさんあって、ケーニッヒ通りの家を改築するのにじゅうぶんなほどだった。ぼくが使うきれいな部屋を、ついでにひとつ建ててましだってできるだろう。

しかし書斎《しょさい》に駆《か》けつけたとき、そうしたすばらしい標本よりなにより、ただ叔父《おじ》のことで頭がいっぱいだった。叔父《おじ》はユトレヒト・ヴェルヴェット張りの大きなひじ掛け椅子《かいす》にゆったりと腰《こし》をおろし、両手に広げた本を眺《なが》めて感嘆《かんたん》の叫《さけ》びをあげていた。

「これはまた、なんとも驚《おどろ》くべき本じゃないか!」

その声を聞いて、ぼくははたと思い出した。リーデンブロック教授は鉱物学《こうぶつがく》研究のかたわら、書物の収集《しゅうしゅう》にもひとかたならぬ情熱を傾《かたむ》けているのだった。もっとも叔父《おじ》にとって価値《かち》があるのは、よほど珍《めずら》しい稀覯本《きこうぼん》か、わけのわからない奇書《きしょ》に限られていたけれど。

「どうだ、見てみたまえ。こいつはすごい掘《ほ》り出《だ》しものだぞ。今朝、ユダヤ人のヘヴェリウスの店で見つけたんだが」

「すばらしい」とぼくは話を合わせ、感心したように答えた。

いやはや、こんなぼろぼろの四つ折り判の本に、なにを大騒《おおさわ》ぎしているんだろう？　表紙や背《せ》を粗末《そまつ》な子牛革《こうしがわ》で装丁《そうてい》し、色あせた栞《しおり》ひもがたれさがった、ただの黄ばんだ古本じゃないか。

けれども、感きわまったかのような叔父《おじ》の叫《さけ》びは続いた。

「ほら、見事なものだろ？　ふむ、こりゃたしかに立派《りっぱ》だ」叔父《おじ》は自分でたずね、自分で答えている。「製本がまたよくできていて、ひらきやすいんだ。ああ、どこをあけても、勝手に閉《と》じたりしない。それなら、きれいに閉《し》まるかって？　もちろん、表紙とページがしっかり綴《と》じ合《あ》わされていて、少しも剝《は》がれたり緩《ゆる》んだりする箇所《かしょ》がないぞ。七百年も昔の本だというのに、背表紙《せびょうし》には裂《さ》け目《め》ひとつできていない。ボゼリアンやクロス、ピュアゴールドのような名だたる装丁家《そうていか》の仕事にもひけをとるまい」

こう言いながら、叔父《おじ》はその古ぼけた本を何度もあけたり閉《と》じたりした。いったいなんの本なのか、たずねないわけにはいかなかった。実のところそんなこと、ぼくにはどうでもよかったのだけれど。

「ところで、このすばらしい本の題名はなんというんですか？」ぼくは口先だけだと悟《さと》られないよう、思いきり熱をこめてたずねた。

「こいつは『ヘイムスクリングラ』だ。十二世紀アイスランドの有名な作家スノッリ・ストゥルルソン〔アイスランドの詩人、政治家〕の本で、アイスランドを治めた歴代ノルウェー王の年代記さ」

「本当に？」とぼくは精一杯《せいいっぱい》声を張りあげた。「でも、ドイツ語訳《やく》なんでしょうね？」

「ドイツ語訳《やく》だって？」叔父《おじ》は声を荒《あら》らげて言い返した。「翻訳《ほんやく》なんか、なんになる？　そんなもの、誰《だれ》が問題にするものか。これはアイスランド語で書かれた原典《げんてん》だ。変化に富んだ文法的結合と数多くの語形変化を持つ、豊かにして簡潔《かんけつ》なるあのすばらしい言葉でな」

「ドイツ語のように？」ぼくは無難《ぶなん》に受け答えた。

「そうとも」と叔父《おじ》は肩《かた》をすくめて答えた。「さらにはギリシャ語と同じく名詞《めいし》には三つの性があり、ラテン語と同じく固有名詞《こゆうめいし》も語尾変化《ごびへんか》するんだ」

「なるほど」ぼくは少しばかり興味がわいてきた。「それで、本の活字はきれいなんですか?」

「活字だって? 活字の話なんか、誰《だれ》もしとらんぞ。ああ、情けないやつめ。アクセル、つまりおまえは、これが印刷された本だと思っているのか? わかっとらんな。これは手書きの本なんだ。ルーン文字の手書き本……」

「ルーン文字?」

「いかにも。ルーン文字の説明も、しなくちゃいかんのかね?」

「いいえ、それにはおよびません」ぼくは、自尊心《じそんしん》を傷《きず》つけられた口調《くちょう》で答えた。

それでも叔父《おじ》はますます勢いづいて、ぼくには関心がないことまで勝手に一席《いっせき》ぶち始めた。

「ルーン文字というのは、昔アイスランドで使われていた文字でな、言い伝えによれば北欧神話《ほくおうしんわ》の最高神オーディンが自ら作り出したのだそうだ。よく見てみろ、罰《ばち》あたり者《もの》め。感嘆《かんたん》するがいい、神の想像力から生まれたこの文字に」

ぼくは返す言葉もなく、ただ恐《おそ》れ入《い》るばかりだった。神様だろうが王様だろうが、頭をさげておけばいいんだ。そうすれば、相手はご機嫌《きげん》なんだから。とそのとき、話の流れを変える出来事が起きた。

ぼろぼろの羊皮紙《ようひし》が一枚《まい》、床《ゆか》に滑《すべ》り落《お》ちたのだ。

叔父《おじ》は目の色を変えて、汚《きたな》らしい羊皮紙《ようひし》に飛びついた。さもありなん。古い本のなかに長年挟《はさ》まっていた古文書《こもんじょ》とあらば、とても貴重《きちょう》なものに違《ちが》いない。叔父《おじ》ならそう思うに決まっている。

「これはなんだ?」

叔父《おじ》はすっとんきょうな叫《さけ》び声《ごえ》をあげながら、机にそっと羊皮紙《ようひし》をひろげた。縦《たて》八センチ、横十四センチほど。そこにわけのわからない文字が、何行にもわたり横書きで並《なら》んでいる。

ここにその奇妙《きみょう》な文字を正確に書き写しておくので、とくとご覧《らん》いただきたい。これこそリーデンブロック教授と、彼の甥《おい》たるぼくが、十九世紀でもっとも奇妙《きみょう》な探検旅行《たんけんりょこう》をくわだてるそもそものきっかけだったのだから。

叔父《おじ》はしばらく文字列を見つめていたが、やがて眼鏡《めがね》をはずしてこう言った。

「これはルーン文字だな。スノッリ・ストゥルルソンの手書き本と、まったく同じ字体だ。だが……いったいなんと書いてあるのだろう?」

ルーン文字なんて、ぼくにはちんぷんかんぷんだった。学者が哀《あわ》れな民衆《みんしゅう》を煙《けむ》に巻《ま》くために考え出したとしか思えない。だから叔父《おじ》もお手あげらしいと知って、ぼくは内心ほくそ笑《え》んでいた。ははあ、叔父《おじ》さんは苛立《いらだ》っているな。それが証拠《しょうこ》に、指をせかせかと動か

し始めたじゃないか。

「でもこれは、古いアイスランド語だぞ」叔父《おじ》は口ごもるように言った。

リーデンブロック教授なら、そのあたりのことはよくわかっているはずだ。なにしろ語学の天才と称《しょう》されているのだから。地球上で使われている二千か国語と四千の方言をすべて流暢《りゅうちょう》に話すとはいかないまでも、その大部分に通じている。

そうなると叔父《おじ》の性格からして、この難問《なんもん》を前にいきり立つことだろう。きっと大変な事態になるぞと思っていたとき、暖《だん》炉《ろ》のうえの小さな置き時計が二時を告げた。

すぐに家政婦のマルテが書斎《しょさい》のドアをあけ、こう言った。

「お昼ができましたよ」

「昼なんぞ、悪魔《あくま》に食われてしまえ!」と叔父《おじ》は叫《さけ》んだ。「昼のしたくをしたやつも、それを食べようというやつもだ」

マルテはさっさと引っこんだ。ぼくも急いであとを追い、気づいたときには食堂でいつもの椅子《いす》にすわっていた。

しばらく待ってみたものの、叔父《おじ》はやって来ない。厳粛《げんしゅく》な食事の席に叔父《おじ》があらわれないなんて、ぼくの知る限り前代未聞《ぜんだいみもん》だった。しかも、なかなかの御馳走《ごちそう》じゃないか。パセリの入ったスープ。スカンボやらナツメグやら、スパイスをきかせたハム・オムレツ。プラムの砂糖煮《コンポート》を添《そ》えた仔牛《こうし》の腰肉《こしにく》。デザートは小海老《こえび》の砂糖《さとう》漬《づ》けで、おいしいモーゼル産の白ワインもついている。

こんなにすばらしい料理より、古くさい紙切れのほうが、叔父《おじ》には大事だっていうのか。だったら忠実《ちゅうじつ》なる甥《おい》として、ここはひとつ自分の分に加え、叔父《おじ》の分まで食べてやらねば。ぼくは思ったとおりを、素直《すなお》に実行した。

「初めてですよ、こんなこと」とマルテは言った。「だんな様がお食事をとられないなんて」

「まったく、信じられないな」

「きっと大事件が起こる前触《まえぶ》れだわ」と老家政婦は続け、ひとりでうなずいた。

ぼくに言わせれば、そんなもの前触《まえぶ》れでもなんでもない。しかし、きれいに平らげたあとの食卓《しょくたく》を叔父《おじ》が見たら、どんな修羅場《しゅらば》が待ち受けているかは想像がついた。

最後の小海老《こえび》にかかっていると、大声が鳴《な》り響《ひび》いた。ぼくはデザートを楽しむのもそこそこに、叔父《おじ》の書斎《しょさい》へ飛んでいった。

3 暗 号

「たしかにこれはルーン文字だが」と叔父《おじ》は眉《まゆ》をひそめながら言った。「なにか秘密《ひみつ》があるようだ。それを見つけ出さないことには……」

その先を続ける代わりに、叔父《おじ》は激《はげ》しく手をふりあげた。

「いいから、そこにすわれ」

そして握《にぎ》りこぶしで机を示した。

「そして書け」

ぼくはすぐさま準備を整えた。

「ここにあるアイスランド語の文字に対応するアルファベットを順番に読みあげるから、書きとるんだ。さて、どうなることか。だが、くれぐれも間違《まちが》えるんじゃないぞ」

書きとりが始まり、ぼくは注意を集中させた。ひとつ、またひとつと文字が続く。やがて、次のようなわけのわからない単語の羅列《られつ》ができあがった。

この作業がすむと、叔父《おじ》は書きとった紙をぼくの手からひったくり、しばし注意深く検《けん》

m.rnlls	*esreuel*	*seecJde*
sgtssmf	*unteief*	*niedrke*
kt,samn	*atrateS*	*Saodrrn*
emtnael	*nuaect*	*rrilSa*
Atvaar	*.nscrc*	*ieaabs*
ccdrmi	*eeutul*	*frantu*
dt,iac	*oseibo*	*KediiY*

分《ぶん》した。

「こいつはいったい、どういう意味なんだ？」叔父《おじ》はうわごとのように繰《く》り返《かえ》した。

　そんなことを言われても、誓《ちか》ってぼくには答えようもなかった。そもそも、叔父《おじ》はぼくにたずねているんじゃない。ひとり言を続けているだけだ。

「これはいわゆる暗号文というやつだな。わざとごちゃ混ぜにした文字の下に、しかるべき意味が隠《かく》されている。ばらばらの文字を適切に並《なら》び替《か》えれば、きちんとした文になるのだろう。思うに、よほどの大発見が記されているに違《ちが》いない」

　ぼくに言わせれば、こんなもの意味のない落書きに決まっている。でも用心深く、自説は口にしないことにした。

　叔父《おじ》は古本と羊皮紙《ようひし》を手にとると、二つをまじまじと見くらべた。

「筆跡《ひっせき》は同じじゃないな。それに暗号文のほうが、本よりあとに書かれたらしい。暗号文の最初に二重のMを示す文字があるのが、なによりの証拠《しょうこ》だ〔前頁の暗号文の最初のmは、mmになる〕。ストゥルルソンの本には、どこを探《さが》しても二重のMは見あたらん。というのもこの文字は、十四世紀になってアイスランド語のアルファベットに加わったものだからな。つまり手書き本と暗号文とのあいだには、少なくとも二百年のひらきがあるというわけだ」

なるほど、そこのところは理屈《りくつ》にあっている。

「だとすれば」と叔父《おじ》は続けた。「かつてこの本の持ち主だったひとりが、謎《なぞ》の文字を書いたことになる。だが、いったいそれは何者だろう? 本のどこかに、名前を残しているかもしれないぞ」

叔父《おじ》は眼鏡《めがね》をはずして大きなルーペをとり出し、最初の数ページを丹念《たんねん》に調べ始めた。すると二枚目《まいめ》、前扉《まえとびら》の裏《うら》に、インクの染《し》みのような黒い跡《あと》が見つかった。しかしよく目を近づけると、薄《うす》れかけた文字がはっきりと見てとれるではないか。こいつはなかなか興味深いぞ。叔父《おじ》はそう思ったらしく、さっそく大きなルーペをたよりにこの染《し》みと格闘《かくとう》した末、それが次のようなルーン文字だということを突《つ》きとめたのだった。

「アルネ・サクヌッセンムだって！」と叔父《おじ》は勝《か》ち誇《ほこ》ったように叫《さけ》んだ。「たしかに名前だ。しかもアイスランド人の。サクヌッセンムといえば十六世紀の学者で、高名な錬金術《れんきんじゅつ》師《し》じゃないか」

ぼくはいささか感心して、叔父《おじ》を見つめた。

「錬金術師《れんきんじゅつし》というのはだな」と叔父《おじ》は言葉を続けた。「アヴィケンナ〔イブン・スィーナー、ブハラ出身の医学者、哲学者〕やベーコン〔ロジャー・ベーコン、イギリスの哲学者〕、ルルス〔ラモン・リュイ、マヨルカ島出身の哲学者〕やパラケルスス〔スイスの医学者〕も、みんなその時代を代表する本物の学者だったんだ。彼らは驚《おどろ》くべき発見をいくつもなしとげた。それならサクヌッセンムだって、この不可解な暗号文のなかに、なにかとてつもない大発見を隠《かく》していたとしても不思議はないぞ。いや、きっとそうに違《ちが》いない」

この仮説に、叔父《おじ》の想像力は燃えあがった。

「そうかもしれませんが」とぼくはあえて言ってみた。「そんなにすごい発見なら、どうしてわざわざ暗号文にしたりたんでしょうね？」

「どうして？　どうしてだと？　そんなことは知るもんか。ガリレオだって、土星の環《わ》を見つけたとき、同じようにしたじゃないか。まあ、それはいずれわかる。ともかく、この羊皮紙《ようひし》に隠《かく》された秘密《ひみつ》を見つけ出さねば。それがわかるまでは食事も睡眠《すいみん》もとらないからな」

《やれやれ》とぼくは思った。

「おまえもだぞ、アクセル」と叔父《おじ》は続けた。

《とんだとばっちりだ》ぼくは胸《むね》のうちでつぶやいた。《お昼を二人分食べておいてよかったな》

「まずはこの暗号の解読方法を見つけねば」と叔父《おじ》は言った。「べつに難《むずか》しくはないはずだ」

この言葉に、ぼくはさっと顔をあげた。叔父《おじ》はまだひとりで勝手に話している。

「なに、これほど簡単《かんたん》なことはない。暗号文は百三十二文字からなっているが、そのうち七十九は子音字《しいんじ》で、五十三は母音字《ぼいんじ》だ。南方の言語ではおおよそこの比率なのに対し、北方の言語では子音字《しいんじ》がもっと多い。したがって、これは南の言葉ということになる」

たしかに、きわめてまっとうな結論《けつろん》だ。

「しからば、いったい何語なのか？」

大学者の答えやいかにと、ぼくは待ちかまえた。すると叔父《おじ》は、なかなか鋭《するど》い考察を続けた。

「サクヌッセンムの母語はアイスランド語だが、これは北の言葉だからあてはまらない。彼ほど学のある人物なら、十六世紀当時、教養人がみな使っていた言葉を選んだはずだ。

つまりラテン語をな。さもなければスペイン語、フランス語、イタリア語、ギリシャ語、ヘブライ語を試《ため》してみよう。だが十六世紀の学者は、ふつうラテン語で書いていた。だからまずもって、ラテン語だと断言していいだろう」

ぼくは椅子《いす》から飛びあがった。ラテン語なら多少はかじったことがあるけれど、こんなわけのわからない単語の羅列《られつ》が、ヴェルギリウス〔古代ローマの詩人〕の心地《ここち》よい詩句《しく》の仲間だと言われても、にわかに納得《なっとく》がいかなかった。

「そうとも、ラテン語だ」と叔父《おじ》は続けた。「ただし、ごちゃまぜにしたラテン語だがな」

《お説ごもっとも》とぼくは思った。《みごと解読出来たらおなぐさみってところですかね、叔父《おじ》さん》

「さっそく検証しよう」叔父《おじ》はそう言って、ぼくが文字を書いた紙をつかんだ。「この百三十二文字は、一見するとでたらめに並《なら》んでいるように見える。最初の m.rnlls のように子音字《しいんじ》ばかりの語もあれば、逆に五番目の語 unteief や、最後から二番目の語 oseibo のように母音字《ぼいんじ》が多い語もあるが、いかにも不自然な文字の配列だ。つまりはなにか未知の法則にのっとり、数学的に作られたのだろう。もともと普通《ふつう》に書かれた文を、一定の規則に従《したが》って並《なら》び替《か》えたのだ。だったら規則を見つけ出さねばならん。

《暗号》の鍵《かぎ》さえわかれば、すらすらと読めるはずだ。では、その鍵《かぎ》とは？　どうだ、アクセル、鍵《かぎ》がわかるか？」

そんなふうに訊《き》かれても、答えようがなかった。それもそのはず、ぼくは壁《かべ》にかかっているグラウベンの魅力的《みりょくてき》な肖像画《しょうぞうが》に見入っていたのだから。彼女は両親を亡《な》くしたあと叔《お》父《じ》に引きとられ、同じ家に住んでいるが、その日はアルトナの親類宅《しんるいたく》へ行っていた。グラウベンが留守にしているので、ぼくは寂《さび》しくてたまらなかった。今だから白状するけれど、フィルラント生まれの美しい娘《むすめ》とリーデンブロック教授の甥《おい》は、いかにもドイツ人らしくひっそりと、忍耐強《にんたいづよ》く愛し合っていた。ぼくたちは叔父《おじ》に内緒《ないしょ》で結婚《けっこん》の約束をしていた。こんな気持ち、石頭の地質学者にはとうていわかってもらえないだろう。グラウベンは青い目と金色の髪《かみ》をしたかわいらしい少女だ。真面目《まじめ》で落ちついた性格だが、それでもぼくを愛してくれた。ぼくはと言えば、彼女にもう《首ったけ》だった。ぶこつなゲルマン系言語にも、そんな表現がありえるのかはわからないけれど。というわけで、魅力的《みりょくてき》なフィルラント娘《むすめ》の肖像画《しょうぞうが》を目にしたとたん、ぼくはたちまち現実から抜《ぬ》け出《だ》し、夢想と追憶《ついおく》の世界に浸《ひた》ってしまったのだった。

仕事をするとき、息抜《いきぬ》きに出かけるとき、いつもいっしょにいるグラウベンの姿《すがた》を思《おも》い浮《う》かべた。ぼくが叔父《おじ》の貴重《きちょう》な鉱石を整理するのを、彼女は毎日手伝ってくれた。ぼくと

グラウベンは金色の髪をしたかわいらしい少女だ

いっしょに標本のラベル張りをするグラウベン嬢《じょう》は、なみの学者にはたちうちできないくらい優秀《ゆうしゅう》な鉱物学者《こうぶつがくしゃ》なのだ。彼女は科学の難問《なんもん》にじっくり取り組むのが好きだった。ぼくたちはともに研究をしながら、なんと多くの甘《あま》い時間をすごしただろう。彼女の優美《ゆうび》な手が触《ふ》れる無感覚な石ころのことが、妬《ねた》ましくてしかたなかった。

休憩《きゅうけい》時間になるとぼくたちは連れだって外出し、アルスター湖畔《こはん》の緑豊かな小道を抜《ぬ》け、湖のはずれに味わいを添《そ》える古いタール塗《ぬ》りの水車小屋まで行った。二人は手をつないで歩きながら、たあいもないおしゃべりに興《きょう》じた。グラウベンはぼくの話に、ころころと笑ってくれた。やがてエルベ川のほとりに着くと、白い睡蓮《すいれん》のあいだを泳ぐ白鳥たちにおやすみを言い、蒸気船《じょうきせん》で家に戻《もど》るのだった。

こんなふうに夢想にふけっていると、叔父《おじ》が拳《こぶし》で机を叩《たた》き、ぼくは無理やり現実に引《ひ》き戻《もど》された。

「いいかね」と叔父《おじ》は言った。「文を形づくる文字の並《なら》びをごちゃまぜにしようとするとき、まっ先に思いつくのは、単語を横書きではなく縦書《たてが》きにすることだ」

《ふむふむ》ぼくは内心あいづちを打った。

「実際にやってみるぞ、アクセル。この紙きれに、なんでもいいからひとつ文を書け。ただし文字をひとつひとつ横に続けず、縦《たて》に並《なら》べていくんだ。一行が五、六文字になるようにして」
ぼくはすぐに要領《ようりょう》をのみこみ、上から下にこう書いた。

e n !
G r a ü b
e t i t e
n , m a p
m e b i e
J e t' a i

「よし」叔父《おじ》は読みもしないで言った。「今度はそれを横書きにしろ」
言われたとおりにすると、次のような文ができた。

JmneGe ee, trn t'bmia! aiatü iepeb

「いいぞ」叔父《おじ》はぼくの手から紙をひったくって言った。「これだけでも、じゅうぶんあの古文書らしく見えるじゃないか。母音字《ぼいんじ》も子音字《しいんじ》も、でたらめに並《なら》んでいる。単語のあいだに大文字があったり、カンマがあったりするのも、サクヌッセンムの羊皮紙《ようひし》にそっくりだ」

ぼくはこの説明を聞いて、感心せずにはおれなかった。

「さて」叔父《おじ》はぼくをまっすぐ見て続けた。「おまえがなんと書いたのかはわからんが、それを読むには、各単語の最初の文字、次には二番目、三番目の文字と順につなげていけばいい」

叔父《おじ》は自分で読みあげあっけにとられていたが、ぼくのほうもそれに劣《おと》らず驚《おどろ》いた。

Je taime bien, ma petite Graüben!

（愛しているよ、ぼくのかわいいグラウベン）

「ほほう」と叔父《おじ》は言った。

いかにも、不器用な恋人《こいびと》たるこのぼくは、無意識のうちにこんな危《あぶ》なっかしい言葉を書きつけていたのだ。

「なるほど、おまえはグラウベンを愛しているのか」叔父《おじ》は保護者然とした口調《くちょう》で言った。

「ええ……いえ、その……」ぼくは口ごもった。

「おまえはグラウベンを愛しているのか」と叔父《おじ》は機械的に繰《く》り返《かえ》した。「それはともかく、この方法を問題の文書にあてはめてみよう」

叔父《おじ》は暗号が気にかかるあまり、ぼくの不用意な言葉のことなどもう頭になかった。《不用意な》と言ったのは、不粋《ぶすい》な学者にはこんな恋心《こいごころ》が理解できないだろうからだ。さいわい叔父《おじ》にとっては古文書のほうが、ずっと気にかかる大問題だった。

大事な作業にとりかからんとして、リーデンブロック教授は眼鏡《めがね》の奥《おく》で目を輝《かがや》かせた。古い羊皮紙《ようひし》をつかんだ指は、小刻《こきざ》みに震《ふる》えている。叔父《おじ》は心から感動しているのだ。そして彼は大きな咳《せき》ばらいをすると、まずは各語の最初の文字、次には二番目の文字と重々しい声で読みあげていった。それをぼくが書きとったところ、このようになった。

messunkaSenrA. icefdoK. segnittamurtn
ecertserrette, rotaivsadua, ednecsedsadne
lacartniiilrJsiratracSarbmutabiledmek
meretarcsilucoYsleffenSnI

すべてを書き終えたとき、正直ぼくは困惑《こんわく》していた。ひとつ、またひとつと並《なら》んだこれらの文字は、まったく意味不明だったから。けれどもきっと叔父《おじ》の口からは、すばらしいラテン語の文がうやうやしく発せられるものと思っていた。

ところがどうだ！　意外なことに、激《はげ》しい拳《こぶし》の一撃《いちげき》が机を揺《ゆ》さぶったではないか。そのひょうしにインクが飛び散り、ぼくは思わず羽根ペンを落とした。

「おかしいぞ！」と叔父《おじ》は叫《さけ》んだ。「まったくもってわけがわからん」

それから叔父《おじ》は砲弾《ほうだん》のように書斎《しょさい》を抜《ぬ》け、雪崩《なだれ》さながらに階段《かいだん》を駆《か》けおりると、ケーニッヒ通りに飛び出して、一目散に走り去った。

4　偶然の解読

「だんな様はお出かけですか？」とマルテが大声でたずねた。玄関《げんかん》ドアの音を聞いて、あわててやって来たのだ。家中がぐらぐらと揺《ゆ》れるほど、乱暴《らんぼう》な閉《し》め方《かた》だった。

「ああ、出ていったよ」とぼくは答えた。

「それじゃあ、お昼は？」

「食べないだろうな」

「お夕食は？」

「夕食も食べない」

「どうしてまた？」そう言ってマルテは両手の指を組んだ。

「ともかく、マルテ、叔父《おじ》さんはもう食事はとらない。それにこの家に住む、ほかのみんなもだ。叔父《おじ》のリーデンブロック教授は、ぼくらみんなに絶食《ぜっしょく》させる気なのさ。絶対に読めっこない、怪《あや》しげな古い羊皮紙《ようひし》を解読するまではね」

「あらまあ、それじゃあ飢《う》え死《じ》にするしかないってことですか？」

なにしろわが叔父《おじ》は、一度言い出したら決してあとに引かない性格だからな、それが避《さ》けえない運命だ。でもぼくは、あえて口にはしなかった。

老家政婦は心配でたまらなそうに、ぶつぶつこぼしながら台所に引き返した。

ぼくはひとりになると、ふと思った。グラウベンのところに行って、なにもかも話して聞かせよう。でも、家を離《はな》れるのはまずいのでは？　叔父《おじ》がいつ帰って来るかもわからない。ぼくを呼《よ》んで、オイディプス〔ギリシャ神話の登場人物でスフィンクスの謎を解いた〕にも解けない謎《なぞ》にふたたび挑戦《ちょうせん》をしようとしたら？　もしそのとき、ぼくが呼《よ》びかけに応《こた》えなかったら、いったいどうなるこ

老家政婦はぶつぶつこぼしながら台所に引き返した

とやら。

やっぱり、ここに留《とど》まるほうが得策《とくさく》だ。ちょうどブザンソン〔フランスの都市〕の鉱物学者《こうぶつがくしゃ》が送ってきた珪質晶洞《けいしつしょうどう》のコレクションを、分類しなければならないところだったので、ぼくはその作業にかかった。窪《くぼ》みのなかに小さな結晶《けっしょう》のある石を選《よ》り分《わ》け、ラベルを張り、ガラスケースに収《おさ》める。

けれどもその仕事に、どうしても没頭《ぼっとう》できなかった。古文書《こもんじょ》の一件がなぜか気になってしかたがない。頭のなかがぐるぐると渦《うず》を巻《ま》き、漠然《ばくぜん》とした不安で胸《むね》が押《お》しつぶされそうだった。もうすぐきっと、なにか大変なことが起きるぞ。

一時間後、ぼくは晶洞《しょうどう》をきちんと並《なら》べ終《お》えると、ユトレヒト・ヴェルベット張りのひじ掛《か》け椅子《いす》に腰《こし》を落ちつけ、両手をだらりとさげて、頭を背《せ》にもたせた。それから、管《くだ》が長いカーブを描《えが》くパイプに火をつけた。火皿には、もの憂《う》げに寝《ね》そべる水の精《ナイアス》が彫刻《ちょうこく》されている。煙草《たばこ》が燃えるにつれ、それが少しずつ黒ずみ、黒人女に変わるのを眺《なが》めて暇《ひま》をつぶした。階段《かいだん》のほうから足音が聞こえないかと、ときどき耳を澄《す》ませたが、なんの物音もしなかった。叔父《おじ》はいま、どこにいるんだろう？　手足をふりまわしながら、アルトナ街道《かいどう》の美しい並木《なみき》の下を走っている姿《すがた》が目に浮《う》かんだ。ステッキで壁《かべ》を叩《たた》き、草をなぎ倒《たお》してアザミの花を蹴散《けち》らし、群れを離《はな》れて休んでいるコウノトリを脅《おど》かしている姿《すがた》が。

叔父《おじ》は意気揚々《いきようよう》と引きあげてくるのだろうか？　それとも、がっくりと肩《かた》を落として？　勝利をおさめるのはどっちだ？　秘密《ひみつ》の暗号文か、叔父《おじ》のほうか？　ぼくはこんなふうに自問しながら、わけのわからない文字の羅列《られつ》を書きとった紙きれを無意識につまみあげた。

「これはどういう意味なんだ？」とぼくは繰《く》り返《かえ》した。

文字の区切り方を工夫《くふう》して、なにか単語ができないか考えてみた。いや、だめだ。二字、三字、あるいは五字、六字とまとめても、さっぱり意味が通じない。十四、十五、十六番目の文字をつなぐと、英語のｉｃｅ（氷）という語になるけれど。それに八十四、八十五、八十六番目の文字はｓｉｒ、つまり「……氏」だ。二行目や三行目には、ラテン語のｒｏｔａ（車輪）、ｍｕｔａｂｉｌｅ（変わりやすい）、ｉｒａ（怒《いか》り）、ｎｅｃ（……ではない）、ａｔｒａ（黒い）という単語も見てとれる。

《なるほど》とぼくは思った。《こうした言葉からして、この古文書《こもんじょ》は叔父《おじ》さんの言うとおり、ラテン語で書かれているらしいな。四行目のｌｕｃｏは、「聖《せい》なる森」という意味だし。でも三行目のｔａｂｉｌｅｄなんて、いかにもヘブライ語っぽい。最後の行にあるｍｅｒ（海）あるいはｍｅｒｅ（母）、ａｒｃ（弓）は、たしかにフランス語だぞ》

まったくもう、頭がおかしくなりそうだ。この奇怪《きかい》な文書には、四つの違《ちが》った言語が使われているのか。でも「氷」「氏」「怒《いか》り」「黒い」「聖《せい》なる森」「変わりやすい」「海または母」「弓」という言葉のあいだに、どんな関連があるんだろう?「氷」と「海」だけならわかりやすい。アイスランドで書かれた文書のなかに「氷の海」が出てきても、なんら驚《おどろ》くにあたらないからな。だからといって、暗号をすべて読み解くとなると話は別だ。

こんなふうに、ぼくはなかなか解けない難問《なんもん》と格闘《かくとう》を続けた。脳味噌《のうみそ》はいまにも沸騰《ふっとう》しそうだった。目をぱちぱちさせながら紙きれを見つめていると、百三十二文字があたりを飛びまわりだした。頭にかっと血がのぼったとき、銀色の粒《つぶ》が視界《しかい》にちらつくように。

ぼくは幻覚《げんかく》に襲《おそ》われていた。息苦しくてたまらず、持っていた紙きれで思わず顔をあおいだ。紙の表と裏《うら》が、交互《こうご》に目の前を行き来する。

すると驚《おどろ》いたことに、ぱたぱたと動く紙の裏面《うらめん》がこっちをむいた瞬間《しゅんかん》、ラテン語の単語がいくつか、はっきり読みとれたではないか。とりわけ、crater em(火口を)とterrestre(地球の)という言葉が。

突然《とつぜん》、はっと頭にひらめいた。真実を推《お》し量《はか》るには、この手がかりだけで十分だった。暗号を読み解く法則を、ぼくは見つけたんだ。この古文書《こもんじょ》を理解するためには、紙の裏面《うらめん》から透《す》かしてみるまでもない。ぼくが書きとったそのままで、すらすらと読むことができる。リーデンブロック教授の鋭《するど》い推理《すいり》はすべて的を射《い》ていた。文字の配列も、何語で書かれているのかも、叔父《おじ》の言うとおりだった。ただこのラテン語の文をすみからすみまで読むには、《ほんのささいな鍵《かぎ》》が欠けていた。ぼくはその鍵《かぎ》を、たった今、偶然《ぐうぜん》見つけたのだ。

だからどんなに興奮《こうふん》していたか、わかってもらえるだろう。目が曇《くも》って、よく見えないほどだった。紙きれは机のうえに広げてある。あとはそれをちらりと眺《なが》めるだけで、秘密《ひみつ》を手に入れることができるのだ。

ようやく動揺《どうよう》がおさまった。神経のたかぶりを鎮《しず》めるため、まずは部屋をふたまわりほどすると、大きなひじ掛《か》け椅子《いす》に身を沈《しず》めた。

「さあ、読もう」ぼくは胸《むね》いっぱい息を吸《す》いこむと、声に出して言った。

そして机に身をのり出し、文字をひとつひとつ指で追いながら、一瞬《いっしゅん》のためらいもなく大声で全文を読みあげた。

恐《おそ》ろしいまでの驚愕《きょうがく》がぼくを捕《と》らえた。いきなりがつんと一発、脳天《のうてん》を殴《なぐ》られたような思いがした。ここに書かれていることが、本当にあったなんて。よほど豪胆《ごうたん》な人物でなければ、まさかそこまで入りこめるわけがない……

「ああ」ぼくは椅子《いす》からさっと立ちあがって叫《さけ》んだ。「だめだ、だめだぞ。叔父《おじ》さんには絶対話すものか。こんな冒険旅行のことを知ってみろ、自分も挑戦《ちょうせん》したいと言い出すに決まってる。そうなったら、もう止めようがない。頭にあるのは地質学のことだけ。それに一度言い出したら、決してあとに引かない性格だからな。なにがなんでも出発するだろう。このぼくも、いっしょに連れて。ぼくたちは、もう決して戻《もど》ってこられないんだ」

ぼくは口では言いあらわせないほど、神経を高ぶらせていた。

「いや、いけない」ぼくは力をこめて言った。「わが暴君《ぼうくん》がそんなことを思いつかないようにできるじゃないか。断固、阻止《そし》しなくては。叔父《おじ》さんがこの紙をひらひらさせているうちに、偶然《ぐうぜん》鍵《かぎ》を見つけないとも限らない。紙を始末してしまおう」

暖炉《だんろ》の火は、まだくすぶっている。ぼくは文字を書きとった紙きれだけでなく、サクヌッセンムの羊皮紙《ようひし》も手に取った。そして熱に浮《う》かされたように、炭火に近づいた。全部放《ほう》りこんでやる。危険《きけん》な秘密《ひみつ》を葬《ほうむ》るんだ。とそのとき、書斎《しょさい》のドアがあいて、叔父《おじ》が姿《すがた》をあらわした。

5　暗号を解く鍵《かぎ》

ぼくは忌《い》まわしい紙を、かろうじて机に戻《もど》した。

叔父《おじ》は心ここにあらずというようすだった。頭のなかが暗号のことでいっぱいで、一瞬《いっしゅん》も気が休まらないのだろう。散歩をしながらも想像力を総動員して、ずっとあれこれ考えたり、分析《ぶんせき》したりしていたに違《ちが》いない。そして、新たな組み合わせを試《ため》そうと戻《もど》ってきたのだ。

はたして叔父《おじ》は肘《ひじ》かけ椅子《いす》にすわりこんでペンをとると、代数《だいすう》の計算式らしきものを書き始めた。

ぼくは震《ふる》えるその手を目で追った。ほんのわずかな動きも見逃《みのが》さなかった。なにか思いがけない結果が、不意にあらわれはしないだろうか？　ぼくはぶるぶると震《ふる》えた。そんなに心配することないのに。だって《たったひとつの》正しい組み合わせは、もうわかっているのだから。そのほかの方法では、いくらがんばろうが無駄骨《むだぼね》だと決まっている。

叔父《おじ》はえんえん三時間にわたり、書いては消し、また書いてと、顔もあげず無言で作業に没頭《ぼっとう》した。

たしかにこれらの文字を並《なら》べるすべての可能性を試《ため》せば、いつか正しい文ができるだろう。しかし二十文字だけでも、二四三京《けい》二九〇二兆八一億七八六四万四〇〇〇とおりの組み合わせがありうるんだ。しかも暗号文は百三十二文字。その組み合わせたるや、少なくとも百三十三桁《けた》もの数になる。とうてい数えあげられない、想像を超《こ》えた数字だ。

よし、大丈夫《だいじょうぶ》。力ずくで解決できる問題じゃないさ。

こうして時はすぎていった。夜になり、通りの騒音《そうおん》が静まっても、叔父《おじ》はまだせっせと暗号解読に精を出している。まわりのようすなど、なにも目に入っていないかのように。家政婦のマルテがそっとドアをあけたのも気づかなければ、彼女がもったいぶってたずねる声も聞こえていない。

「だんな様、夕食はとられないんですか？」

叔父《おじ》がなにも答えないので、マルテはそのまま引っこむしかなかった。ぼくはといえば、しばらく我慢《がまん》していたけれど、やがて猛烈《もうれつ》な睡魔《すいま》に襲《おそ》われ、ソファの端《はし》で眠《ねむ》りこんでしまった。そのあいだにも、叔父《おじ》は何度も計算し、書きなおしていた。

翌日《よくじつ》、目を覚ましたときも、叔父《おじ》の飽《あ》くなき探求《たんきゅう》は続いていた。血走った目。青ざめた顔。赤らんだ頬《ほお》。よほど掻《か》きむしったらしく、髪《かみ》の毛《け》はぼさぼさだ。不可能に挑《いど》む恐《おそ》ろしい戦いの跡《あと》がうかがえる。きっと叔父《おじ》は何時間にもわたり、気力と知力を限界まで使っているのだろう。

見るも哀《あわ》れなありさまだ。叔父《おじ》には非難《ひなん》されてしかるべき点も多々あるけれど、ぼくはなんだか胸《むね》がいっぱいになった。かわいそうに、叔父《おじ》は必死に考えるあまり、怒《いか》りを爆発《ばくはつ》させることも忘《わす》れている。全力を、ただ一点に集中させているんだ。そのエネルギーがいつものはけ口から発散《はっさん》されなかったら、いまに内側から爆発《ばくはつ》してしまうかもしれない。叔父《おじ》の頭をきりきりと締《し》めつける万力《まんりき》を、ぼくはたやすくゆるめてあげられる。そう、たったひと言で。けれどもぼくは、なにもしなかった。

思いやりに欠けていたからじゃない。だったらこんな状況《じょうきょう》で、どうして黙《だま》っていたのかって？　それは、叔父《おじ》自身のためを思ってのことだった。

《いや、だめだ。話すものか》とぼくは繰《く》り返《かえ》した。《叔父《おじ》さんのことだからな、自分も行きたがるに決まってる。そうなったらもう、止めようがないぞ。なにしろ想像力旺盛《おうせい》だし、ほかの地質学者に先んじて前人未踏《ぜんじんみとう》の大発見をするためなら、命だってかけるだろう。だから、やっぱり黙《だま》っていよう。偶然《ぐうぜん》、この手がつかんだ秘密《ひみつ》は誰《だれ》にも明かすまい。教えたら最後、叔父《おじ》さんを殺すようなものだ。できるなら、自分で勝手に見抜《みぬ》けばいいさ。叔父《おじ》さんを死に追いやってしまったと、後悔《こうかい》するのは嫌《いや》だからな》

ぼくはそう心に決め、腕組《うでぐ》みをしてじっと待った。しかしその数時間後、よもやあんな事態になろうとは思ってもみなかった。

家政婦のマルテが市場へ行くため家を出ようとしたら、ドアに鍵《かぎ》がかかっているのに気づいたのだ。いつもは鍵穴《かぎあな》にさしっぱなしになっている、大きな鍵《かぎ》が見あたらない。誰《だれ》が抜《ぬ》き取《と》ったのだろう？　もちろん、叔父《おじ》に決まっている。昨夕、あわただしい散歩から帰

ぼくは腕組みをして待った

ってきたときに。

わざとだろうか？　それともうっかりして？　叔父《おじ》はぼくたちを飢《う》えさせるつもりなのか。ひどいぞ、そんな！　ぼくもマルテも関係ないのに、巻《ま》き添《ぞ》えにされるなんて。そういやすでに、ぞっとするような前例があった。数年前、叔父《おじ》は大規模《だいきぼ》な鉱物標本の分類作業のあいだ、四十八時間なにも食べなかった。おかげで屋敷中《やしきじゅう》が、科学のためという絶食《ぜっしょく》につき合わされた。食べたい盛《さか》りの少年だったぼくはと言えば、空腹《くうふく》のあまり胃がきりきりと痛《いた》むほどだった。

どうやら昨日の夕食に引き続き、朝食にもありつけなさそうだ。けれどもぼくは迫《せま》りくる飢《う》えに正々堂々と立ちむかい、決して譲《ゆず》らない覚悟《かくご》でいた。気のいいマルテはこの事態を深刻《しんこく》にとらえ、嘆《なげ》くことしきりだった。ぼくとしては、家を出られないことのほうが心配だった。その気持ちは、おわかりいただけるだろう。

叔父《おじ》はまだ作業を続けている。文字の組み合わせに、想像力のすべてを傾《かたむ》けて。叔父《おじ》はいま、この地上から遠く離《はな》れたところにいる。飲んだり食べたりなんていう、世俗《せぞく》の欲求《よっきゅう》を超越《ちょうえつ》したところに。

正午になると、刺《さ》すような空腹《くうふく》が襲《おそ》ってきた。昨晩《さくばん》、マルテは食料品棚《だな》のなかの買いおきを、あっさり使いきってしまった。家にはもう、なにも残っていない。それでもぼくは名誉《めいよ》をかける覚悟《かくご》で、ひたすらじっと耐《た》えた。

時計が二時を打った。こんなことをして、なんになるんだ。もう、耐《た》えられない。ぼくは目をいっぱいに見ひらいた。もしかして、ぼくは古文書《こもんじょ》の重要性を過大評価しているんじゃないか。あんなもの、叔父《おじ》が信じるとは限らない。ただの出まかせだと思うかもしれないし、万が一叔父《おじ》が冒険の旅に出ようとしたら、力ずくで引きとめればいい。それに、叔父《おじ》が自力で暗号の鍵《かぎ》を見つける可能性だってある。もしそうなったら、ここでいくらがんばっても無駄骨折《むだぼねお》りだ。

なるほど、そのとおりだ。昨日はこんな考え、憤然《ふんぜん》として退けたけれど。ずっと我慢《がまん》し続けたのが、馬鹿馬鹿《ばかばか》しいとさえ思えてきた。よし、すべて話してしまおう。

そこでぼくはあまり唐突《とうとつ》すぎないよう、どう切り出そうかと思案した。とそのとき、叔父《おじ》が立ちあがって帽子《ぼうし》をかぶり、外出のしたくを始めた。

まずいぞ。ぼくたちを閉《と》じこめたまま、また家を出ていくつもりなんだ。やめてくれ。

「叔父《おじ》さん」とぼくは言った。

けれども叔父《おじ》の耳には入っていないらしい。

「リーデンブロック叔父《おじ》さん」ぼくはさっきより大きな声で繰《く》り返《かえ》した。

「えっ?」と叔父《おじ》は、たったいま目を覚ましたみたいに言った。

「いえ、その、鍵《かぎ》のことなんですが」

「鍵《かぎ》だって？　玄関《げんかん》の鍵《かぎ》か？」

「違《ちが》いますよ！」とぼくは叫《さけ》んだ。「暗号を解く鍵《かぎ》です」

叔父《おじ》は眼鏡《めがね》ごしにぼくの顔を見つめ、これはただごとでないと気づいたらしい。そして腕《うで》をぐいっとつかみ、目で問いかけてきた。言葉にこそならないものの、なにをたずねたいのかは明らかだった。

ぼくは大きくうなずいた。

叔父《おじ》は頭のおかしな人間でも見るように、気の毒そうに首を横にふった。

ぼくはさらに大きくうなずいた。

叔父《おじ》は目をぎらぎらと輝《かがや》かせ、脅《おど》しつけるような手ぶりをした。

こんな無言劇《むごんげき》を見たならば、どんなに無関心な人でも興味をひかれたことだろう。正直、ぼくはそれ以上話せずにいた。叔父《おじ》が喜びのあまり、いまにも抱《だ》きついてきそうな勢いだったから。ここで窒息死《ちっそくし》させられてはたまらない。それでも叔父《おじ》があんまり急《せ》かすものだから、答えないわけにはいかなかった。

「ええ、暗号の鍵《かぎ》を……偶然《ぐうぜん》に……」

「なにを言ってるんだ？」叔父《おじ》は驚《おどろ》きとも喜びともつかない叫《さけ》び声《ごえ》をあげた。

「ほら、読んでみて」ぼくは文字を書きとった紙を指さした。

「このままじゃ、読みようがないだろうが」叔父《おじ》は紙きれをくしゃくしゃにしながら答えた。

「先頭から始めたのでは、たしかに読みようがありません。でも、うしろからなら……」

ぼくが言い終わらないうちに、叔父《おじ》はあっと叫《さけ》んだ。いや、叫《さけ》んだなんてものじゃない。あれはまさしく咆哮《ほうこう》だった。いっきにすべてを見とおしたかのように、叔父《おじ》は顔を輝《かがや》かせた。

「おお、サクヌッセンムよ。おまえはなんてすごい男なんだ！　初めにうしろから前へ文を書いたとは」

叔父《おじ》はそう言って紙きれをつかむと、目をしばたかせ、感動にうち震《ふる》える声でいっきに読みあげた。最後の文字から最初の文字へとさかのぼって。

すると、次のような文になった。

In Sneffels Yoculis craterem kem delibat
umbra Scartaris Julii intra calendas descende,
audas viator, et terrestre centrum attinges.

Kod feci. Arne Saknussemm.

この怪《あや》しげなラテン語の文章を訳《やく》すとこうなる。

恐《おそ》れを知らぬ旅人よ、七月一日の前、スカルタリスが影《かげ》を落とすスネッフェルスのヨクルの火口をくだれ。さすれば地球の中心に行きつくだろう。わたしがそうしたように。アルネ・サクヌッセンム

叔父《おじ》はこれを読むと、静電気がたまったライデン瓶《びん》にうっかりさわったみたいに飛びあがった。勇気と喜び、確信が、全身に満ちあふれている。両手で頭をかかえてうろうろ部屋を歩きまわり、椅子《いす》を動かしたり本を重ねたり、にわかに信じられないことだが貴重《きちょう》な晶洞《ジオード》でお手玉をしたり、あっちを拳《こぶし》でたたいたかと思えば、こっちを平手でたたいたりと落ちつかなかった。やがて神経が鎮《しず》まると、精根《せいこん》尽《つ》き果《は》てたかのようにひじ掛《か》け椅子《いす》にすわりこんだ。

「いま、何時だ？」しばらく沈黙《ちんもく》を続けたあと、叔父《おじ》はたずねた。

「三時です」とぼくは答えた。

「なんだと！　昼食の時間はとっくにすぎてるじゃないか。腹《はら》がへって死にそうだ。食事にしよう。それから……」

「それから？」

「旅のしたくをしろ」

「えっ？」ぼくは思わず叫《さけ》んだ。

「わたしとおまえと、二人分をな」無慈悲《むじひ》なリーデンブロック教授はそう言うと、さっさと食堂に入っていった。

6　科学論争《ろんそう》

叔父《おじ》の言葉を聞いて全身に震《ふる》えが走ったけれど、ぼくはぐっと自制した。愛想笑《あいそわら》いを浮《う》かべようとさえした。リーデンブロック教授を引きとめられるのは、科学的な議論《ぎろん》だけだ。地球の中心へ行くだって？　馬鹿馬鹿《ばかばか》しい。反証ならいくらでもあげられるじゃないか。好機を待って、叔父《おじ》を説得することにしよう。そう思ってぼくは、食事にかかった。

空っぽのテーブルを前にして叔父《おじ》がどんな罵声《ばせい》を発したか、ここに記すまでもないだろう。事情を説明し、ようやくマルテに外出の自由が戻《もど》った。彼女は市場に駆《か》けつけ、手際《てぎわ》よく食事の準備をした。こうして一時間後には空腹もおさまり、さし迫《せま》った問題に取り組む気力がわいてきた。

食事のあいだ、叔父《おじ》は上機嫌《じょうきげん》だった。学者らしい、たあいない冗談《じょうだん》も飛び出すほどに。やがてデザートが終わると、叔父《おじ》はいっしょに書斎《しょさい》に来るようにと合図した。ぼくは言われたとおり、あとについていった。そして仕事机《しごとづくえ》をはさんで、二人はむき合って腰《こし》かけた。

「アクセル」と叔父《おじ》はやさしい声で言った。「よくやった。お手柄《てがら》だぞ。おかげでわたしは大助かりだ。もはや暗号は解けないものと、あきらめかけていたからな。そうしたら、どんなに落ちこんだことやら。だからおまえの働きは決して忘《わす》れん。われわれが手にする栄光は、おまえにも分かち合ってもらわねば」

《よしよし》とぼくは思った。《叔父《おじ》さんは上機嫌《じょうきげん》だ。その栄光とやらについて議論《ぎろん》するなら、いましかないぞ》

「まず言っておくが」と叔父《おじ》は続けた。「この話はひとに漏《も》らすんじゃないぞ。わかったか？　学者の世界は、妬《ねた》み深い連中にこと欠かないからな。みんなこぞって、冒険旅行に出かけようとするだろう。だからわれわれが戻《もど》るまで、誰《だれ》にも知られてはならん」

「でも地球の中心を目ざそうなんていう人間が、そんなにたくさんいますかね？」

「もちろんだとも。すばらしい名声が得られるというのに、誰《だれ》がためらったりするものか。この古文書《こもんじょ》がおおやけになったら、地質学者の軍団がアルネ・サクヌッセンムの足跡《あしあと》を追って殺到《さっとう》するだろうよ」

「そんなこと、にわかには信じられないな。だって叔父《おじ》さん、古文書《こもんじょ》が本物だとは限らないじゃないですか」

「なにを言ってるんだ。由緒《ゆいしょ》正しい古書のなかから見つかったんだぞ」

「まあ、いいでしょう。あれを書いたのがサクヌッセンムだというのは認《みと》めるとしても、彼が本当にそんな冒険旅行をなしとげたとは限らないのでは？　この古びた羊皮紙《ようひし》に書かれているのは、ただのでまかせかもしれません」

しまった、最後のひと言はちょっと言いすぎだったかもしれない。叔父《おじ》はもじゃもじゃの眉《まゆ》をしかめた。ぼくは議論《ぎろん》の先ゆきが心配になったけれど、さいわい大事《だいじ》にはいたらずにすんだ。恐《おそ》るべき論敵《ろんてき》は口もとに笑《え》みを浮《う》かべ、こう答えた。

「いずれわかるだろうさ」

「ほう、そうですか」ぼくはいささかむっとした。「でも古文書《こもんじょ》の内容については、ひとおり反論《はんろん》させていただきますよ」

「話したまえ。遠慮《えんりょ》はいらん。好きなように自説を述べるがいいぞ。おまえはもう甥《おい》というより、わが仕事仲間だからな。さあ」

「では、まずうかがいますが、ヨクル、スネッフェルス、スカルタリスというのはなんです? 初めて聞く言葉ですが」

「答えは簡単《かんたん》だ。ちょうど先日、ライプチヒの地理学者で友人のアウグスト・ペーターマンから地図が送られてきてな。実にいいタイミングだった。書棚《しょだな》の第二列、三番目の地図帳を持ってきなさい。Z-4の棚《たな》だから」

ぼくは立ちあがった。正確な指示のおかげで、地図帳はすぐに見つかった。叔父《おじ》はそれをひらくと、こう言った。

「これはヘンダーソンの手によるもので、アイスランドの地図のうちでも、もっともすぐれたものだろう。こいつを見れば、おまえの疑問点《ぎもんてん》はすべて解決するはずだ」

ぼくは地図のうえに身をのり出した。

「この島にはいくつも火山があるが」と叔父《おじ》は説明を始めた。「ほら、山の名はどれもヨクルだろ。ヨクルとは、アイスランド語で《氷河》という意味でな。アイスランドのように緯度《いど》の高い地域《ちいき》では、火山が噴火《ふんか》するとたいてい氷の層《そう》が吹《ふ》き飛《と》ばされる。そこから島の噴火《ふんか》した山はすべて、ヨクルと呼《よ》ばれているんだ」

ぼくは地図のうえに身をのり出した

「なるほど」とぼくは答えた。「それじゃあ、スネッフェルスというのは？」

この問いには答えられまい。けれどもその予想はみごとにはずれ、叔父《おじ》はこう続けた。

「アイスランドの西岸をたどっていくと、首都のレイキャヴィックがあるだろ？　よし、けっこう。波に削《けず》られた海岸から、いくつもの峡湾《フィヨルド》をさかのぼって、北緯《ほくい》六十五度のところでとまると、なにが見える？」

「細い骨《ほね》みたいな形の半島ですかね。先端《せんたん》は、まるで大きな膝蓋骨《しつがいこつ》だ」

「うまいこと言うじゃないか。じゃあ、膝蓋骨《しつがいこつ》のうえにはなにがある？」

「海から突《つ》き出《で》たかのような山があります」

「それがスネッフェルス山だ」

「スネッフェルス山？」

「そう、標高約千五百メートルの、島でもっとも威容《いよう》を誇《ほこ》る山だ。その火口が地球の中心に通じているとなれば、まちがいなく世界一有名な山になるだろうよ」

「でも、ありえませんよ」ぼくは肩《かた》をすくめて叫《さけ》んだ。そんな仮説には、とうてい賛成できない。

「ありえないだと！」とリーデンブロック教授は厳《きび》しい口調《くちょう》で応じた。「どうしてそう言えるんだ？」

「だって火口には溶岩《ようがん》やら、熱く熱せられた岩がつまっているはずです。だから……」

「だが、それが活火山でないとしたら？」

「活火山でない？」

「ああ、いかにも。地球上に存在《そんざい》する活火山は、現在わずか三百ほどにすぎない。活動していない火山のほうが、ずっと数が多いのさ。スネッフェルス山もそのひとつでね、有史以来一二二九年に一度噴火《ふんか》しただけなんだ。それから徐々《じょじょ》に怪《あや》しげな動きはおさまり、いまではもう活火山とは言えん」

「では、スカルタリスという言葉の意味は？　七月一日が、そこにどう関《かか》わるんです？」

叔父《おじ》はしばらく考えていた。ぼくは一瞬《いっしゅん》、希望を抱《いだ》いたけれど、それは文字どおりほんの一瞬《いっしゅん》だった。というのも、叔父《おじ》はすぐにこう答えたから。

「おまえにとって不明瞭《ふめいりょう》なところこそが、わたしには明々《めいめい》とした光なんだ。実に見事なものじゃないか。サクヌッセンムがいかにして自らの発見を正確に伝えんとしたかがよくわかる。スネッフェルス山がいかにしての底には、いくつもの穴《あな》があるのだろう。だから、そのうちどれが地球の中心に通じているのかを示さねばならない。そこでサクヌッセンムはどうしたか？　七月一日が近づくと、つまり六月最後の数日、尖峰《せんぽう》のひとつが問題の穴《あな》に影《かげ》を落とすことに彼は気づいた。その尖峰《せんぽう》が、スカルタリスというわけさ。どうだね、これ以上正確な目印もあるまい。スネッフェルス山の頂上《ちょうじょう》まで行きさえすれば、どの道を行けばいいのか、これで迷う心配もない」

いやはや、叔父《おじ》はどんなことにも答えられる。羊皮紙《ようひし》の文面についてあげつらっても無《む》駄《だ》だと、よくわかった。その方面から攻《せ》めるのはあきらめよう。しかし、なんとしてでも叔父《おじ》を説得しなければならない。ぼくは科学的な立場から、異議《いぎ》を唱えることにした。こっちのほうが、ずっと重大なはずだ。

「わかりました。それは認《みと》めざるをえないでしょう」とぼくは言った。「サクヌッセンムが書いた文の意味は明らかで、なんら疑問《ぎもん》の余地はないとね。古文書《こもんじょ》は正真正銘《しょうしんしょうめい》、本物らしい。サクヌッセンムは七月一日前、スカルタリスの影《かげ》が穴《あな》の縁《ふち》にかかるのを見たし、スネッフェルス山の火口の底へも降《お》りていった。当時の言い伝えで、その穴《あな》が地球の中心に通じているという話も聞いていた。そして自ら、冒険旅行を試みたかもしれません。だからって、実際にそれをなしとげ、生還《せいかん》したなんてことはありえません。絶対に！」

「その理由は？」と叔父《おじ》は馬鹿《ばか》にするような口調《くちょう》でたずねた。

「だってあらゆる科学理論から見て、そんなことできるわけないじゃないですか」

「あらゆる科学理論が、そう言っているのかね？」叔父《おじ》はしれっとして訊《き》き返した。「ああ、理論なんてうんざりだ。われわれの邪魔《じゃま》ばかりするんだからな、くだらない理論ってやつは」

叔父《おじ》にからかわれているのはわかったが、それでもぼくは続けた。

「ええ、地表から地下に三十メートル下るごとに、温度が約一度あがるということは、誰《だれ》もが認《みと》めるところです。この比率が一定しているとするなら、地球の半径は六千キロですから、中心の温度は二十万度を超《こ》えています。それゆえ地球の内部では、あらゆる物質が熱いガス状になっているはずだ。金だろうがプラチナだろうが、堅固《けんご》な岩石だろうが、これほどの高熱ではひとたまりもありませんからね。そんなところに入りこめるものかと疑問《ぎもん》に思うのも、当然じゃないですか」

「つまりおまえは、高熱に怖気《おじけ》づいているのか、アクセル?」

「ええ、まあ。だってほんの四十キロ潜《もぐ》っただけでも、地殻《ちかく》の限界に達してしまいますよ。温度はすでに千三百度になるんですから」

「溶《と》かされるのが怖《こわ》いんだな?」

「なんとでも言ってください」ぼくはむっとして答えた。

「だったら言わせてもらうが」とリーデンブロック教授は、いつもの尊大《そんだい》な態度で応じた。「地球の内部でなにが起こっているかなんて、おまえにも誰《だれ》にもわかりはしない。半径の一万二千分の一、つまり地下五百メートルほどまでしか知られていないのだからな。

科学はつねに進歩している。古い学説は新たな学説によって、絶えず打ち破られるものなのだ。フーリエ〔フランスの数学者、物理学者〕の時代まで、宇宙《うちゅう》空間の温度に下限はないと信じられていた。しかし今日《こんにち》では、もっとも低温の部分でも零下《れいか》四、五十度を下回ることはないとわかっている。だったら、地球内部の温度についても同じじゃないか。百メートルも地下にもぐれば、温度の上昇《じょうしょう》は限界に達するかもしれん。どんなに強固な鉱物をも溶《と》かすほど高熱になったりせずにな」

叔父《おじ》は話を仮定の問題にすりかえてしまった。これではぼくとしても、答えようがない。

「いいかね、ポアソン〔フランスの数学者、物理学者〕をはじめとする本物の学者たちが証明したじゃないか。もし地球の内部が二十万度の熱になっているとしたら、溶《と》けた物質から発生する高温のガスが膨張《ぼうちょう》して地殻《ちかく》を突《つ》き破《やぶ》るだろうってね。蒸気《じょうき》の圧力で、ボイラーの壁《かべ》が吹《ふ》き飛《と》ばされるみたいに」

「それはポアソンの意見にすぎません、叔父《おじ》さん」

「たしかに。だが、ほかにもすぐれた地質学者たちがこう主張しているぞ。地球の内部をかたちづくっているのはガスや液体でもなければ、既知《きち》の重金属でもない。もしそうだとしたら、地球の重さは半分くらいになるはずだと」

「数字を持ち出せば、なんだって好きなように証明できますよ」

「だったら、動かしがたい事実を示そう。地球が誕生《たんじょう》して以来、火山の数がいちじるしく減少したのは間違《まちが》いない。だったら中心部がいかに高熱だろうとも、少しずつ冷めているはずだと思わんかね？」

「叔父《おじ》さん、仮定の話ばかりじゃ、議論《ぎろん》は続けられません」

「こっちはまだ言うべきことがある。この説には多くの大学者たちも賛同しているんだ。かの高名なるイギリスの化学者ハンフリー・デイヴィが、一八二五年にわが家を訪《おとず》れたことは覚えているな？」

「覚えているわけないでしょう。だってぼくが生まれる十九年前のことですよ」

「まあいい。ハンフリー・デイヴィがハンブルクに来たついでに、ここに寄ってくれてな。二人であれこれと議論《ぎろん》したんだ。地球の中心は液体だという仮説についても話題にあがったんだが、そんなはずはないということで意見が一致《いっち》したよ。科学では説明のつかない問題が出てくるからな」

「どんな問題ですか？」ぼくは少し驚《おどろ》いてたずねた。

「そんなに大量の液体があるなら、海と同じく月の引力の影響《えいきょう》を受けるだろう。したがって日に二回、地球の内部でも潮《しお》の満《み》ち干《ひ》があるはずだ。そうしたら地殻《ちかく》が押《お》しあげられ、定期的に地震《じしん》がおきるのでは？」

「しかし、かつて地球の表面が火に覆《おお》われていたのはたしかです。やがて外殻《がいかく》が冷えると、熱は中心に移っていったと考えられます」

「それが間違《まちが》いなんだ。地球が高熱を発していたのは、表面が燃焼《ねんしょう》していたからにすぎん。地表にはカリウムやナトリウムのように、空気や水に触《ふ》れただけですぐに燃えあがる金属が大量にあるからな。こうした物質は、大気中の蒸気《じょうき》が雨になって地面に降《ふ》りそそぐとたちまち発火する。やがて水が地殻《ちかく》の割《わ》れ目《め》からしみこむと、爆発《ばくはつ》や噴火《ふんか》をともなう新たな発火が引き起こされる。地球誕生《たんじょう》の初期、火山が大量にあったのは、そういうわけなのさ」

「たしかに巧《たく》みな仮説ですね」ぼくは思わず大声をあげた。

「しかもハンフリー・デイヴィは、ここで簡単《かんたん》な実験をやって見せたんだ。主にいま挙げた金属で球を作り、それを地球にみたててな。表面にロゼワインを注ぐと、球は酸化して膨張《ぼうちょう》し、小さな山ができる。やがて山頂《さんちょう》に口がひらき、噴火《ふんか》が始まる。そして球全体に熱が伝わり、手で持っていられないほどになったんだ」

叔父《おじ》の論証《ろんしょう》で、ぼくは気持ちがゆらぎ始めた。しかも例によって熱心にとうとうと語るものだから、いっそう説得力があった。

「わかったか、アクセル」と叔父《おじ》は続けた。「地核《ちかく》の状況《じょうきょう》については、地質学者のあいだでも意見が分かれているんだ。内部が高温だという証拠《しょうこ》はなにもない。ちっとも熱くなんかないと、わたしは思っている。熱かろうはずがないさ。ともかく、この目でたしかめようじゃないか。アルネ・サクヌッセンムと同じく、われわれもこの大問題に自ら答えを出すことができるだろう」

「なるほど」とぼくは答えた。叔父《おじ》の勢いに気《け》おされてしまったのだ。「わかりました。たしかめましょう。でも、地底は真っ暗なのでは？」

「だいじょうぶ。電気を使って照明できる。地球の中心に近づくにつれて気圧が高まり、空気が発光するかもしれないし」

「ええ、それもありえますね」

「間違《まちが》いないさ」叔父《おじ》は勝《か》ち誇《ほこ》ったように言った。「だが、このことは秘密《ひみつ》にしておけよ。われわれより先に地球の中心へ行こうとくわだてる輩《やから》があらわれないとも限らんからな」

7　出発の準備

こうして記念すべき会談は終わった。むきになって議論《ぎろん》したせいで、顔が紅潮《こうちょう》していた。

ぼくはふらふらと叔父《おじ》の書斎《しょさい》を出た。ハンブルクの通りはどこも息苦しくて、なかなか頭がすっきりしなかった。そこでぼくはエルベ川のほとりを、町とハールブルクの鉄道駅を結ぶ蒸気船《じょうきせん》乗り場にむかって歩いた。

あんな話、本当に信じていいものだろうか？　叔父《おじ》の勢いに押《お》しきられてしまったのでは？　地球の中心へ行くなんて、正気の沙汰《さた》とは思えない。あれは天才こそがなしうる科学的推論《すいろん》なのか、それともただの誇大妄想《こだいもうそう》か。いったいどこまでが正しくて、どこからが間違《まちが》いなんだ？

ぼくはああでもない、こうでもないと考えあぐねたあげく、なんの結論《けつろん》も出せなかった。さっきまでの熱狂《ねっきょう》は静まりかけていたけれど、いったんは納得《なっとく》したことじゃないか。だったらあれこれ思《おも》い悩《なや》まず、さっさと出発したかった。いまなら荷造りをする気力も残っている。

しかし一時間もすると、正直言ってそんな興奮《こうふん》は冷めてしまった。張っていた気がゆるみ、ぼくの思いは地の底から再び地上へと戻《もど》った。

「馬鹿馬鹿《ばかばか》しい！」とぼくは叫《さけ》んだ。「あんなたわ言につき合っていられるか！　まっとうな人間なら相手にするわけがないのに、でたらめばかり並《なら》べて。よく眠《ねむ》れなかったせいで、悪夢を見たんだ」

そこでぼくはエルベ川のほとりを歩いた

そうこうするあいだにも、ぼくはエルベ川に沿《そ》って歩き続けた。ぐるりと町をまわって港を抜《ぬ》け、アルトナ街道《かいどう》に着いた。きっと予感がしたのだろう。はたせるかな、やがてかわいいグラウベンの姿《すがた》が見えた。ハンブルクにむかって、すたすたと足早に歩いてくる。

「グラウベン！」ぼくは遠くから叫《さけ》んだ。

少女は立ちどまった。街道《かいどう》の途中《とちゅう》でこんなふうに呼《よ》びかけられて、ちょっとあわてたらしい。ぼくは彼女のそばに駆《か》けよった。

「まあ、アクセル」グラウベンは驚《おどろ》いたように言った。「むかえに来てくれたのね。そうなんでしょ」

けれどもぼくの顔を見れば、不安と動揺《どうよう》がまざまざと読み取れたはずだ。

「どうしたの？」とグラウベンはたずねて、手を差し出した。

「どうしたかって？」ぼくは声を張りあげた。

そしてわが美しきフィルラント娘《むすめ》に、ことのしだいを手短に説明した。彼女はなにも言わなかった。ぼくと同じく、胸《むね》をどきどきさせているのだろうか？　それはわからないけれど、握《にぎ》った手は震《ふる》えていなかった。二人は黙《だま》って百歩ほど歩いた。

「アクセル」グラウベンはようやく口をひらいた。

「なんだい、グラウベン」

「すばらしい旅になるでしょうね」

その言葉に、ぼくは飛びあがった。

「そうよ、アクセル。学者の甥《おい》にふさわしい旅だわ。大冒険で名をあげるなんて、すてきじゃない」

「おいおい、グラウベン。そんな無謀《むぼう》なことをしちゃいけないって、言わないのか?」

「言うわけないでしょ、アクセル。わたしだってあなたと叔父《おじ》さんについていきたいくらいよ。こんな小娘《こむすめ》じゃあ、足手まといになるだけだけど」

「本気なのかい?」

「もちろん、本気よ」

ああ、女ってやつは! 若《わか》い娘《むすめ》の女心は、まったく理解をこえている。内気《うちき》すぎるかと思えば、今度はやたらと勇ましいんだから。まともな理屈《りくつ》は通じない。いやはや、ぼくも冒険に加わるべきだってけしかけるのか。自分もいっしょに行きたいなんて、なにも恐《おそ》れちゃいないんだな。ぼくを愛しているって言うくせに、危険《きけん》にさらすのも厭《いと》わないとは。

ぼくは狼狽《ろうばい》していた。それに正直言って、恥《は》ずかしかった。

「グラウベン、明日になればきみも気が変わるんじゃないかな」

「そんなことはないわ、アクセル。今日も明日も、答えは同じよ」

ぼくとグラウベンは手をつないだまま、じっと黙《だま》って歩き続けた。今日一日、不安や驚《おどろ》きの連続で、もうくたくただった。

《なんのかんの言っても、七月一日はまだ先だ》とぼくは思った。《それまでにはいろんなことがあって、叔父《おじ》も地底旅行に出ようなんていう馬鹿《ばか》げた考えは捨《す》てるだろうさ》

二人がケーニッヒ通りに帰ったときは、もう夜になっていた。家は静まりかえっているだろう。いつもなら、叔父《おじ》は床《とこ》についている。きっとマルテは最後にもう一度、食堂にはたきがけをしているところだ。

でもぼくは、リーデンブロック教授の短気を忘《わす》れていた。家の前では叔父《おじ》が声を張りあげ、身ぶり手ぶりでなにか指示しているではないか。そのまわりに運送屋の男たちが群がり、小路《こうじ》に荷物をおろしている。老家政婦はただおろおろと、あたりを歩きまわるばかりだった。

「こっちへ来んか、アクセル。さあ、急いで!」叔父《おじ》は遠くから目ざとくぼくを見つけると、さっそく叫《さけ》んだ。「早く荷物の支度《したく》をしろ。書類の整理も終わってないんだぞ。旅行鞄《かばん》の鍵《かぎ》は見つからないし、ゲートルも届《とど》かないしで、てんてこまいなんだ」

ぼくはしばし唖然《あぜん》として、言葉もなかった。それでもなんとか声を絞《しぼ》り出《だ》した。

「では、出発するんですか?」

叔父が身ぶり手ぶりでなにか指示している

「もちろんじゃないか。どこをほっつき歩いていたんだ。ちゃんと家にいろ」

「本当に出発するんですか?」ぼくはか細《ぼそ》い声で繰《く》り返《かえ》した。

「ああ、あさっての朝、できるだけ早く」

ぼくはそれ以上聞いていられず、自分の部屋に逃《に》げこんだ。

もう間違《まちが》いない。叔父《おじ》は午後の時間を使って、地底旅行に必要な品物や道具の一部を準備したんだ。小路《こうじ》には縄梯子《なわばしご》やロープ、松明《たいまつ》、水筒《すいとう》、アイゼン、ピッケル、鉄製のストック、つるはしなどが、ところ狭《せま》しと並《なら》んでいた。十人がかりでやっと運べるほどの量だ。

ぼくは恐《おそ》ろしい一夜をすごした。翌朝《よくあさ》早く、名前を呼《よ》ぶ声がした。ドアをあけるものかと、ぼくは心に決めた。でもどうしたら、「ねえ、いとしいアクセル」というやさしい声に抗《こう》しきれるだろう?

ぼくは部屋を出た。やつれて蒼《あお》ざめた顔や、寝不足《ねぶそく》で充血《じゅうけつ》した目を見れば、グラウベンも心を痛《いた》め、考えを変えるだろうと思っていた。

「まあ、アクセル」と彼女は言った。「昨日より元気そうじゃない。一晩《ひとばん》したら、落ちついたのね」

「落ちついただって?」

ぼくはそう叫《さけ》ぶと、鏡の前に飛んでいった。たしかに、思っていたほど顔色は悪くない。

信じられないくらいだ。

「アクセル、叔父《おじ》さんといろいろ話したわ。リーデンブロック教授は恐《おそ》れを知らない、勇敢《ゆうかん》な学者よ。その血は、あなたのなかにも流れているってことを忘《わす》れないで。叔父《おじ》さんはなぜ行くのか、どのように目的を達成するつもりなのかを説明してくれた。きっとやりとげるって、わたしは信じてます。ああ、アクセル、科学のために身を捧《ささ》げるなんて、すばらしいことじゃない。限りない栄光が、リーデンブロック教授を待っているのよ。そして旅の仲間にも。無事帰ってきたら、あなたは叔父《おじ》さんと対等の、一人前の男になっているわ。思いどおりに話し、ふるまうことができる。そして自由に……」

グラウベンは顔を赤らめ、言葉をとぎらせた。彼女にそう言われて元気がわいてきたけれど、まだ出発を信じたくなかった。ぼくはグラウベンを連れて、叔父《おじ》の書斎《しょさい》へむかった。

「叔父《おじ》さん、どうしても行く気なんですか?」

「なんだ、疑《うたが》ってるのか?」

「とんでもない」ぼくは叔父《おじ》の機嫌《きげん》を損《そこ》ねないように答えた。「ただ、どうしてこんなに急ぐのかと思って」

「時間が足りないからさ。まさに光陰《こういん》矢のごとしだ」

「でもまだ五月二十六日ですよ。六月末までは……」

「ものわかりの悪いやつだな。そんな簡単《かんたん》にアイスランドまで行けると思ってるのか？おまえが昨日、呆《ほう》けたように出ていかなければ、コペンハーゲンの船会社リフェンデル商会の事務所に連れていったのにな。そうすりゃ自分の目でたしかめられただろうに。コペンハーゲンからレイキャヴィックまで行く船は、毎月二十二日発の一便だけだって」

「だから？」

「だから六月二十二日を待っていたのでは、スカルタリスの影《かげ》がスネッフェルス山の火口の底の穴《あな》にかかるのを見るのに間にあわんてことだ。まずはできるだけ早くコペンハーゲンへ行って、そこから次の移動手段《しゅだん》を見つけねばならん。さあ、荷物のしたくをしろ」

ぼくは返す言葉もなく、二階の部屋に戻《もど》った。グラウベンもいっしょにやって来て、小さなトランクに荷物をつめてくれた。彼女はまるで平然としたものだった。リューベック〔ドイツ北部の都市〕かヘルゴラント〔北海にある島〕に足をのばすくらいにしか思っていないのだろう。小さな手はのんびりと行ったり来たりし、話す口調《くちょう》も穏《おだ》やかだ。彼女はもっともらしい理由をいくつもあげ、この旅に出るのはいいことだと諭《さと》した。ぼくはうっとりと聞きながら、だんだん腹《はら》が立ってきた。ときおり怒《いか》りが爆発《ばくはつ》しそうになることもあった。それでもグラウベンは少しも動じず、落ちついて手際《てぎわ》よく作業を続けた。

ようやくトランクに最後のベルトを締《し》め終《お》えると、ぼくは一階におりた。その日は物理学の実験器具や武器、電気機器の商人たちが次々にやって来て、マルテはおろおろしどおしだった。

「だんな様は、頭がどうかされたんでしょうかね？」と彼女はたずねた。

ぼくは黙《だま》ってうなずいた。

「ごいっしょに行かれるんで？」

またしてもうなずく。

「どちらへ？」

ぼくは地面を指さした。

「地下室ですか？」老家政婦は声を張りあげた。

「いや」とぼくはようやく声に出して答えた。「もっと下までさ」

夜になった。もう時間の感覚もなくなってしまった。

「明朝、六時ちょうどに出発だぞ」と叔父《おじ》は言った。

十時になると、ぼくはぐったりとベッドに横たわった。

そして一晩中《ひとばんじゅう》、恐怖《きょうふ》にさいなまれた。

深淵《しんえん》が繰《く》り返《かえ》し夢にあらわれ、幻覚《げんかく》にうなされた。叔父《おじ》にがっちりとつかまれ、そのまま底なし穴《あな》に引っぱりこまれるような気がした。虚空《こくう》に投げ出された死体さながら、下へ下へと勢いよく落ちていく。ぼくの人生はもう、果てしない落下でしかなかった。

目を覚ましたのは朝の五時だった。心も体も、もうくたくただった。一階の食堂におりると、叔父《おじ》はもうテーブルについていた。その旺盛《おうせい》な食欲《しょくよく》を目のあたりにして、ぼくは怖気《おぞけ》をふるった。グラウベンもいたのでなにも言わなかったけれど、とても食べ物が喉《のど》をとおる気分ではなかった。

五時半になると、通りに馬車が着く音がした。それに乗って、アルトナの鉄道駅まで行くのだ。叔父《おじ》の荷物が積みこまれ、大型馬車はたちまちいっぱいになった。

「それで、おまえのトランクは？」と叔父《おじ》がたずねる。

「準備できてます」ぼくは力なく答えた。

「だったら、さっさと持ってこい。列車に乗《の》り遅《おく》れたらたいへんだ」

運命に抗《あらが》うのは、もはや不可能らしい。ぼくは部屋にあがると、階段《かいだん》のうえからトランクを滑《すべ》りおろし、自分もそのあとを追った。

そのとき叔父《おじ》はグラウベンに、「家のことはまかせる」と厳《おごそ》かに告げているところだった。美しいフィルラント娘《むすめ》はいつものように落ちつきはらって、養父にお別れのキスをした。そのやわらかな唇《くちびる》がぼくの頬《ほお》にそっと触《ふ》れたとき、彼女も涙《なみだ》を抑《おさ》えきれなかった。

「グラウベン！」とぼくは叫《さけ》んだ。

マルテとグラウベンはぼくたちに最後のさよならを言った

「さあ、いとしいアクセル」とグラウベンは言った。「もう行ってちょうだい、恋人《こいびと》と別れて。でも帰ってきたとき、あなたの妻が待っているのよ」

ぼくはグラウベンを抱《だ》きしめると、馬車に乗りこんだ。マルテとグラウベンは戸口に立って、ぼくたちに最後のさよならを言った。やがて御者《ぎょしゃ》が口笛をひと吹《ふ》きすると、二頭の馬はアルトナ街道《かいどう》を目ざして勢いよく走り出した。

8　鐘楼《しょうろう》にのぼる

アルトナ駅はハンブルクの郊外《こうがい》にあって、バルト海に面した町キールへむかう路線の起点だった。二十分もしないうちに、馬車はホルシュタイン公国領に入った。

六時半にアルトナの駅前に着いた。山ほどある叔父《おじ》の大荷物を馬車からおろし、駅に運んで重さを量ると、荷札を張って貨物車に積みこんだ。こうして七時、ぼくたちは同じコンパートメントにむかい合ってすわっていた。汽笛が鳴って、列車が動き出す。いよいよ出発だ。

もはやここまでか？　いや、まだあきらめないぞ。そうは思いながらも、さわやかな朝の空気と、軽快に走る汽車の車窓《しゃそう》を次々に通りすぎる風景に、いつしか胸《むね》をふさぐ不安もやわらいでいった。

もっとも短気な叔父《おじ》からすれば、こんな速度じゃのろすぎだと、気ばかりが急《せ》いていることだろう。コンパートメントにほかの乗客はいなかったけれど、ぼくたちはなにも話さなかった。叔父《おじ》はポケットや旅行鞄《かばん》のなかを念入りに点検している。計画遂行《すいこう》に必要な書類が、すべて抜《ぬ》かりなくそろえてあった。

なかにていねいに折りたたんだ、一枚《まい》の紹介状《しょうかいじょう》があった。デンマーク領事館の用紙に書かれ、叔父《おじ》の友人で在ハンブルク領事のクリスティエンセン氏が署名《しょめい》している。これがあればコペンハーゲンで、アイスランド総督《そうとく》あての推薦状《すいせんじょう》が簡単《かんたん》に得られるはずだ。

例の羊皮紙《ようひし》も、書類鞄《かばん》の隠《かく》しポケットに大事にしまってあった。ぼくはその古文書《こもんじょ》を心底呪《のろ》いながら、また外の景色に目をやった。さして面白《おもしろ》くもない、肥沃《ひよく》そうな泥土《でいど》の平野がどこまでも広がっている。こんなふうにまっすぐ線路を敷《し》くにはもってこいの、鉄道会社にとってありがたい土地だ。

いくら景色が単調だろうと、退屈《たいくつ》する暇《ひま》はなかった。アルトナ駅を出て三時間後には、もうキールに着いたのだから。海はもう目と鼻の先だ。

あずけた荷物はコペンハーゲンまで運んでもらえるので、まかせておけばよかった。けれども叔父《おじ》は、汽車から蒸気船《じょうきせん》に積みかえる作業を心配そうに見守っていた。やがて荷物は船倉に消えた。

叔父《おじ》は乗り継《つ》ぎの時間を計算するとき、よほど気が急《せ》いていたのだろう、船が出るまでまるまる半日暇《ひま》をつぶさねばならなかった。汽船エレノーラ号は夜にならねば出港しないと知って、叔父《おじ》は九時間もずっと頭に血がのぼりっぱなしだった。そして船会社や鉄道会社の怠慢《たいまん》な仕事ぶりや、こんな悪弊《あくへい》を許している国の管理体制に怒《いか》りを爆発《ばくはつ》させた。叔父《おじ》がエレノーラ号の船長をつかまえて、くどくどと文句を言っているあいだ、ぼくも調子を合わせねばならなかった。さっさとボイラーをたくよう叔父《おじ》は船長に迫《せま》ったけれど、ていよく追い返されてしまった。

キールだろうとどこだろうと、待っていればやがて時はすぎる。ぼくたちは町の前に広がる緑豊かな入《い》り江《え》の岸を散歩し、こんもりとした森を抜《ぬ》けた。木々のむこうに見える町は、まるで茂《しげ》った枝に抱《いだ》かれた鳥の巣のようだ。冷水浴用の小屋を備えた別荘《べっそう》は、どれもすばらしかった。そうやってあたりを駆《か》けまわったり、ぶつくさ文句を言ったりしているうちに、夜の十時になった。

エレノーラ号の煙突《えんとつ》は、空にむかってもくもくと煙《けむり》を吐《は》き出《だ》している。ボイラーの振動《しんどう》で、甲板《かんぱん》も小刻《こきざ》みに揺《ゆ》れていた。ぼくたちは乗船し、たったひとつしかない客室の二段《だん》べッドを確保した。

十時十五分、もやい綱《づな》がとかれると、汽船は大ベルト海峡《かいきょう》の陰気《いんき》な水面を快調に進み始めた。

真っ暗な夜だった。突風《とっぷう》が吹《ふ》き、海は荒《あ》れていた。暗闇《くらやみ》のなかに、沿岸《えんがん》の明かりが輝《かがや》いている。やがてどこかの灯台《とうだい》が、波のうえから光を放つのが見えた。最初の航海で覚えているのは、これだけだった。

翌朝《よくあさ》七時、シェラン島〔コペンハーゲンのある島〕の西岸に位置する小さな町コアセーで船を降《お》りた。再び列車に乗り、ホルシュタインの平野に劣《おと》らず平らな一帯を走《はし》り抜《ぬ》ける。デンマークの首都コペンハーゲンに着くまで、さらに三時間の旅だった。叔父《おじ》は昨晩《さくばん》から、一睡《いっすい》もしていないらしい。このときも気が急《せ》くあまり、列車を押《お》すつもりで足をふんばっていたようだ。

ようやく、ちらりと海が見えた。

「エーレスンド海峡《かいきょう》だ！」と叔父《おじ》は叫《さけ》んだ。

左側に病院のような、大きな建物があった。

「あれは精神科の病院ですよ」と近くの席の乗客が教えてくれた。

《なるほど、最後はわれわれもあんなところで死ぬことになるんだな》とぼくは思った。

《いくら大きな病院だろうと、リーデンブロック教授の度《ど》はずれた妄想《もうそう》を収容《しゅうよう》するには足りないだろうけど》

午前十時、ようやくコペンハーゲンに着いた。荷物を馬車に積みかえ、ブレドガーデ通りのフェニックス・ホテルにむかった。駅は町のはずれにあったので、三十分ほどかかった。叔父《おじ》は部屋で簡単《かんたん》に身づくろいをすますと、いっしょに来いと言った。そしてホテルのドアマンに、北方古代博物館の場所をたずねた。ドアマンはドイツ語も英語もしゃべれるはずだが、何か国語にも通じている叔父《おじ》が完璧《かんぺき》なデンマーク語で訊《き》いたので、むこうもデンマーク語で答えた。

この興味深い博物館には、古い石の武器や大杯《たいはい》、宝飾品《ほうしょくひん》など、デンマークの歴史を今に伝えるすばらしい品々が展示《てんじ》されている。館長のトムソン教授は、在ハンブルク領事クリスティエンセン氏の友人だった。

叔父《おじ》は館長あての、心のこもった推薦状《すいせんじょう》をたずさえていた。学者はほかの学者に対し、概《がい》して冷淡《れいたん》な態度をとるものだ。けれども、ここではまったく違《ちが》っていた。トムソン氏は世話好きな人物で、リーデンブロック教授とその甥《おい》までも温かく迎《むか》えてくれた。もちろん叔父《おじ》はこのすぐれた博物館長にも秘密《ひみつ》を明かさず、アイスランドの地をぜひこの目で見たくてとだけ言った。

トムソン氏は協力を惜《お》しまなかった。そしてぼくたちは、出港まぢかの船を探《さが》して波止場《はとば》を駆《か》けまわった。

アイスランド行きの船など、どうせ見つからないだろうと思っていたのに、意外にもそんなことはなかった。デンマーク船籍《せんせき》の小型帆船《はんせん》ワルキューレ号が、五日後の六月二日にアイスランドの首都レイキャヴィックにむけて出港するという。船長のビヤルネさんは船にいた。叔父《おじ》は大喜びで彼の手を取り、骨《ほね》が折れそうなほど強く握《にぎ》りしめて、ぜひ船に乗せて欲《ほ》しいと申し出た。人のいい船長は、なんて大袈裟《おおげさ》なとびっくりしていた。彼にしてみれば、アイスランドに行くくらい大したことじゃなかった。いつもしている仕事なのだから。けれども、叔父《おじ》にとっては崇高《すうこう》な使命だった。抜《ぬ》け目《め》のない船長はこの熱狂《ねっきょう》ぶりにつけこみ、二倍の船賃《ふなちん》をふっかけてきたけれど、こちらは意には介《かい》さなかった。「それじゃあ、火曜日の朝七時に乗船してください」ビヤルネ船長はドル金貨をどっさりポケットにつっこむと、そう言った。

ぼくたちはお世話になったお礼をトムソン氏に言って、フェニックス・ホテルに戻《もど》った。

「よしよし、うまくいったぞ」と叔父《おじ》は繰《く》り返《かえ》した。「出発まぎわの船が見つかるなんて、本当についていた。さあ、それじゃあお昼を食べ、町を見て歩くことにしよう」

ぼくたちはコンゲンス＝ニュー＝トー広場に行った。おかしな形をした広場で、衛兵の詰所《つめしょ》は二門の大砲《たいほう》まで備えているけれど、実用ではないらしく、誰《だれ》も恐《おそ》れている様子はなかった。すぐ近くの五番地には、ヴァンサンという名のコックがやっているフランス料理のレストランがあり、ひとり四マルク*でたっぷり食べることができた。

*原注　約二フラン七十五。

それからぼくは子供《こども》みたいに大喜びで、町を歩きまわった。叔父《おじ》も散歩につき合ったけれど、どんな名所にも無関心だった。こぢんまりとした王宮。博物館前の運河にかかる十七世紀のすばらしい橋。彫像作家《ちょうぞう》トーヴァルセン〔デンマークの彫刻家〕の作品をおさめた、恐《おそ》ろしい壁画《へきが》がある記念館。美しい公園のなかにある瀟洒《しょうしゃ》なローゼンボー城《じょう》。見事なルネサンス様式の証券取引所。ブロンズ製の竜《りゅう》が四匹《ひき》、尾《お》を絡《から》み合《あ》わせている鐘楼《しょうろう》。海風を受けた帆《ほ》のようにふくらんだ羽根がまわる、城塞《じょうさい》の大風車。なにひとつ叔父《おじ》の目を引かなかった。

かわいいフィルラント娘《むすめ》がいっしょにいたら、どんなに甘美《かんび》な散歩だったろう。ぼくたちは赤い屋根の下で二層艦《そうかん》やフリゲート艦《かん》が静かに眠《ねむ》る港から、緑あふれる海峡《かいきょう》の岸辺へとむかい、こんもりと茂《しげ》る森を抜《ぬ》けていった。木々に隠《かく》れた城塞《じょうさい》の大砲《たいほう》は、ニワトコや柳《やなぎ》の枝のあいだに、黒々とした砲口《ほうこう》を並《なら》べている。

でも悲しいかな、ぼくのいとしいグラウベンは遠く離《はな》れている。いつかまた、彼女に会うことができるだろうか？

叔父《おじ》はと言えば、こんな魅力的《みりょくてき》な風景は一顧《いっこ》だにしなかった。ところが、コペンハーゲンの南西部に位置するアマク島に鐘楼《しょうろう》が立っているのを見て、大いに感銘《かんめい》を受けたらしい。あっちに行くぞ、と命令が下った。運河を航行しているポンポン船に乗ると、すぐに造船所の波止場《はとば》に着いた。

狭《せま》い通りでは、黄色と灰色《はいいろ》の囚人服《しゅうじんふく》を着た徒刑囚《とけいしゅう》が、棍棒《こんぼう》を手にした看守《かんしゅ》の指揮《しき》で働いている。そのあいだをすり抜《ぬ》けてしばらく行くと、めざす救世主《ヴォル・フレルセルス》教会の前に着いた。なんの変哲《へんてつ》もない教会なのに、高くそびえるその鐘楼《しょうろう》がどうして叔父《おじ》の関心を引いたのかといえば、展望台《てんぼうだい》から尖塔《せんとう》のまわりにめぐらせた外階段《そとかいだん》が、大空にむかってぐるぐると伸《の》びているからだった。

「のぼろう」と叔父《おじ》は言った。

「でも、目がまわっちゃいますよ」とぼくは答えた。

「だからこそさ。慣れねばならん」

「でも……」

「いいからついて来い。時間を無駄《むだ》にするな」

有無《うむ》を言わせぬ勢いだった。通りのむかいに住んでいる管理人から鍵《かぎ》を借り、ぼくたち

救世主教会の鐘楼

はのぼり始めた。

叔父《おじ》は軽い足どりで前を行き、ぼくは恐々《こわごわ》あとについた。情けないことに、たちまちめまいがしてきた。ワシのような冷静さも図太い神経も、残念ながら持ち合わせていない。

建物のなかのらせん階段《かいだん》をのぼっているぶんには、なにも問題はなかった。けれども百五十段《だん》ほど進むと、いきなり風が顔を打った。鐘楼《しょうろう》の展望台《てんぼうだい》に着いたのだ。そこから先は、外階段《そとかいだん》になる。手すりはいまにも壊《こわ》れそうだった。ステップはうえへ行くにつれて少しずつ狭《せま》くなり、無限に続くかと思われた。

「もうだめです！」とぼくは叫《さけ》んだ。

「おまえはそんな臆病者《おくびょうもの》だったのか？　さあ、のぼるんだ」叔父《おじ》は無慈悲《むじひ》に答えた。

手すりにしがみつきながら、ついていくしかなかった。吹《ふ》きっさらしのなかにいると、頭がくらくらした。突風《とっぷう》にあおられ、鐘楼《しょうろう》が揺《ゆ》れるのがわかった。足の力が抜《ぬ》けていく。ぼくは四《よ》つん這《ば》いになり、ついには腹《はら》ばいになってよじのぼった。目はぎっちり閉《と》じていた。だだっぴろい空間が、ひたすら恐《おそ》ろしかった。

ようやく叔父《おじ》がぼくの襟《えり》をつかんで、引っぱりあげてくれた。尖塔《せんとう》のてっぺんについている丸い球の下に着いたのだ。

「見ろ」と叔父《おじ》は言った。「よく見るんだ。深淵に慣れる練習をしなくては」

ぼくは目をあけた。霧《きり》の切れ目に家々がかいま見えた。空から落ちてぺちゃんこになったみたいに平たい家だった。頭上には、乱《みだ》れ髪《がみ》さながら雲がたなびいている。けれども目の錯覚《さっかく》で、ものすごいスピードで流されているのはぼくたちのような気がした。雲はじっと止まったまま、鐘楼《しょうろう》や球のほうが動いているような。遥《はる》か彼方《かなた》に目をやれば、かたや緑の平野が広がり、かたや大海原《おおうなばら》が太陽の光にきらきらと輝《かがや》いている。エーレスンド海峡《かいきょう》はヘルシンゲルの岬《みさき》まで続き、波間に浮《う》かぶ船の白い帆《ほ》はまるでカモメの翼《つばさ》のようだ。東側を覆《おお》う靄《もや》のなかには、スウェーデンの入り組んだ海岸線が浮《う》かんでいた。ぼくの眼前で渦《うず》巻《ま》いているのは、こんな壮大《そうだい》な光景だった。

それでもなんとか立ちあがり、背筋《せすじ》をしゃんと伸《の》ばしてあたりを眺《なが》めねばならなかった。めまいに慣れる練習の一回目は、こうして一時間続いた。ようやく下におりることを許され、通りの堅固《けんご》な舗石を踏《ふ》んだとき、ぼくはもうくたくただった。

「明日もやるぞ」と叔父《おじ》は言った。

その言葉どおり、ぼくは五日間にわたりめまい克服《こくふく》の訓練を続けた。そして否応《いやおう》なく、《空の高みからものごとを俯瞰《ふかん》する》技術において、いちじるしい進歩をとげたのだった。

9　アイスランド到着

出発の日がやって来た。前日、親切なトムソン氏が推薦状《すいせんじょう》を持ってきてくれた。アイスランド総督《そうとく》のトランペ男爵《だんしゃく》、司教補佐《しきょうほさ》のピクトゥルソン氏、レイキャヴィック市長のフィンセン氏宛《あ》ての、心強い推薦状《すいせんじょう》だった。叔父《おじ》はトムソン氏の手をしっかり握《にぎ》りしめ、感謝の意を示した。

六月二日の朝六時、大事な荷物がワルキューレ号に積みこまれた。船長は、甲板室《かんぱんしつ》の下にある狭苦《せまくる》しい船室にぼくたちを案内した。

「風の具合は？」と叔父《おじ》はたずねた。

「上々です」とビヤルネ船長は答えた。「南東の風ですよ。こいつを斜《なな》め後《うし》ろから受ければ、まさに順風満帆《じゅんぷうまんぱん》だ。たちまちエーレスンド海峡《かいきょう》を抜《ぬ》け出《で》るでしょう」

ほどなく小型帆船《はんせん》は上下、前後の帆《ほ》をいっぱいに張り、海峡《かいきょう》を進み始めた。一時間後、デンマークの首都は遠い波間に消え、ワルキューレ号は『ハムレット』の舞台《ぶたい》ヘルシンゲルの岸辺をかすめていった。神経が高ぶっていたぼくは、ハムレットの幻《まぼろし》が伝説のテラスをさまようさまが、いまにも見えるような気がした。

「聖《せい》なる愚者《ぐしゃ》よ」とぼくは言った。「おまえにはぼくたちの思いがわかるだろう。永遠の疑問《ぎもん》に答えを見出《みいだ》すため、ぼくたちとともに地球の中心へ行くことだろう」

けれども古びた城壁《じょうへき》には、なにもあらわれなかった。そもそもこのクロンボー城《じょう》は、デンマークの英雄的《えいゆうてき》王子ハムレットの物語が書かれたよりずっとあとに建てられたものだ。今では監視員《かんしいん》の豪華《ごうか》な詰所《つめしょ》として、毎年あらゆる船籍《せんせき》の、一万五千隻《せき》にものぼる船がエーレスンド海峡《かいきょう》を渡《わた》るのを見張っている。

やがてクロンボー城《じょう》は霧《きり》のなかに消え、スウェーデンの岸辺に立っているヘルシングボリの塔《とう》も見えなくなった。カテガット海峡《かいきょう》の風を受け、船がかすかに傾《かたむ》く。

ワルキューレ号はりっぱな船だけれど、しょせんは小さな帆船《はんせん》だからして、過信《かしん》は禁物だ。船は石炭や家庭用品、陶器《とうき》、羊毛の服、小麦などをレイキャヴィックに運んでいた。乗組員は五人、全員がデンマーク人だった。これだけで、十分に操縦《そうじゅう》できる。

「むこうに着くまで、どれくらいかかるんだね？」と叔父《おじ》は船長にたずねた。

「十日ほどでしょう」と船長は答えた。「フェロー諸島《しょとう》から吹《ふ》きつける北西の突風《とっぷう》に見舞《みま》われなければですが」

「いずれにせよ、さほど遅《おく》れやしないんだろ？」

「ええ、リーデンブロックさん。大丈夫《だいじょうぶ》、ちゃんと着きますから」

夕方ごろ、船はデンマーク北端《ほくたん》のスカーゲン岬《みさき》を通りすぎ、夜中にスカゲラク海峡《かいきょう》を抜《ぬ》けた。それからリンドネス岬《みさき》をまわってノルウェー沿岸沿《えんがんぞ》いを進み、北海に出る。

二日後、スコットランドの海岸が見えた。ピーターヘッドの町があるあたりだ。ワルキューレ号はオークニー諸島《しょとう》とシェトランド諸島《しょとう》のあいだを抜《ぬ》け、フェロー諸島《しょとう》にむかった。ほどなくわれらが帆船《はんせん》は、大西洋の荒波《あらなみ》に揺《ゆ》られ始めた。北風に逆らってジグザグに進まねばならず、なかなかフェロー諸島《しょとう》までたどり着けない。六月八日、フェロー諸島《しょとう》の西《せい》端《たん》にあるミキネス島が見えた。アイスランドの南岸に位置するポートランド岬《みさき》まで、そこから一直線だった。

航海中、目立ったトラブルはなかった。ぼくはなんとか海の試練に耐《た》えた。けれども叔《お》父《じ》はさぞかし屈辱《くつじょく》だったろうが、船酔《ふなよ》いに苦しみ続けた。

そんなわけで叔父《おじ》は、スネッフェルス山への行き方や荷物の運搬手段《うんぱんしゅだん》についてビヤルネ船長にたずねられなかった。それを確かめるのはむこうに着いてからにして、船が揺《ゆ》れると仕切り壁《かべ》がきしむ船室に、一日中横たわってすごすしかない。正直言って、ぼくはちょっといいきみだと思った。

六月十一日、ポートランド岬《みさき》が姿《すがた》をあらわした。おりから空は晴《は》れ渡《わた》り、上方にひかえるミールダルス氷河《ヨクル》も見える。岬《みさき》は海岸の先に突《つ》き出《で》た、急勾配《きゅうこうばい》の大きな円丘《えんきゅう》のかたちをしていた。

ワルキューレ号は海岸線沿《ぞ》いを、十分距離《きょり》を保ちながら西へ進んだ。クジラやサメの大群が、船のまわりを囲んでいる。やがて巨大《きょだい》な岩山があらわれた。大きく穿《うが》たれた穴《あな》に、白波が激《はげ》しく打ちつけている。ヴェストマン諸島《しょとう》は大海原《おおうなばら》に岩を撒《ま》いたかのように、水面から突《つ》き出《で》ていた。そのあと船は、アイスランドの西側に突《つ》き出《で》たレイキャネス岬《みさき》を、余《よ》裕《ゆう》をもって大きく迂《う》回《かい》した。

海は大荒《おおあ》れで叔《お》父《じ》は甲板《かんぱん》に出られず、南西の風が吹《ふ》きすさぶ起《き》伏《ふく》に富んだ海岸を眺《なが》めることができなかった。

縦帆《たてほ》をたたんで、嵐《あらし》をしのがねばならなかった。四十八時間後、無事嵐《あらし》から抜《ぬ》け出《で》ると、東にスカーゲン岬《みさき》の航路標識が見えた。ここから危《き》険《けん》な岩礁《がんしょう》が、遠くまで波間に続いている。アイスランドの水先案内人がやって来て、船に乗りこんだ。そして三時間後、ワルキューレ号はレイキャヴィックを望むファクサ湾《わん》に錨《いかり》をおろした。

叔父《おじ》もようやく船室から出てきた。顔は少し青ざめ、やつれていたけれど、あいかわらず元気いっぱいで、満足げに目を輝《かがや》かしている。

町の住民たちが波止場《はとば》に集まってきた。みんなそれぞれ受け取るものがあって、船の到《とう》着《ちゃく》を待ちわびていたのだろう。

叔父《おじ》はさっさと船をあとにした。無理もない。叔父《おじ》にとっては病院というか、監獄《かんごく》のようなものだったのだから。それでも甲板《かんぱん》をおりる前にぼくを船首に引っぱって行き、湾《わん》の北方を指さした。万年雪に覆《おお》われた頂《いただき》が二つ並《なら》んだ、大きな山がそびえている。

「スネッフェルス山だ！」と叔父《おじ》は叫《さけ》んだ。「スネッフェルス山だぞ」

誰《だれ》にも話すなよ、と身ぶりで注意をうながすと、叔父《おじ》は待っていたボートに乗った。ぼくもそのあとを追い、ほどなくアイスランドの地に足をおろしたのだった。

まずは将軍《しょうぐん》のようなかっこうの、愛想《あいそ》のいい男があらわれた。けれどもそれは役人だった。アイスランド総督《そうとく》のトランペ男爵《だんしゃく》その人だ。叔父《おじ》は相手が誰《だれ》かわかると、コペンハーゲンからたずさえてきた推薦状《すいせんじょう》を手渡《てわた》し、デンマーク語で短い会話をかわした。もちろんぼくには、ちんぷんかんぷんだったけれど。この最初の会談で、大きな成果があった。リーデンブロック教授のためならなんでもすると、トランペ男爵《だんしゃく》は言ってくれたのだから。

市長のフィンセン氏からも温かい歓迎《かんげい》を受けた。服装《ふくそう》は総督《そうとく》に劣《おと》らず軍人風だったけれど、仕事柄《しごとがら》人あたりがよく、性格も温厚《おんこう》だった。

司教補佐《しきょうほさ》のピクトゥルソン氏はといえば、ちょうど北の教区をまわっているところだとかで、とりあえず面会はあきらめねばならなかった。けれどももうひとり、ぼくたちに力を貸そうと言ってくれた、魅力的《みりょくてき》な人物がいた。レイキャヴィックの学校で博物学を教え

レイキャヴィックの眺め

ているフリドリクソンさんだ。この謙虚《けんきょ》な学者は、アイスランド語とラテン語しか話さなかった。そこでぼくにホラティウス〔古代ローマの詩人〕の言葉、つまりラテン語で協力を申し出た。この人とならうまくやれそうだ、とぼくは感じた。実際、アイスランド滞在《たいざい》中、親しく話をしたのは彼ひとりだった。

フリドリクソンさんは親切にも、三部屋あった自宅《じたく》の二部屋を使わせてくれた。ぼくたちが家にやって来ると、あまりの大荷物にレイキャヴィックの人たちはびっくりしていた。

「さあ、アクセル」と叔父《おじ》は言った。「万事《ばんじ》快調だ。いちばんの難所《なんしょ》は乗《の》り越《こ》えたぞ」

「えっ、いちばんの難所《なんしょ》を?」

「まあな。あとは地下におりるだけだから」

「叔父《おじ》さんがそう言うなら、否定《ひてい》はしませんけどね。でも、おりたらまたのぼらねばならないのでは?」

「ああ、その点はあまり心配しておらん。ほらほら、無駄《むだ》にしている時間はないぞ。これから図書館に行く。サクヌッセンムの手稿《しゅこう》が見つかるだろう。閲覧《えつらん》できればいいんだが」

「でしたらそのあいだ、ぼくは町を見物しています。叔父《おじ》さんもどうですか?」

「いや、興味がないな。アイスランドの地で面白《おもしろ》いのは、地上ではなく地下だろう」

ぼくは外に出て、そぞろ歩きをはじめた。

レイキャヴィックの通りは二本だけだから、迷子になりようがない。したがって、道をたずねる必要もなかった。身ぶり手ぶりでたずねたところで、かえって誤解《ごかい》のもとだろう。町は二つの丘《おか》に挟《はさ》まれた、低い沼地《ぬまち》に広がっていた。大規模《だいきぼ》な溶岩流《ようがんりゅう》が町の片側《かたがわ》を覆《おお》い、なだらかな傾斜《けいしゃ》を描《えが》いて海へとのびている。反対側に広がるファクサ湾《わん》の北を遮《さえぎ》るのは、巨大《きょだい》なスネッフェルスの氷河だ。目下、湾《わん》に停泊《ていはく》しているのは、ワルキューレ号だけだった。いつもはイギリスやフランスの漁業監視《かんし》船《せん》が沖《おき》に泊《と》まっているのだが、今は島の東岸で任務にあたっているのだという。

レイキャヴィックの二本の通りのうち長いほうは、海岸に沿《そ》ってのびていた。赤い梁《はり》を渡《わた》した木の小屋が並《なら》んでいるのは、小売商や仲買人たちの店だ。もう一本の通りは町の西側を、小さな湖にむかって走っている。そちらには、司教《しきょう》や商人以外の人々が住んでいた。

ほどなくぼくは、陰気《いんき》で寂《さび》しい通りをひととおり歩き終えてしまった。ときおり目につく小さな芝地《しばち》は、使い古してすり切れたカーペットのようだ。農園だろうか、野菜を作っているところもあった。ジャガイモやキャベツ、レタスなどささやかな収穫物《しゅうかくぶつ》は、小人の家のテーブルにふさわしい。しおれかけたアブラナも、太陽の光を必死に求めていた。

短いほうの通りのなかほどに、土塀《どべい》に囲まれた公共墓地があった。墓穴《はかあな》を掘《ほ》るスペースはまだ残っている。そこから少し歩くと、総督《そうとく》の家に着いた。ハンブルクの市庁舎《しちょうしゃ》にくらべればあばら家だが、アイスランドの庶民《しょみん》が暮《く》らすほったて小屋にくらべるとまるで御殿《ごてん》のようだ。

小さな湖と町のあいだに、プロテスタント風の教会が立っていた。火山の噴火《ふんか》で撒《ま》き散《ち》らされた、焼けた石でできている。激《はげ》しい西風でも吹《ふ》いたら赤い屋根瓦《やねがわら》が舞《ま》いあがり、さぞかし大きな被害《ひがい》を信者たちに与《あた》えるだろう。

隣《となり》の高台には国立の学校があった。フリドリクソンさんにあとから聞いたところによると、そこではヘブライ語、英語、フランス語、デンマーク語を教えているのだという。恥《は》ずかしながら、ぼくにはろくすっぽわからない言葉ばかりだ。この小さな学校に通う、四十人ほどの生徒に混ざったら、びりっけつなのは間違《まちが》いない。寄宿舎の部屋は狭苦《せまくる》しく、戸棚《とだな》を二つに仕切ったくらいしかないらしい。神経質な生徒だったら、最初の晩《ばん》から息が詰《つ》まってしまうだろう。でもぼくは、彼らといっしょにそこで寝《ね》るにも値《あたい》しないんだ。

三時間もしたら、町だけではなくその周辺もすべて見終えてしまった。概《がい》してどこも殺《さっ》風景《ぷうけい》だった。草木の一本もなく、いたるところ火山岩がごつごつと突《つ》き出《で》ている。アイスランド人の家は土と泥炭《でいたん》でできていて、壁《かべ》は内側に傾《かたむ》いていた。そのせいで、地面のうえに屋根をかぶせただけのように見える。もっともその屋根は、豊かな草原と化していた。

家のなかから熱があがってくるせいで、屋根に草が生《お》い茂《しげ》るのだ。だから干《ほ》し草《くさ》の季節には、ていねいに刈《か》り取《と》らねばならなかった。さもないと家畜《かちく》がやって来て、緑あふれる屋根のうえで草を食《は》むことになる。

散歩のあいだ、住民にはほとんど会わなかった。店が立《た》ち並《なら》ぶ通りから戻《もど》るとき、町の人々が集まってタラを日干《ひぼ》しや塩漬《しおづ》けにしたり、箱に詰《つ》めたりしているのが見えた。タラはこの地方のおもな輸出品なのだ。男たちはたくましいけれど、鈍重《どんじゅう》そうだった。もの思わしげな目をした、金髪《きんぱつ》のドイツ人とでも言おうか、彼らは自分たちのことを、つまはじきにされた人間だと感じているのだろう。そう、氷に閉《と》ざされた地に追いやられた、あわれな流刑者《るけいしゃ》だと。こんな北極圏《ほっきょくけん》のすぐ近くで暮《く》らさねばならないのなら、いっそのことエスキモーに生まれたほうがよかったのに。彼らの顔に笑《え》みが浮《う》かばないかと、じっと目を凝《こ》らしたけれど無駄《むだ》だった。ときおり無意識に頬《ほお》を引きつらせるものの、笑顔《えがお》というにはほど遠い。

彼らの服装《ふくそう》はといえば、スカンジナヴィア地方で《ヴァドメル》と呼《よ》ばれている粗末《そまつ》な黒いウールの仕事着、つば広の帽子《ぼうし》、赤い飾《かざ》りひもがついたズボン、靴《くつ》の形に折り曲げた革《かわ》の切れはしだった。

女たちは悲しげで、あきらめきったような表情をしていた。愛想《あいそ》はよさそうだが表情に

レイキャヴィックの通り

乏《とぼ》しく、男たちと同じ《ヴァドメル》のスカートをはき、ブラウスを着ている。若《わか》い娘《むすめ》は髪《かみ》を花飾《かざ》りのように編《あ》んで、小さな茶色のニット帽《ぼう》をかぶり、結婚《けっこん》している女は色鮮《いろあざ》やかなスカーフを頭に巻《ま》き、てっぺんに白い布の飾《かざ》りをのせていた。

散策《さんさく》を終えてフリドリクソンさんの家に戻《もど》ると、叔父《おじ》はすでに主人といっしょにいた。

10　フリドリクソンさんの話

夕食の準備はできていた。リーデンブロック教授はそれをがつがつと貪《むさぼ》った。船のうえでは絶食《ぜっしょく》を余儀《よぎ》なくされたので、胃が底なしの穴《あな》に変じてしまったらしい。料理はアイスランドというよりデンマーク風で、とくにおいしいわけではなかったけれど、フリドリクソンさん自身はデンマークとは違《ちが》う、まさにアイスランド的人物だった。その歓待《かんたい》ぶりと言ったら、古代の英雄《えいゆう》たちを思わせる。フリドリクソンさんの家で、ぼくたちが彼本人よりもくつろげたのは間違《まちが》いない。

会話は現地の言葉でなされた。ぼくにもわかるよう、叔父《おじ》はドイツ語をまじえ、フリドリクソンさんはラテン語をまじえた。話題は学者らしく、科学に関することだったけれど、叔父《おじ》はうっかり口を滑《すべ》らさないようにとても注意していた。そしてひと言話すたびに、これからの計画については絶対に秘密《ひみつ》だと、ぼくに目で合図をするのだった。

まずフリドリクソンさんは、図書館での調べ物は成果があったかとたずねた。

「あなたの国の図書館ときたら！」と叔父《おじ》は叫《さけ》んだ。「ほとんど空っぽの本棚《ほんだな》に、中途半端《ちゅうとはんぱ》な本がぱらぱらと置いてあるだけじゃないですか」

「なにをおっしゃいます」とフリドリクソンさんは答えた。「八千冊《さつ》の蔵書《ぞうしょ》があり、その多くが貴重《きちょう》な稀覯本《きこうぼん》なんですよ。古いスカンジナヴィア語で書かれた作品もあれば、新刊書も毎年コペンハーゲンから送られてきますし」

「その八千冊《さつ》はどこにあるんです？　わたしが思うに……」

「ああ、リーデンブロック先生、本は国中を巡回《じゅんかい》しているんですよ。われらが古き氷の島では、みんな勉学熱心でしてね。農夫だろうが漁夫だろうが、字が読めない者、読書をしない者はひとりもいません。本というのは、好奇心《こうきしん》に満ちた読者の目に触《ふ》れない鉄柵《てっさく》の陰《かげ》でカビを生やしておくのではなく、すり切れるまで読まれるべきものだと思っているのです。だから本は一年、二年と読者の手をまわり、みんながくり返し読んだあと、ようやく図書館の棚《たな》にもどってくるんです」

「でも、そのあいだ、外国人は……」叔父《おじ》は少しいまいましげに応じた。

「いいじゃないですか。外国人には、ご自分の国の図書館があるのですから。ともあれ、わが国の農民は勉強しなくてはなりません。繰《く》り返《かえ》しますが、アイスランド人の血は向学心《こうがくしん》に満ちているんです。例えば一八一六年に設立された文芸協会は順調に発展《はってん》し、外国の学者たちもそこに加盟《かめい》するのを誇《ほこ》りにしているほどです。わが国民の啓蒙《けいもう》を目的とした本を何冊《なんさつ》も出していて、お国のために大いに役立っています。あなたにも通信会員になっていただければ、とても嬉《うれ》しいんですがね、リーデンブロック先生」

叔父《おじ》はすでに百あまりの学会に加入していたが、この誘《さそ》いを喜んで受けたので、フリドリクソンさんは感激《かんげき》もひとしおのようだった。

「それはさておき」とフリドリクソンさんは続けた。「わが国の図書館でどんな本をお探《さが》しだったのか、教えていただけますか？　わたしになにかわかるかもしれません」

ぼくは叔父《おじ》のほうを見た。なんと答えようか、迷っているらしい。地底探検《たんけん》の計画に、直接かかわる問題だからな。しばらく考えたあと、叔父《おじ》は意を決して口をひらいた。

「フリドリクソンさん、古い蔵書《ぞうしょ》のなかに、アルネ・サクヌッセンムの著作《ちょさく》がないか知りたいのですが」

「アルネ・サクヌッセンムですって？」とレイキャヴィックの博物学教師は訊《き》き返した。

「十六世紀の学者の？　偉大《いだい》な博物学者にして偉大《いだい》な錬金術師《れんきんじゅつし》、さらには大旅行家でもあった？」

「まさしく」

「アイスランドの文学と科学を代表するひとりの？」

「おっしゃるとおり」

「かの高名なる？」

「そういうことです」

「大胆不敵《だいたんふてき》で才能豊かな？」

「よくご存《ぞん》じのようですな」

叔父《おじ》はヒーローとあがめる人物がこんなに褒《ほ》めちぎられるのを聞いて、もう有頂天《うちょうてん》だった。そしてフリドリクソンさんの顔を食い入るように見つめた。

「で、彼の著作《ちょさく》は？」叔父《おじ》はたずねた。

「わが国にはありません」

「なんですって？　アイスランドにない？」

「ええ、アイスランドにも、ほかの国にもね」

「それはまた、どうして？」

「アルネ・サクヌッセンムは異端《いたん》の廉《かど》で告発され、彼の著作《ちょさく》は一五七三年、検閲官《けんえつかん》の手

により コペンハーゲンで焼きすてられたからです」

「すばらしい！　完璧《かんぺき》だ」と叔父《おじ》が叫《さけ》んだものだから、博物学教師はけしからんとばかりに眉《まゆ》をひそめた。

「そう、これで明らかだ。すべて説明がつく。なにもかも、つじつまが合うんだ。よくわかったぞ。サクヌッセンムは危険《きけん》人物と目《もく》され、天才的な発見を隠《かく》さざるをえなかった。だから複雑怪奇《ふくざつかいき》な暗号にして、秘密《ひみつ》を……」

「どんな秘密《ひみつ》ですか？」フリドリクソンさんは勢いづいてたずねた。

「秘密《ひみつ》というのは、つまり……その……」叔父《おじ》は口ごもった。

「もしかして、なにか裏《うら》づけとなるような資料でもお持ちなんですか？」

「いや、まあ……純粋《じゅんすい》に仮定の話で」

「なるほど」とフリドリクソンさんは言った。相手が返答に窮《きゅう》しているのを見て、しつこくたずねないほうがいいと思ったのだろう。「せっかくこの島にいらしたのですから、多種多様な鉱物をじっくり調べていってください」

「もちろんですとも」と叔父《おじ》は答えた。「来るのがいささか遅《おそ》すぎたくらいだ。すでに何人もの学者が、このあたりを訪《おとず》れたんでしょうね？」

「ええ、リーデンブロック先生。まずは王命によって行われたオラフソンとポヴェルソンによる調査や、トロイルの研究があげられます。ゲマールとロベールの科学調査隊も、フランスのコルベット艦《かん》*ルシェルシュ号でやって来ました。

＊原注　プロセヴィル氏が率いるリルワーズ号探検隊《たんけんたい》が行方不明《ゆくえふめい》になったことを受け、デュペレ提督《ていとく》は一八三五年、ルシェルシュ号を派遣《はけん》して捜索《そうさく》にあたらせたものの、手がかりはまったく得られなかった。

最近では、フリゲート艦《かん》レーヌ＝オルタンス号に乗った学者たちの調査が、アイスランドを知るうえで大きな貢献《こうけん》をしています。けれども、やるべきことはまだあるはずです」

「そう思いますか？」叔父《おじ》はつい目が輝《かがや》いてしまうのを抑《おさ》えながら、なに食わぬ顔でたずねた。

「もちろんですよ。これから研究が必要な、未知の山や氷河、火山がどんなにたくさんあることか。なにも遠くまで行かなくても、ほら、地平線にそびえるあの山を見てください。あれはスネッフェルス山です」

「ああ、スネッフェルス山ね」と叔父《おじ》は応じた。

「もっとも興味深い火山のひとつですが、火口を訪《おとず》れる人はほとんどいません」

「活火山ではないと？」

「五百年前から活動は止まってます」

「それなら」と叔父《おじ》は言うと、はやる気持ちを抑《おさ》えるかのように何度も脚《あし》を組みなおした。「まずはそこから地質学調査を始めましょうか。ええと、そのセッフェルだか……フェッセルだという山から……」

「スネッフェルス山です」と好人物のフリドリクソンさんは繰《く》り返《かえ》した。

この部分の会話はラテン語で行われたので、ぼくにもすべて理解できた。全身からあふれ出す喜びを必死にこらえている叔父《おじ》を見ているると、まじめな顔をしているのがひと苦労だった。ちょっととぼけた叔父《おじ》の表情は、老獪《ろうかい》な悪魔《あくま》のしかめ面《つら》を思わせた。

「あなたのお言葉で、心が決まりました」と叔父《おじ》は言った。「スネッフェルス山にのぼり、火口を調べてみることにしましょう」

「残念ながら」とフリドリクソンさんは答えた。「わたしは仕事が忙《いそが》しくて、手が離《はな》せません。さもなければ喜んでお供《とも》をし、成果をあげたいところなんですが」

「いやいや、そんな、フリドリクソンさん」と叔父《おじ》は間髪《かんはつ》をいれずに言った。「どなたにもご迷惑《めいわく》をかけるわけにはいきません。心から感謝しますよ。あなたのような学者がいっしょにいてくれたら、さぞかし心強いでしょう。でも、お仕事がおありなら……」

家の主人はいかにもアイスランド人らしい純朴《じゅんぼく》な人物だからして、叔父《おじ》のずる賢《がしこ》いやり口には気づかなかったと思いたい。

「あの火口から始めるという計画には大賛成ですね、リーデンブロック先生。きっと興味深い事柄《ことがら》を、たくさん観察できるでしょう。しかし、どうやってスネッフェルス山のある半島まで行くおつもりですか?」

「海路で行けばいいのでは? 湾《わん》を横ぎってね。それがいちばんの早道でしょう」

「ええ、でもそうはいかないんです」

「どうして?」

「レイキャヴィックには一艘《そう》のボートもありませんから」

「いやはや」

「だから海岸に沿《そ》って、陸路から行かねばなりません。時間はかかりますが、興味深いでしょうよ」

「けっこう。だったらガイドを雇《やと》わねば」

「ぴったりの男がいますから、ご紹介《しょうかい》しましょう」

「信用できる、有能な人物なんでしょうね?」

「大丈夫《だいじょうぶ》、半島に住んでいる、ケワタガモ猟《りょう》の名人です。きっとご満足していただけますよ。デンマーク語も完璧《かんぺき》に話せますし」

「いつ会えますかね?」

「よろしければ、明日にでも」

「今日ではいけませんか?」

「明日にならないと、着かないんです」

「では、明日」と叔父《おじ》はため息まじりに言った。

かくしてこの有意義な会談は終わり、最後にドイツ人教師からアイスランド人教師にむけて熱い感謝の念が示された。叔父《おじ》は夕食のあいだに、重要な情報をいくつも手に入れたのだった。まずはサクヌッセンムのこと、彼が謎《なぞ》めいた暗号文を残したわけ、フリドリクソンさんは探検《たんけん》に加わらないこと、そして明日になれば従順《じゅうじゅん》なガイドが手に入ることも。

11　ハンス登場

その晩《ばん》、ぼくはレイキャヴィックの海岸を少し散歩し、早めに戻《もど》って床《とこ》についた。厚い板のベッドで、ぐっすりと眠《ねむ》れた。

目を覚ますと、隣《となり》の部屋で叔父《おじ》がなにやら弁舌《べんぜつ》をふるっているのが聞こえた。ぼくは急いで駆《か》けつけた。

叔父《おじ》は背《せ》の高い、がっちりとした体格の男と、デンマーク語で話していた。これほどの巨漢《きょかん》なら、人なみはずれた力持ちに違《ちが》いない。大きく素朴《そぼく》そうな顔にあいた二つの目は、頭のよさを感じさせた。夢見るような青い目だ。イギリスでも立派《りっぱ》に通用しそうなほど鮮《あざ》やかな赤毛が、筋骨《きんこつ》たくましい肩《かた》まで長くのびている。身のこなしはしなやかだが腕《うで》をほとんど動かさないのは、身ぶり手ぶりで話すという習慣がないか、そんな態度を軽蔑《けいべつ》しているからだろう。この男のなにもかもが、冷静沈着《ちんちゃく》な性格を示していた。怠惰《たいだ》ではないが、めったなことではあわてない。決して揺《ゆ》るがぬ信念を抱《いだ》き、誰《だれ》にも助けを求めず自分のペースでことをなすタイプだ。

ぼくが男のそんな性格を見て取ったのは、話し相手の熱弁に耳を傾《かたむ》けているようすからだった。叔父《おじ》が大袈裟《おおげさ》に手足を動かしている前で、このアイスランド人は腕《うで》を組んだままじっとしている。違《ちが》うと言うときは首を左右にふり、そうだと言うときはうなずく。けれどもそれはほんのわずかなので、長い髪《かみ》はほとんど揺《ゆ》れなかった。体をできるだけ動かすまいと、倹約《けんやく》しているかのように。

この男を見ただけでは、まさか猟師《りょうし》だとはわからなかったろう。たしかに獲物《えもの》を驚《おどろ》かすことはないだろうが、そもそもどうやって捕《つか》まえるというんだ？

このもの静かな人物は《ケワタガモ専門《せんもん》の猟師《りょうし》》なのだとフリドリクソンさんから聞いて、ようやく腑《ふ》に落ちた。ケワタガモの綿毛《ダウン》は島でもっとも大きな収入源《しゅうにゅうげん》だが、それを集めるにはさほど体を動かさずともすむらしいのだ。

初夏のころ、美しいケワタガモの雌《めす》は入り組んだ峡湾《フィヨルド》*の岩場に巣を作る。巣ができると、雌《めす》は自分の腹《はら》からむしった綿毛を敷《し》きつめる。すると猟師《りょうし》（というか、むしろ商人と呼ぶべきだろう）がやって来て、巣を取りあげてしまうのだ。雌《めす》はまた一から巣作りを始め、綿毛があるかぎりそれが繰《く》り返《かえ》される。雌《めす》の綿毛がすっかりむしられると、今度は雄《おす》が自分の羽毛《うもう》を引《ひ》き抜《ぬ》くことになる。けれども雄《おす》の羽毛《うもう》は硬《かた》くて売り物にならず、猟師《りょうし》もわざわざひな鳥の寝床《ねどこ》を奪《うば》おうとはしない。こうして巣は完成し、雌《めす》は晴れて卵《たまご》を産む。やがてひなが孵《かえ》り、翌年《よくねん》もまた綿毛の収穫《しゅうかく》が行われるというわけだ。

＊原注　スカンジナヴィア諸国の狭い入り江のこと。

ところでケワタガモは巣を作るのに切り立った岩場は避《さ》け、海面ぎりぎりの平らな岩場を選ぶ習性がある。だからアイスランド人猟師《りょうし》は、難《なん》なく仕事を行うことができる。農夫にたとえるなら、種まきも刈《かり》とりもしないでただ収穫《しゅうかく》だけしていればいいようなものだ。

この寡黙《かもく》で落ちついた、重々しい人物の名はハンス・ビエルケ。フリドリクソンさんの推薦《すいせん》でやって来た、われらが旅のガイドだ。彼の立ちい振《ふ》るまいは、叔父《おじ》とは正反対だった。

それでも二人はたちまち意気投合したようだ。ハンスも叔父《おじ》もお金にはこだわらず、片《かた》や相手の言《い》い値《ね》で引き受け、片《かた》や相手が望むだけ出すつもりだった。こんなに簡単《かんたん》な取引もない。

話し合いの結果、スネッフェルス半島の南岸、ちょうど火山のふもとに位置するスタピ村まで、ハンスはぼくたちを案内することになった。陸路で約二十二マイル、つまり三十五キロほど。それなら二日で行けるだろうと叔父《おじ》は言った。

ところがデンマーク式の一マイルは約五倍、八キロ近くになることがわかった。道が悪い点も考慮《こうりょ》に入れて計算しなおしたところ、歩いて七、八日はかかりそうだった。

まずは馬を四頭、手配してもらわねばならない。二頭はぼくと叔父《おじ》が乗るため、もう二頭は荷物を運ぶため。ハンスはいつもどおり、徒歩で行くという。海岸地方の地理はよく心得ているので、最短コースをとると彼は約束した。

スタピ村に着いても、まだお役ごめんというわけではない。科学調査の旅に必要な限り、週給三リクスダラー*でガイドを続けることになっていた。その際、契約《けいやく》の必須《ひっす》条件として、賃金《ちんぎん》は毎週土曜日の晩《ばん》に支払《しはら》うことと定められた。

*原注　十六フラン九十八サンチーム。

寡黙で落ちついた，重々しい人物ハンス

出発は六月十六日に決まった。叔父《おじ》はハンスに前金を渡《わた》そうとしたが、猟師《りょうし》はひと言こう言って断った。

「エフデル」

「あとでいいそうだ」叔父《おじ》はぼくにもわかるように説明した。

契約《けいやく》がすむと、ハンスはぎこちない足どりで帰っていった。

「大した男だ」と叔父《おじ》は大きな声で言った。「だが、これから自分がどんなにすばらしい役割《やくわり》を演じることになるのか、予想もしていないだろうな」

「じゃあ、彼はぼくたちといっしょに……」

「そうとも、アクセル。いっしょに地球の中心まで行くんだ」

出発までまる二日、時間があったけれど、残念ながらそれは荷造りについやさねばならなかった。それぞれの荷物をできるだけ使いやすいように仕分けるため、ぼくたちは知恵《ちえ》を絞《しぼ》った。測定器具はこっち、武器はあっち、道具はこの袋《ふくろ》、食糧《しょくりょう》はあの袋《ふくろ》というように、全部で四つにまとめた。

測定器具というのは、次のようなものだった。

一　アイゲル式摂氏《せっし》温度計。目盛《めも》りは百五十度までついているが、これは多すぎるようにも少なすぎるようにも思えた。まわりの気温がそこまであがったら、ぼくたちはとっくだろう。

に焼け死んでいるだろうし、煮《に》えたった湧《わ》き水《みず》や溶解《ようかい》した物質の温度を測るには足りない

二　圧搾《あっさく》空気による圧力計《マノメーター》。標準気圧よりも高い気圧を測ることができる。というのも、気圧は地下におりるほど高くなるので、普通《ふつう》の気圧計《バロメーター》では不充分《ふじゅうぶん》だから。

三　ジュネーヴのボワソナス社製精密時計《クロノメーター》。ハンブルクの子午線《しごせん》に基《もと》づいた標準時にぴったり合わせてある。

四　伏角計《ふっかくけい》と偏差計《へんさけい》、二種類の羅針盤《コンパス》。

五　夜間望遠鏡。

六　ルームコルフ照明器*二台。携帯式《けいたいしき》の電気照明で、安全かつ小型である。

*原注　ルームコルフ照明器とは、重クロム酸カリウムで作動するブンゼン電池によるもので、まったくの無臭《むしゅう》である。電池で作られた電気は誘導《ゆうどう》コイルによって、特殊《とくしゅ》な仕掛《しか》けをほどこしたランプに送られる。ランプに取りつけたガラスの蛇管《じゃかん》は内部が真空になっていて、炭酸ガスや窒素《ちっそ》ガスがほんの少しだけ入っている。この装置《そうち》に電流を通すとガスが輝《かがや》き、白い連続的な光を発するのだ。電池とコイルは革袋《かわぶくろ》におさめられ、肩《かた》にかけて運べるが、ランプは外に出ているので、真《ま》っ暗闇《くらやみ》も充分《じゅうぶん》明るく照らすことができる。引火性のガスが充満《じゅうまん》しているなかで点灯しても爆発《ばくはつ》の危険性《きけんせい》はなく、水中でも明かりが消えることはない。ルームコルフ氏は才能豊かな物理学者で、高圧電流を発生させるこの誘導《ゆうどう》コイルは、彼が残した偉大《いだい》な

発明品である。また一八六四年、フランス政府が五年に一度、電気の応用にもっとも貢献《こうけん》した人物に与《あた》える賞を受賞、五万フランの賞金を授与《じゅよ》された。

武器というのはパードリー・モア社製のカービン銃《じゅう》二丁と、コルトのリボルバー二丁である。でも、どうして武器が要《い》るんだろう？　地底だったら、野蛮人《やばんじん》や野獣《やじゅう》に襲《おそ》われる心配などないはずなのに。ところが叔父《おじ》は測定器具だけでなく、武器も持っていくと言いはった。とりわけ綿火《めんか》薬《やく》は大量に必要だ、これは普《ふ》通《つう》の火薬よりも爆発力《ばくはつりょく》が大きく、湿気《しっけ》にも強いからと。

道具類にはピッケル二本、つるはし二本、絹製《きぬせい》の縄梯子《なわばしご》、鉄のストック三本、斧《おの》、ハンマー、鉄のハーケン一ダース、結び目のついた長いロープ数本などがあった。すべて合わせると、かなりの大荷物になる。なにしろ縄梯子《なわばしご》は百メートル近いしろものだったから。

最後に食糧《しょくりょう》の荷物だが、これはさほど大きくないけれど、不足する心配はなかった。干《ほ》し肉《にく》もビスケットも、六か月はもつはずだから。飲み物はジンだけで、水は皆無《かいむ》。途中《とちゅう》、湧水《わきみず》が見つかるだろうから、そのつど水筒《すいとう》に汲《く》んでおけばいいと叔父《おじ》は考えていた。水質や温度が問題だし、そもそも湧水《わきみず》なんてないかもしれないと言ってぼくは反対したけれど、叔父《おじ》は耳を貸さなかった。

旅支度《たびじたく》の正確なリストの仕上げとして、携帯《けいたい》用救急箱の中身をあげておこう。刃《は》がすり減ったハサミ、骨折《こっせつ》用の副木《そえぎ》、生糸《きいと》のテープ、包帯に湿布《しっぷ》、絆創膏《ばんそうこう》、瀉血《しゃけつ》用の皿といった、恐《おそ》ろしげな品の数々だ。さらには小瓶《こびん》に詰《つ》めたデキストリン、消毒用アルコール、酢酸鉛《さくさんなまり》水溶液《すいようえき》、エーテル、酢《す》、アンモニアなど、緊急《きんきゅう》時に使う薬品や、ルームコルフ照明器の電源に必要な材料もあった。

叔父《おじ》は煙草《たばこ》や狩猟《しゅりょう》用火薬、火打ち石も忘《わす》れなかった。腰《こし》に巻《ま》いたベルトには金貨、銀貨、紙幣《しへい》がたっぷり詰《つ》めこんである。タールや弾性《だんせい》ゴムで防水加工した上等な靴《くつ》も、道具類のなかに加えられた。

「服も靴《くつ》も、これだけの重装備《じゅうそうび》を整えれば、長旅にも充分耐《じゅうぶんた》えられるぞ」と叔父《おじ》は言った。

六月十四日はまる一日、こうしたさまざまな荷物の準備についやされ、夜はアイスランド総督《そうとく》のトランペ男爵宅《だんしゃくたく》で夕食会が催《もよお》された。レイキャヴィックの市長や、地元の高名な医師ヒアルタリン博士も招かれたが、フリドリクソンさんは会食者のメンバーに入っていなかった。あとで聞いたところによると、総督《そうとく》と彼は行政上の問題で意見が対立しており、顔を合わせたくなかったらしい。そんなわけで、この半ば公式の夕食会のあいだ、ぼくには会話の内容がなにひとつ理解できなかった。わかったのはただひとつ、叔父《おじ》がしゃべりどおしだったということくらいだ。

翌《よく》十五日、準備は終わった。叔父《おじ》はフリドリクソンさんにアイスランドの地図をもらって、大喜びだった。前に見たヘンダーソンの地図とはくらべものにならないほど正確な、オラフ・ニコラズ・オルセン氏の手による四十八万分の一の地図で、シール・フリサック氏による測地作業と、ビヨルン・グムラウグソン氏による地形測量にもとづき、アイスランド文芸協会が出版したものだった。鉱物学者《こうぶつがくしゃ》にとっては貴重《きちょう》な資料だ。

最後の晩《ばん》は、フリドリクソンさんと打ちとけたおしゃべりをしてすごした。ぼくはこの人物に、とても親しみを感じていた。ひとしきり話したあと床《とこ》についたけれど、なんだか興奮《こうふん》してよく眠《ねむ》れなかった。少なくともぼくのほうは……。

朝五時、窓《まど》の下で四頭の馬がいななき、地面を蹴《け》る物音で目が覚めた。ぼくは急いで服を着て、通りにおりた。ハンスはすでに荷物を積み終えようとしていた。ほとんど体を動かしていないのに、実に手際《てぎわ》よく作業を進めている。叔父《おじ》は手よりも口を動かすのに忙《いそが》しいが、ガイドのほうは面倒《めんどう》な指図など聞き流しているようだ。

六時には、すべての準備が完了《かんりょう》した。フリドリクソンさんはぼくたちの手を握《にぎ》った。叔《お》父《じ》は彼の厚意《こうい》と歓待《かんたい》に、アイスランド語で心からのお礼を述べた。ぼくも拙《つたな》いラテン語で、精一杯《せいいっぱい》のあいさつをした。ぼくたちが馬に乗ると、フリドリクソンさんは最後にもう一度さよならを言ったあと、はなむけにヴェルギリウスの詩句《しく》を贈《おく》ってくれた。不安な道をめざす旅人たるぼくたちのために作られたかのような一節だった。

Et quacumque viam dederit fortuna sequamur.
(運命に導かれるまま、どんな道でも進み行こう。)

12　島を横切って

曇《くも》り空《ぞら》の下、ぼくたちは出発した。天気はこのままもちそうだ。体にこたえる猛暑《もうしょ》にも、びしょ濡《ぬ》れの雨にもならず、旅にはちょうどいい。

知らない土地を馬で駆《か》けぬける喜びで、冒険旅行に乗り出そうという意欲《いよく》がすなおに湧《わ》いてきた。心のおもむくまま、自由に旅する幸せにぼくは浸《ひた》っていた。こんなくわだても悪くない、という気にさえなり始めていた。

《そもそも、なんの危険《きけん》があるっていうんだ》とぼくは思った。《珍《めずら》しい国を旅して、すばらしい山にのぼるだけの話だ。場合によっては、活動していない火山の火口から底へおりることになるかもしれないが、サクヌッセンムがしたのもどうせそれくらいだろう。地球の中心まで続く地下道なんて、ただの空想にすぎない。ありえないじゃないか、そんなこと。だったらあれこれ言ってないで、なるべくこの遠征《えんせい》を楽しむに限るぞ》

そこまで考えたころにはもう、レイキャヴィックをあとにしていた。

ハンスが先頭に立ち、常に変わらない速足で歩いた。荷物を積んだ二頭の馬は、手綱《たづな》を引くまでもなくそのうしろについていく。ぼくと叔父《おじ》はしんがりをつとめ、体は小さいがたくましそうな馬に意気揚々《いきようよう》とまたがっていた。

アイスランドはヨーロッパでも大きな島のひとつだ。面積は十万平方キロあまり。人口は六万人にすぎない。地理学者たちは島を四つに分割《ぶんかつ》しているが、ぼくたちはそのうち南西地方と呼《よ》ばれる地域《ちいき》を、ほぼ斜《なな》めに横ぎらねばならなかった。

ハンスはレイキャヴィックを出ると、そのまま海岸沿《ぞ》いを進んだ。あたりはやせた牧草地で、青々しているとはお世辞にも言えなかった。むしろ黄色のほうが目立つくらいだ。東の地平線には、ごつごつした岩山の頂《いただき》が霧《きり》にかすんでいる。はるか遠い山頂《さんちょう》の斜面《しゃめん》を覆《おお》う雪は、降《ふ》りそそぐ陽光を集めて輝《かがや》いた。さらに高くそびえる峰々《みねみね》は、大海原《おおうなばら》に点々とする岩礁《がんしょう》のように、たなびく灰色《はいいろ》の雲を突《つ》きやぶって頭を出していた。

目の前に連なるひからびた岩山は、ところどころ牧草地を横ぎって海まで突《つ》き出《で》ていたけれど、通《とお》り抜《ぬ》ける余地はあった。それに馬は速度をゆるめずとも、本能的に歩きやすい道を選んだ。だから叔父《おじ》も声をあげたり鞭《むち》を入れたりして、馬を急がせるまでもなかった。これならいつもみたいに、いらいらする余地はないだろう。背《せ》の高い叔父《おじ》が小さな馬にまたがっているさまは、見ているだけでおかしかった。長い足を地面にひきずっているので、まるで六本足のケンタウロスだ。

「こいつは本当にいい馬だ」と叔父《おじ》は言った。「そうだろ、アクセル。頭のよさにかけては、アイスランドの馬にまさる動物はいないぞ。雪も嵐《あらし》も、悪路《あくろ》や岩、氷河も、決してその行く手をはばむことはできん。勇敢《ゆうかん》で、つつましく、たよりになる。よろめきもしなければ、暴れもしない。渡《わた》らねばならない川や峡谷《きょうこく》があっても、この馬は両生類のようにためらわず水に飛びこみ、むこう岸にたどり着くことだろうよ。だが、急《せ》かしてはいかん。好きなように歩かせるんだ。そうすれば、一日平均四十キロは進むだろう」

「われわれはそうでしょうが、ガイドのほうは？」とぼくはたずねた。

「ああ、あの男は心配ない。ああした連中は、自分でも意識せずに歩いているんだ。それにあの男はほとんど体を動かさないから、疲《つか》れることもないだろう。いざとなったら、この馬に乗せてやってもいいし。われわれも少しは脚《あし》を動かさないと、こむらがえりを起こしかねないからな。腕《うで》は大丈夫《だいじょうぶ》だが、脚《あし》は気をつけないと」

まるで六本足のケンタウロスだ

そうこうするあいだにも、ぼくたちは速足で進み続けた。あたりはもう、ほとんど人気《ひとけ》がなかった。ところどころ、木と土と溶岩《ようがん》でできた農家《ボエール》がぽつんと立っているだけだ。まるでそれは、くぼんだ道の端《はし》にすわった物乞《ものご》いのようだった。あのボロ家は、通行人に恵《めぐ》みを乞《こ》うている。もしかしたら、施《ほどこ》しをしていく者だっているのではないか。この地方には街道《かいどう》はおろか、小さな道すらろくにない。草木の伸《の》びがいくら悪くとも、めったに通らない旅人の足跡《あしあと》はいつしか草に覆《おお》われてしまう。

とはいえこのあたりは首都から近いため、アイスランドのなかでは人家も耕地も多いほうだった。こんな砂漠《さばく》みたいな土地よりも、もっと索漠《さくばく》としているところがあるなんて想像もつかなかった。四キロほどすぎても、藁《わら》ぶき家の戸口に立つ農夫ひとり、自分が飼っている羊よりも粗野《そや》な牧童《ぼくどう》ひとり目にしていない。それじゃあ火山の噴火《ふんか》や地震《じしん》によって大きな被害《ひがい》を受けた地方は、いったいどんなところなんだろう？

いずれはそれもわかるはずだ。けれどもオルセンの地図を見てみると、曲がりくねった海岸線沿《ぞ》いに進んでいけば、そうした地方を迂回《うかい》できるらしい。というのも、地底の大規《だいき》模《ぼ》な活動は島の内陸部に集中しているからだ。そこではスカンジナヴィア語で《トラップ》と呼《よ》ばれる階段状《かいだんじょう》に重なった水平な岩の層《そう》、帯状に広がる粗面岩《そめんがん》、噴《ふ》き出《だ》された玄武岩《げんぶがん》や凝灰岩《ぎょうかいがん》、ありとあらゆる火山性の礫岩《れきがん》、溶岩流《ようがんりゅう》や溶《と》けた斑岩《はんがん》の跡《あと》が、世にも恐《おそ》ろしい世界を作り出している。すさまじい自然の力が猛威《もうい》を振《ふ》るうスネッフェルス半島で、そんな光景がぼくたちを待ち受けているなんて、そのときはまだ予想もしていなかった。

レイキャヴィックを出発して二時間後、グフネスの町に着いた。現地の言葉で主教会《アオルキルキャ》と呼《よ》ばれているが、家が何軒《なんけん》かたっているだけで見るべきものはなにもない。ドイツの小さな集落みたいなものだ。

ハンスの提案により、そこで三十分の休憩《きゅうけい》をとることにした。彼もつましい昼食をともにし、これからの行程について叔父《おじ》があれこれたずねても、はいといいえしか答えなかった。今夜はどこに泊《と》まるつもりなのかという質問には、たったひと言こう言った。

「ガルデール」

すぐに地図で調べると、レイキャヴィックから四マイル離《はな》れたハヴァルフィヨルドの入《い》り江沿《えぞ》いにこの地名を見つけた。ぼくは地図を叔父《おじ》に見せた。

「たった四マイルだと」と叔父《おじ》は言った。「二十二マイルのうち四マイル、三十キロほどだからな。それくらい、散歩みたいなものじゃないか」

叔父《おじ》はハンスに意見をしようとしたが、ガイドは黙《だま》ってまた先頭に立ち、歩き始めた。

三時間後、あいかわらずぼくたちは牧草地の色あせた草を踏《ふ》み進《すす》んでいた。コラフィヨルドを迂回《うかい》しなければならなかったが、そのほうがこの入《い》り江《え》を渡《わた》るより簡単《かんたん》だし、距離《きょり》も短くてすむ。やがてぼくたちは、エユルベルクという名の地方裁判所《さいばんしょ》所在地に入った。アイスランドの教会が大時計を備えられるほど豊かだったなら、鐘楼《しょうろう》は正午を打っていたことだろう。けれども、信徒に似て貧しい教会には懐中時計《かいちゅうどけい》すらなかったので、時を告げる鐘《かね》の音も響《ひび》いてはいなかった。

そこで馬を休ませたあと、連なる丘《おか》と海にはさまれた岸辺をとおって、ブランタールという名の主教会《アオルキルキヤ》までいっきに行った。そこからさらに一マイルほど進むと、ハヴァルフイヨルドの南岸に位置する支教会《アネクシア》の村ソールボーエルに着いた。

夕方の四時。ぼくたちはすでに四*マイルを走破していた。

＊原注　八リュー(三十キロあまり)。

峡湾《フィヨルド》の幅《はば》はこのあたりで少なくとも半マイル、四キロほどある。鋭《するど》い岩に波が打ち寄せ、音をたてて砕《くだ》けていた。湾《わん》をとりまく切り立った岩壁《がんぺき》は高さ千メートルにもなり、赤っぽい凝灰岩《ぎょうかいがん》が縞模《しまも》様《よう》をなす茶色い地層《ちそう》が目を引いた。馬がどんなに賢《かしこ》かろうと、その背《せ》に乗ったままこんな大きな入《い》り江《え》を渡《わた》れるとは思えない。

「馬だってわかりますよ」とぼくは言った。「ここを渡《わた》れやしないって。ともかく、ぼくはわかってます」

けれども叔父《おじ》は待とうとせず、拍車《はくしゃ》を入れて海辺にむかった。馬は潮《しお》の香《かお》りをかぐと、立ちどまった。叔父《おじ》は本能の命じるがまま、さらに馬を急《せ》きたてた。それでも馬は首をふり、言うことを聞こうとしなかった。罵声《ばせい》が響《ひび》き、鞭《むち》がうなる。馬は後《うし》ろ脚《あし》をあげ、乗り手をふり落とそうとした。そしてついにひざを曲げ、叔父《おじ》の下からするりと抜《ぬ》け出《だ》した。こうして叔父《おじ》はロードス島の巨像《きょぞう》さながら、ひらいた脚《あし》を岸辺の石に乗せ、立ったまま取り残されてしまったのだった。

「ああ、いまいましい馬のやつめ！」と叔父《おじ》は叫《さけ》んだ。今まで馬に乗っていたのが、いきなり歩かされることになったのだ。騎兵隊《きへいたい》の士官《しかん》から歩兵に格下げされたみたいに、なんだか恥《は》ずかしそうだった。

「ファルヤ」ガイドが叔父《おじ》の肩《かた》に手をかけて言った。

「なに、渡《わた》し舟《ぶね》が？」

「デール」ハンスは舟《ふね》を指さし答えた。

「ほんとうだ！　渡《わた》し舟《ぶね》があります」とぼくは叫《さけ》んだ。

「それならそうと、早く言えばいいものを。さあ、乗ろう」

「ティヴァッテン」とハンスは続けた。

「なんと言っているんです？」

馬は潮の香りをかぐと，立ちどまった

「潮《しお》という意味だが」叔父《おじ》はデンマーク語を訳《やく》してくれた。

「潮《しお》を待てということでしょうか?」

「フォルビダ?」と叔父《おじ》がたずねる。

「ヤー」ハンスは答えた。

叔父《おじ》が地団太《じだんだ》を踏《ふ》んでいるあいだに、馬たちは渡《わた》し舟《ぶね》のほうへ走っていった。峡湾《フィヨルド》を渡《わた》るのに、どうして潮《しお》が満ちるのを待たねばならないのか、ぼくにはよくわかっていた。満潮《まんちょう》になれば海が静まる。潮《しお》の満《み》ち干《ひ》の影響《えいきょう》で、舟《ふね》が入《い》り江《え》の奥《おく》や沖合《おきあい》に流される危険《きけん》がない。

ようやく夕方の六時になって、その好機が訪《おとず》れた。ぼくと叔父《おじ》、ガイド、それに二人の渡《わた》し守《もり》と四頭の馬は、危《あぶ》なっかしい平らな小舟《こぶね》に乗りこんだ。エルベ川の蒸気船《じょうきせん》に慣れていたぼくには、船頭が手漕《てこ》ぎの舟《ふね》なんてずいぶんみじめな気がした。入《い》り江《え》を渡《わた》るには一時間以上かかったけれど、無事むこう岸に着くことができた。

それからさらに三十分後、ぼくたちはガルデールの主教会《アオルキルキャ》に到着《とうちゃく》した。

13　荒涼《こうりょう》とした土地

　とっくに日が暮《く》れてもいい時間だけれど、北緯《ほくい》六十五度の極地《きょくち》が白夜《びゃくや》なのは驚《おどろ》くにあたらない。アイスランドでは六月、七月のあいだ、太陽は沈《しず》まなかった。それでも気温は下がっていた。寒いし、お腹《なか》も空いてきた。折よく一軒《けん》の農家《ボエール》がぼくたちのために扉《とびら》をひらき、温かく迎《むか》え入《い》れてくれた。鄙《ひな》びたボロ家だったけれど、歓待《かんたい》という点では王宮に劣《おと》らなかった。主人はぼくたちに手を差し出した。あとは堅苦《かたくる》しい儀式《ぎしき》ぬきで、ついて来いという身ぶりをした。

　ぼくたちは文字どおり、あとについて行った。というのも、並《なら》んで歩くのはとうてい無理だったから。狭《せま》くて長く薄暗《うすぐら》い通路を抜《ぬ》けた先が、今晩泊《こんばんと》まる家だった。太い梁《はり》は、ほとんど丸太のままだ。部屋は四つ。台所、機織《はたお》りの作業場、バドストファと呼《よ》ばれる家族の寝室《しんしつ》、そしていちばんいい部屋が来客用の寝室《しんしつ》だ。叔父《おじ》は天井《てんじょう》のでっぱりに、何度も頭をぶつけていた。きっと家を建てたとき、こんなに背《せ》の高い人のことまで考えていなかったのだろう。

　ぼくたちは寝室《しんしつ》に案内された。そこは地面を踏《ふ》み固《かた》めた広い土間で、明り取りの窓《まど》には曇《くも》りガラスみたいな羊の膜《まく》が張ってある。寝床《ねどこ》はと言えば、アイスランドの格言を刻《きざ》んだ赤い木枠《きわく》のなかに干《ほ》し草《くさ》を敷《し》きつめたものだった。ぼくはこんなに快適なところに寝《ね》られるとは期待していなかった。もっとも家のなかには、干《ほ》し魚《うお》や酢漬《すづ》けの肉、すえた乳の強烈《ちちきょうれつ》な臭《にお》いが満ちていて、鼻が曲がりそうだったけれど。

重い旅の装束《しょうぞく》を脱《ぬ》ぎ捨《す》てると、主人の声が聞こえた。台所で温まらないかと誘《さそ》ってくれている。どんなに寒くとも、火の気があるのはその一部屋だけだったから。

さっそく叔父《おじ》はこの親切な呼《よ》びかけにしたがい、ぼくもあとに続いた。台所の暖炉《だんろ》は簡素《かんそ》なものだった。部屋のまんなかに置いた平たい石のうえで火を燃やし、天井《てんじょう》の穴《あな》から煙《けむり》を出す。台所は食堂代わりにもなっていた。

ぼくたちがなかに入ると、主人は初めて会ったかのように「ごきげんよう《サイルヴェルトゥ》」と挨拶《あいさつ》をし、頬《ほお》にキスをした。

続いて奥《おく》さんも同じ言葉を言って、同じようにキスをした。そして夫妻は右手を左胸《ひだりむね》にあて、深々とおじぎをした。

とり急ぎつけ加えておくけれど、彼らには十九人もの子供《こども》がいた。大きいのから小さいのまで、部屋に渦《うず》まく暖炉《だんろ》の煙《けむり》のなかで、ごちゃごちゃとうごめいている。少しもの憂げな金髪《きんぱつ》頭が、煙《けむり》のなかから次々に顔を出した。汚《よご》れた顔の天使たちが、ぐるりと連なっているかのように。

ぼくと叔父《おじ》はこの《雛鳥《ひなどり》たち》を温かく迎《むか》え入《い》れた。ちびすけどもは肩《かた》といわず、膝《ひざ》といわず、脚《あし》のあいだといわず、三人、四人と乗ってきた。言葉を話せる子供《こども》はありとあらゆる声音《こわね》で「ごきげんよう《サイルヴェルトゥ》」を連発し、まだ話せない子供《こども》は声を限りに叫《さけ》んでいる。

この大合唱も、食事の始まりを告げるひと言ではたと止《や》んだ。そこにハンスも戻《もど》ってきた。馬に餌《えさ》をあげてきたと言うが、要は野原に放してきただけだ。哀《あわ》れな馬たちは岩に生えたわずかな苔《こけ》や、あまり腹持《はらも》ちのしないヒバマタで我慢《がまん》しなければならない。それでも明日になれば戻《もど》ってきて、仕事の続きを始めるのだ。

「ごきげんよう《サイルヴェルトゥ》」とハンスは言った。

それから主人、奥《おく》さん、十九人の子供《こども》たちに、淡々《たんたん》と同じペースでキスをしていった。こうして挨拶《あいさつ》の儀《ぎ》式《しき》がすむと、皆《みな》で食卓《しょくたく》についた。総勢二十四人にもなるのだから、文字どおり重なり合ってすわらねばならなかった。膝《ひざ》に子供《こども》二人を乗せるだけですめば、まだいいほうだった。

それでもスープが運ばれると、一同静かになった。アイスランド人は子供《こども》でも生まれつき無口だから、本来の姿《すがた》に戻《もど》ったわけだ。主人はぼくたちに苔《こけ》のスープをふるまってくれたが、これは悪くなかった。お次はバターであえた大きな干《ほ》し魚《うお》の切り身。二十年もののバターは酸《す》っぱかったけれど、そのほうが新鮮《しんせん》なものようりうまいというのがアイスランド的な美食の考え方だった。《スキール》というチーズに似た乳製品《にゅうせいひん》にはビスケットが添《そ》えられ、ネズの実のジュースで味つけがされていた。最後の飲み物は脱脂乳《だっしにゅう》を水に溶《と》いた、この国の言葉で《ブラン》と呼《よ》ばれるものだった。こうした風変わりな食べものがおいしいか否《いな》か、ぼくには判断がつかない。けれどもお腹《なか》が空いていたので、デザートに出された濃《のう》厚《こう》なそば粥《がゆ》も、最後のひと口まで食べきった。

夕食が終わると子供《こども》たちはいなくなり、大人は炉《ろ》を囲んだ。泥炭《でいたん》やヒース、牛の堆肥《たいひ》、干《ほ》し魚《うお》の骨《ほね》が燃えている。こうして体が温まると、それぞれの寝室《しんしつ》に戻《もど》った。奥《おく》さんは習慣にしたがって、靴下《くつした》やズボンを脱《ぬ》がしてくれようとした。ぼくたちが丁重《ていちょう》に断ると、奥《おく》さんも無理にとは言わなかった。こうしてぼくは、干《ほ》し草《くさ》の寝床《ねどこ》でようやく丸まることができた。

翌朝《よくあさ》五時、ぼくたちはアイスランドの農民に別れを告げた。叔父《おじ》は苦労の末、遠慮《えんりょ》する相手に充分《じゅうぶん》な謝礼を手渡《てわた》した。やがてハンスが出発の合図をした。

ガルデールを出ると、ほどなく景色が変わった。一面、湿地《しっち》が広がり、歩きづらかった。右側には自然の巨大《きょだい》な城塞《じょうさい》のように、どこまでも山が連なっている。ぼくたちはその斜面《しゃめん》に沿《そ》って進んだ。目の前に小川があらわれるたび、荷物があまり濡《ぬ》れないように、浅瀬《あさせ》を選んで渡《わた》らねばならなかった。

あたりはますます荒涼《こうりょう》としてきたけれど、ときおり遠くを歩き去る人影《ひとかげ》が見えた。そんな影《かげ》のひとつと道の曲がり角で不意に出くわしたとき、ぼくは思わずぞっとした。腫《は》れた顔の皮膚《ひふ》はてかてかに光り、髪《かみ》の毛《け》は抜《ぬ》け落《お》ちている。ほころびたボロ着の裂《さ》け目《め》からは、気味の悪い傷口《きずぐち》が見えた。

この哀《あわ》れな男はくずれかけた手を差し出すどころか、あわてて立ち去ろうとした。けれども、ハンスがいつものように「ごきげんよう《サイルヴエルトゥ》」と挨拶《あいさつ》する間はあった。

「スペテルスク」とハンスは言った。

「らい病だ」と叔父《おじ》が繰《く》り返《かえ》す。

この言葉を聞いただけで、ぼくは震《ふる》えあがった。この恐《おそ》ろしい病気は、アイスランドでよく見られる。伝染病《でんせんびょう》ではないが遺伝《いでん》するというので、不幸な患者《かんじゃ》たちは結婚《けっこん》を禁じられていた〔日本ではハンセン病と呼ばれ、実際には遺伝しない〕。

彼らの姿《すがた》が見えたからといって、陰気《いんき》な風景が明るくなるわけもなかった。わずかに残った草むらを、ぼくたちは無慈悲《むじひ》に踏《ふ》みつけた。木はと言えば、背《せ》の低いカバノキがまばらに生えているだけ。動物は馬が何頭か、飼い主に餌《えさ》をもらえず荒れ野《あの》をさまよっているだけだ。ときおり鷹《たか》が灰色《はいいろ》の雲のあいだを羽ばたき、南の地方へ飛び去っていった。ぼく

「らい病だ」と叔父が繰り返した

はこんなもの悲しい自然に身をゆだね、生まれ故郷《こきょう》に思いをはせた。

そのあとも、小さな峡湾《フィヨルド》をいくつか渡《わた》らねばならなかった。そして最後には、広い幅《はば》のある湾《わん》もひかえていた。ちょうど潮《しお》の動きがないときだったので、そのまま待たずに海を渡《わた》り、八キロ先のアルフタネスという集落まで行きついた。

夕方、二本の川の浅瀬《あさせ》を歩いて渡《わた》った。マスやカワカマスがいっぱいいる、アルファ、ヘータという名の川だった。そのあとは、スカンジナヴィア神話のあらゆる妖精《ようせい》が住んでいるような廃屋《はいおく》で、夜をすごさねばならなかった。あそこには寒気《かんき》の精が取《と》り憑《つ》いていたに違《ちが》いない。やつらはひと晩《ばん》じゅう猛威《もうい》をふるっていた。

翌日《よくじつ》は、さしたる出来事もなくすぎた。あいかわらず単調で、もの悲しげな湿地《しっち》を歩き続けた。夕方までに全行程の半分を越《こ》し、支教会《アネクシア》の村クロソルプトに泊《とま》った。

六月十九日、約八キロにわたって広がる溶岩《ようがん》の土地を踏《ふ》み進《すす》んだ。こうした地質は土地の言葉で《フラウン》と呼《よ》ばれている。表面によったしわは、伸《の》びたり丸まったりした荒縄《あらなわ》のようだ。これは周囲の山々から大量に流れ出た溶岩流《ようがんりゅう》だった。今は火山の活動も止《や》んでいるが、かつてどんなに激《はげ》しい噴火《ふんか》があったかを、こうした残骸《ざんがい》はよく示していた。温泉《おんせん》の湯気も、あちこちに漂《ただよ》っている。

こうした現象《げんしょう》をじっくり観察している暇《ひま》はなかった。先を急がねばならない。ほどなく馬の足もとはふたたび湿地《しっち》になり、ところどころ小さな沼《ぬま》もあらわれた。ぼくたちはその時、西へむかっていた。大きなファクサ湾《わん》はすでに迂回《うかい》し終え、四十キロほど先にはスネッフェルス山の白い双峰《そうほう》が、たなびく雲のなかにそびえている。

馬は悪路《あくろ》をものともせず、快調に歩いた。ぼくはだいぶ疲《つか》れてきたけれど、叔父《おじ》は旅の初日と変わらず元気いっぱいだった。まったく感嘆《かんたん》せざるをえない。それにガイドのハンスも、こんな遠征《えんせい》を散歩くらいに思っているようだ。

六月二十日土曜日、夕方六時、海沿《うみぞ》いの村ビュディールに着くと、ガイドは取り決めどおりに賃金《ちんぎん》をもらいたいと言い、叔父《おじ》はそれを支払《しはら》った。出迎《でむか》えてくれたのは、ハンスの叔父《おじ》さんやいとこたちだった。ぼくたちは大歓迎《だいかんげい》を受けた。純朴《じゅんぼく》な人々の好意に甘《あま》えすぎてはいけないが、できればここでゆっくりと旅の疲《つか》れをいやしたいところだった。けれども叔父《おじ》は、そんなことをするつもりも必要もさらさらないようだった。こうして翌日《よくじつ》ぼくたちは、再び馬にまたがることになった。

いかにも山国らしい土地だった。地面のあちらこちらから、古い柏《かしわ》の根っこのように花崗岩《こうがん》が顔を出している。ぼくたちは火山のふもとをぐるりと迂回《うかい》した。叔父《おじ》は山から目を離《はな》さず、さかんに手足をふっている。《この巨人《きょじん》を手なずけてやるぞ》と、挑《いど》みかかっているかのように。四時間ほど歩いたあと、馬はスタピの牧師館《ぼくしかん》の前で自ら歩みをとめた。

14　スタピの牧師館《ぼくしかん》

　スタピは三十軒《けん》ほどの小屋からなる小さな村だった。陽光が火山に照り返し、溶岩《ようがん》が流れ出た土地に降《ふ》りそそいでいる。村の前にひらけた峡湾《フィヨルド》は、はっと目を引く奇妙《きみょう》な形の玄武岩《げんぶがん》の壁《かべ》に囲まれていた。

　玄武岩《げんぶがん》とは誰《だれ》もが知るとおり褐色《かっしょく》の火成岩で、驚《おどろ》くほど規則正しい形をとる性質がある。自然が人間にならって三角定規やコンパス、さげぶり〔柱などが垂直かどうか調べる道具〕を使い、幾何学的《きかがくてき》に切り出したかのように。ふつう自然の芸術は、でたらめに投げ出した塊《かたまり》や歪《ゆが》んだ円錐形《えんすいけい》、不格好な三角形、なぐり描《が》きした線からできている。ところがここでは古代の建築家より前に、自然は規則的な形の手本を示そうと、バビロンの栄光もギリシャの驚異《きょうい》もかなわない厳密《げんみつ》な秩序《ちつじょ》を作り出したのだ。

　アイルランドにある《巨人《きょじん》の石道》や、ヘブリディーズ諸島《しょとう》の《フィンガルの洞窟《どうくつ》》など、玄武岩《げんぶがん》の奇観《きかん》について話には聞いていたけれど、この目で見るのは初めてだった。

　しかもスタピの美しさときたら、まさに完璧《かんぺき》だ。

この半島ではどこでもそうなのだが、峡湾《フィヨルド》の海岸を囲む岩壁《がんぺき》は高さ十メートルにもなる垂直《すいちょく》の列柱《れっちゅう》からなっている。均整の取れたまっすぐな石柱のうえには、水平の柱が丸屋根状に渡《わた》され、前から見るとちょうど飾り迫縁《アーキヴォールト》のようだ。それが海にむかって突《つ》き出《だ》している。

天然の雨水だめを頂《いただ》く列柱《れっちゅう》のあいだには、見事な尖頭《せんとう》アーチ形の隙間《すきま》がひらき、波が沖《おき》から泡《あわ》を立てて押《お》し寄《よ》せていた。大海の荒波《あらなみ》に砕《くだ》かれ、海岸に散らばった玄武岩《げんぶがん》の破片《はへん》は、古い寺院の残骸《ざんがい》のようだった。何世紀を経《へ》ても失われない、永遠に若々《わかわか》しい遺跡《いせき》だ。

地上の旅は、いよいよここまで。スタピは最後の宿泊地《しゅくはくち》だ。ハンスは立派《りっぱ》に案内役を務めてくれた。この先も彼がいっしょに来てくれると思うと、少しは安心だった。

牧師館《ぼくしかん》は屋根の低い簡素《かんそ》な小屋で、近くの家とくらべて特にきれいでも、快適そうでもなかった。ドアの前まで来ると、革《かわ》の前掛《まえか》けをした男がひとり、金槌《かなづち》を持って馬の蹄《ひづめ》に蹄《てい》鉄《てつ》を打っている。

「ごきげんよう《サイルヴェルトゥ》」とハンスが声をかけた。

「ゴッダーグ」と蹄鉄工《ていてつこう》は完璧《かんぺき》なデンマーク語で答えた。

「シルコヘルデ」ハンスは叔父《おじ》をふり返って言った。

「牧師だって」と叔父《おじ》は繰《く》り返《かえ》した。「アクセル、どうやらこの男が牧師らしいぞ」

玄武岩の壁に囲まれたスタピのフィヨルド

そのあいだにも、ハンスは牧師《シルコヘルデ》に事情を説明している。相手は仕事の手を休め、馬商人が馬を呼《よ》ぶような叫《さけ》び声《ごえ》をあげた。するとたちまち意地悪そうな大女が、牧師館《ぼくしかん》から出てきた。身長二メートルとは言わないまでも、それに近いくらいはありそうだ。

この女がアイスランド式のキスをしに近よって来るんじゃないかと、ぼくはひやひやしたけれど、そんな事態には至《いた》らなかった。見るからに嫌《いや》そうに、憮然《ぶぜん》としたようすでぼくたちを家に招き入れたくらいだ。

来客用に使われているのは、牧師館《ぼくしかん》のなかで最低の部屋らしかった。狭《せま》くて不潔《ふけつ》で、嫌《いや》な臭《にお》いがする。けれども、それで満足するしかなかった。牧師は昔ながらのもてなしを実践《じっ せん》する気がないらしい。むしろその逆だ。この男は鍛冶屋《かじや》もすれば漁師もする、狩人《かりゅうど》や大工もするけれど、およそ聖職者《せいしょくしゃ》らしからぬ人物だと、その日のうちにわかった。平日にすべき作業の遅《おく》れを、日曜日に取《と》り戻《もど》そうというのだろう。

ぼくは哀《あわ》れな聖職者《せいしょくしゃ》たちの悪口を言うつもりはない。結局のところ、彼らもつらい立場なのだ。デンマーク政府からもらうわずかな給料に、教区からあがる十分の一税の四分の一を合わせても、総収入は六十マルク*に満たない。だから生きるために、働かねばならないのだ。けれども漁に出たり狩《か》りをしたり、馬の蹄《ひづめ》に蹄鉄《ていてつ》を打っているうちに、漁師や狩人《かりゅうど》などいささか粗野《そや》な人々の口調《くちょう》や態度が身についてしまう。牧師館《ぼくしかん》の主は節酒《せっしゅ》を心がける気もないのだと、その晩《ばん》ぼくは知ったのだった。

＊原注　ハンブルクの通貨単位。約九十フラン。

牧師がどんな男なのか、叔父《おじ》にもすぐにわかった。彼はまじめで立派《りっぱ》な学者ではなく、野卑《やひ》で愚鈍《ぐどん》な田舎者《いなかもの》なのだと。そこで叔父《おじ》は無愛想《ぶあいそう》な牧師のもとを早々に離《はな》れ、すぐさま大遠征《だいえんせい》に取りかかる決心をした。旅の疲《つか》れもかえりみず、山のなかで数日をすごすことにしたのだ。

そんなわけでスタピに着いた翌日《よくじつ》、すぐに出発の準備を始めた。ハンスは荷物を運ぶ馬の代わりに、三人のアイスランド人をやとった。けれども火口の底に着いたら、彼らはぼくたちを残して引き返すということで話はまとまった。

この話し合いに際し、叔父《おじ》はぎりぎりまで火山の調査をするつもりだとハンスに打ち明けねばならなかった。

ハンスはただうなずいただけだった。行き先がどこだろうと関係ない、島の地底に潜《もぐ》ろうが、地上を歩きまわろうが、同じことだとでもいうように。これまでぼくは道中の出来事に気を取られて、先々のことは頭になかったけれど、急に不安がこみあげてきた。さあ、どうしよう?　リーデンブロック教授を引きとめるなら、まだハンブルクにいるうちにすべきだった。スネッフェルス山のふもとまで来てしまったら、もうとっくに手遅《ておく》れだ。とりわけひとつ、気がかりなことがあった。ぼくほど心配性《しんぱいしょう》ではない者でも、考えただけで怖気《おぞけ》をふるうだろう。

《スネッフェルス山にのぼるのはけっこうだ》とぼくは思った。《火口まで行ってみるのも悪くない。これまでだって同じことをした人はいるし、それで死んだわけじゃない。しかし、まだ先がある。地底におりる道が本当に存在《そんざい》し、あのいまいましいサクヌッセンムは真実を語っていたのだとしよう。だけれども、スネッフェルス山が活動をやめているという証拠《しょうこ》はどこにもない。絶対に噴火《ふんか》しないと、誰《だれ》に言えるだろう。怪物《かいぶつ》は一二二九年からずっと眠《ねむ》っているからといって、いつなんどき目覚めないとも限らないじゃないか。もしそうなったら、ぼくたちはどうなるんだ?》

こいつはひとつ、じっくり考えてみなければならないぞ。そこでぼくはじっくり考えた。眠《ねむ》れば決まって噴火《ふんか》の夢を見た。岩のかけらみたいに吹《ふ》き飛《と》ばされるなんて、ありがたくない役まわりだ。

とうとうぼくは耐《た》えきれなくなり、この問題を叔父《おじ》にぶつけてみる決心をした。なるべくことを荒《あら》だてないよう、ありえない仮定の話だけれどと前置きして。

ぼくは叔父《おじ》のところへ行き、不安な胸《むね》のうちを明かした。それから叔父《おじ》が思うぞんぶん怒《いか》りまくれるよう、あとずさりした。

「それについては考えてみたさ」叔父《おじ》はひと言、そう答えただけだった。どういう意味なんだろう、この言葉は？　それじゃあ叔父《おじ》は理性の声に耳を傾《かたむ》け、計画を中止するつもりなのか？　まさか、そんなにうまく話が進むわけがない。

そのあと続いた沈黙《ちんもく》を、ぼくはあえて破らなかった。しばらくすると、叔父《おじ》はこう続けた。

「それについては考えてみた。今おまえが持ち出したのは、重要な問題だからな。スタピに着いてからずっと、検討《けんとう》していたんだ。軽率《けいそつ》なふるまいはつつしまなければ」

「そうですとも」とぼくは勢いこんで答えた。

「スネッフェルス山は六百年前からずっと鳴りをひそめているが、いつまた声をあげるかわからない。しかし噴火《ふんか》の前には決まって、よく知られた予兆《よちょう》がある。だから土地の人たちにいろいろとたずね、地面のようすも観察してみた。その結果、噴火《ふんか》はないとはっきり断言できるだろうよ、アクセル」

それを聞いて、ぼくは唖然《あぜん》とするあまり返す言葉がなかった。

「疑《うたが》っているのか？　だったらついて来い」と叔父《おじ》は言った。

ぼくは命じられるがままに従《したが》った。叔父《おじ》は牧師館《ぼくしかん》を出ると、玄武岩《げんぶがん》の岩壁《がんぺき》の割《わ》れ目《め》から内陸へと続く道を進んだ。やがてぼくたちは平野に出た。いちめんに積もった噴火物《ふんかぶつ》を、平野と呼《よ》べるならばだが。玄武岩《げんぶがん》や花崗岩《かこうがん》、さまざまな輝石《きせき》など大きな石が雨あられと降《ふ》りそそぎ、押《お》しつぶされたような土地だった。

噴煙《ふんえん》がそこかしこに立ちのぼっている。アイスランド語で《レイキール》と呼《よ》ばれる白い蒸気《じょうき》の源《みなもと》は温泉《おんせん》だった。その勢いがこんなに強いのは、地下の火山活動が続いている証拠《しょうこ》だ。ぼくが心配するのも当然じゃないか。ところが驚《おどろ》いたことに、叔父《おじ》はこうのたまった。

「アクセル、あの煙《けむり》を見てみろ。火山の噴火《ふんか》を恐《おそ》れなくていいという、なによりの証拠《しょうこ》じゃないか」

「そんな馬鹿《ばか》な！」とぼくは叫《さけ》んだ。

「よく覚えておけ」と叔父《おじ》は続けた。「噴火《ふんか》が近づくとちろん煙《けむり》は倍増《ばいぞう》するが、ひとたび噴火《ふんか》が始まればまったく止《や》んでしまうんだ。というのも、地下に押《お》しこめられていた気体は地面の隙間《すきま》から漏《も》れ出《で》るのではなく、火口からいっきに噴《ふ》き出《だ》してしまうからな。だから蒸気《じょうき》の量がいつもと変わらず、勢いが増しているようすもなく、それに雨や風が突然《とつぜん》止《や》んで、どんよりした生暖かい空気が立ちこめることもなければ、近々噴火《ふんか》が起こる恐《おそ》れはないと断言できるのだ」

「でも……」

噴煙がそこかしこに立ちのぼっている

「いいかげんにしろ。これは厳然《げんぜん》たる科学的事実なのだから、口を挟《はさ》む余地はない」

ぼくはうなだれて牧師館《ぼくしかん》に戻《もど》った。叔父《おじ》の科学的な論証《ろんしょう》で、すっかり打ちのめされていた。それでもまだ、希望は捨《す》てていなかった。火口の底に着いても地下道がなければ、それ以上深くはおりられないだろう。世界中のサクヌッセンムが束《たば》になってかかってこようと、無理なものは無理だ。

その夜は一晩中《ひとばんじゅう》、火山の真ん中や地底の奥深《おくふか》くをさまよう悪夢を見続けた。溶岩《ようがん》になって、宇宙空間《うちゅうくうかん》に放《ほう》り出《だ》されたような感じだった。

翌《よく》六月二十三日、ハンスは食糧《しょくりょう》や道具、測定器具を担《かつ》いだ仲間を引きつれ、ぼくたちを待っていた。ぼくと叔父《おじ》が携《たずさ》えていくようにと、鉄のストック二本と銃《じゅう》二丁、弾薬帯《だんやくたい》二つは別にしてある。ハンスはとても用心深いので、一週間分の水を入れた革袋《かわぶくろ》も水筒《すいとう》に加えて準備してあった。

朝九時、牧師と意地悪そうな大女がドアの前で待っていた。宿の主人から旅人へ、はなむけの言葉を贈《おく》ろうというのだろう。ところがそのはなむけは、びっくりするほど高額な宿賃《やどちん》の請求《せいきゅう》という思いがけないものだった。もしかしたら部屋の空気まで、値段《ねだん》に入れているんじゃないか。はっきり言って悪臭《あくしゅう》ふんぷんだった、あの空気までも。夫婦《ふうふ》そろって大したものだ。ろくなもてなしもしないくせに法外な金額をふっかけ、スイスの宿屋みたいに搾《しぼ》り取《と》ろうというのだから。

けれども叔父《おじ》は、言われたとおりを支払《しはら》った。地球の中心へむかおうという人間は、細かな金勘定《かねかんじょう》など気にしないのだ。

支払《しはら》いがすむと、ハンスが出発の合図をし、ほどなくぼくたちはスタピをあとにした。

15　スネッフェルス山

スネッフェルス山は高さ約千五百メートル。アイスランドの山には珍《めずら》しく帯状に続く粗《そ》面岩《めんがん》の先に、円錐形《えんすいけい》の峰《みね》が二つそびえている。ぼくたちが出発したところからは、二つの峰《みね》が灰色《はいいろ》の空にくっきりと浮《う》かぶようすは見てとれなかった。ただ巨人《きょじん》が目深《まぶか》にかぶった雪の帽子《ぼうし》が、ぼんやりとわかるだけだ。

ぼくたちはハンスを先頭に、一列になって歩いた。横に二人並《なら》べないほど狭《せま》いのぼり道で、会話もほとんどできなかった。スタピの峡湾《フィヨルド》を囲む玄武岩《げんぶがん》の岸壁《がんぺき》を越《こ》えると、草の繊維《せんい》が残った泥炭《でいたん》の土壌《どじょう》が広がっていた。半島の湿地帯《しっちたい》にかつて生えていた植物が炭化し、可燃性の泥《どろ》になったのだ。これだけの量が手つかずのまま残っているのだから、アイスランドの全住民が一世紀のあいだ暖《だん》をとるのに充分《じゅうぶん》だろう。谷底から測ってみると、いく重《え》にも重なったこの広大な泥炭層《でいたんそう》は厚さが二十メートル以上にもなり、軽石質《かるいししつ》の凝灰岩《ぎょうかいがん》の薄《うす》い層《そう》がそのあいだにはさまっている。

心配の種は尽《つ》きないけれど、これでもぼくはリーデンブロック教授の甥《おい》だからして、博物学の大パノラマを前にすると好奇心《こうきしん》を抑《おさ》えきれず、珍《めずら》しい鉱物の数々に思わず見入ってしまった。そして頭のなかで、アイスランドの地質的変遷《へんせん》をたどったのだった。

アイスランドはとても興味深い島だ。比《ひ》較的《かくてき》新しい時代に、海の底から隆起《りゅうき》してできたものであることは間違《まちが》いない。おそらく今でも、ほんのわずかずつながら盛《も》りあがり続けているのだろう。だとすれば、島はもともと地底の高熱ガスや溶岩《ようがん》の活動によってできたものだ。その場合、地球の内部は熱くなんかないというハンフリー・デイヴィの説も、サクヌッセンムの古文書《こもんじょ》も、叔父《おじ》の主張も、すべて端《はな》から成り立たない。この仮説に立って地面のようすをじっくり観察したところ、それがどんな段階《だんかい》を経《へ》てできあがったのかがわかってきた。

アイスランドには堆積性《たいせきせい》の土地がまったくなく、もっぱら火山性の凝灰岩《ぎょうかいがん》、つまり多孔《たこう》質《しつ》の石や岩が集まってできている。島は初め、地底の圧力によって海上に隆起《りゅうき》した階段状《かいだんじょう》の岩からなっていた。そのころ、島に火山はなかった。地底のガスや溶岩《ようがん》が、まだ地上に噴出していなかったのだ。

やがて島の南西から北東にかけて斜《なな》めに大きな亀裂《きれつ》が走り、溶《と》けた粗面岩《そめんがん》が少しずつあふれ出した。この現象《げんしょう》は決して急激《きゅうげき》なものではなかった。亀裂《きれつ》の口は巨大《きょだい》だった。地球の奥底《おくそこ》から押《お》し出《だ》された溶岩《ようがん》はゆっくりと広がり、平らな層《そう》やでこぼこの層《そう》となって地面を覆《おお》った。この時期に長石《ちょうせき》や閃長石《せんちょうせき》、斑岩《はんがん》があらわれた。

ところが溶岩《ようがん》の流出によって島の地表が厚みを増した結果、耐久力《たいきゅうりょく》もいちじるしく強まった。粗面岩《そめんがん》の地面が冷え、亀裂《きれつ》がすべてふさがってしまうと、内部にどれほどのガスや溶岩《ようがん》がたまるかは想像がつくだろう。圧縮《あっしゅく》されたガスはやがてものすごい力で分厚い地殻《ちかく》を押《お》しあげ、深い火道が穿《うが》たれる。こうして地表に火山ができ、そのてっぺんに火口がひらいたというわけだ。

そのあとも火山活動は続き、新たにできた火口から玄武岩《げんぶがん》が噴《ふ》き出《だ》した。今横ぎっている平野は、そのすばらしい見本とも言うべき光景を目の前に繰《く》り広《ひろ》げている。ぼくたちは冷えて六角柱状《ろっかくちゅうじょう》に結晶《けっしょう》した、濃灰色《のうかいしょく》の重々しい岩のうえを歩いていた。てっぺんが平らにつぶれた円錐《えんすい》が、遠くにいくつも見えた。あれはすべて、かつての噴火口《ふんかこう》だろう。

やがて玄武岩《げんぶがん》の噴出《ふんしゅつ》が終わると、活動をやめる火山が次々にあらわれ、そのぶん力を増した別の火山からは溶岩《ようがん》や火山灰《かざんばい》、岩滓《がんさい》が噴《ふ》き出《だ》した。それが豊かな髪《かみ》のように、いく筋《すじ》にもなって山肌《やまはだ》を流れた跡《あと》を見ることができる。

こうした現象《げんしょう》が積み重なって、アイスランドはできた。すべては地底の高熱ガスや溶岩《ようがん》の活動から発している。だから地球の内部は常に熱く、どろどろに溶《と》けた状態にあるわけではないなんて、まったく馬鹿《ばか》げた考えだ。地球の中心まで行こうというのは、それに輪をかけて馬鹿《ばか》げている。

そう思ってぼくはひと安心した。スネッフェルス山には順調に近づいているけれど、叔《お》父《じ》のくわだてがうまくいくはずがない。

道はますます悪くなった。上り坂の斜面《しゃめん》には、岩のかけらがいくつもころがっている。いつなんどき落ちてくるかもしれないから、細心の注意が必要だ。

ハンスは平らな土地を歩いているかのように、軽い足どりで進んだ。ときおり大きな岩の陰《かげ》に隠《かく》れ、一時的にぼくたちから見えなくなった。すると彼はぴいっと口笛を吹《ふ》き、こっちへこいと合図した。ときどき立ちどまっては石ころをいくつか拾い、それを決まった形に並《なら》べることもあった。帰り道を示す目印を作っているのだ。もちろん用心に越《こ》したことはないが、この目印はその後のなりゆきからして結局無駄《むだ》になってしまった。

へとへとになりながら三時間ほど歩いて、ようやく山のふもとに着いた。ハンスは休憩《きゅうけい》の合図をし、全員で簡単《かんたん》な昼食をとった。叔父《おじ》は気が急《せ》くあまり、いっきに倍も食べ物をほおばった。とはいえ食事だけでなく休息も必要だから、叔父《おじ》もガイドの意向を尊重《そんちょう》しなければならなかった。一時間後、ハンスは出発の号令をかけた。三人のアイスランド人は仲間のハンスに劣《おと》らず無口で、休憩《きゅうけい》のあいだひと言もしゃべらなかった。それに食べる量もひかえ目だ。

ぼくたちはスネッフェルス山の斜面《しゃめん》をのぼり始めた。山ではそんな目の錯覚《さっかく》がよく起きるのだけれど、雪に覆《おお》われた頂《いただき》はすぐそこにあるように見えた。けれども実際にたどり着くまでに、何時間かかるか知れたものじゃない。しかもどんなに苦労することか。草一本生えていない、むき出しの地面に転がっている石には、滑《すべ》り止《ど》めがなにもない。石はぼくたちが足をかけると斜面《しゃめん》を滑《すべ》り落《お》ち、雪崩《なだれ》のような勢いで平野へと消えた。

山腹《さんぷく》の傾斜《けいしゃ》はところどころ、少なくとも三十六度にもなった。よじのぼるのも不可能だ。そんな石ころだらけの急斜面《きゅうしゃめん》は迂回《うかい》するしかないけれど、それもまたひと苦労だった。ぼくたちはストックをたよりに、お互《たが》い助け合った。

ここでつけ加えておかねばならないが、叔父《おじ》はできるだけぼくのそばについていてくれた。ぼくから目を離《はな》さず、何度も腕《うで》をさしのべてしっかり支えてくれた。叔父《おじ》自身はと言えば、生まれつき平衡感覚《へいこうかんかく》に優れているのだろう、まったくつまずかなかった。アイスランド人たちは荷物を抱《かか》えながらも、山地の住民らしく敏捷《びんしょう》にのぼっていく。

ぼくたちはストックをたよりに，お互い助け合った

遥《はる》か上方にあるスネッフェルス山の頂《いただき》を眺《なが》めていると、斜面《しゃめん》の傾斜《けいしゃ》がゆるやかにならない限り、こちら側からのぼるのは不可能だろうと思われた。それでも一時間ほど、苦労しながら歩き続けると、さいわい火山のてっぺんを包む雪の真ん中が階段状《かいだんじょう》になっていた。そこを通れば、簡単《かんたん》にのぼれそうだ。アイスランド語で《スティナ》と呼《よ》ばれるこの階段《かいだん》は、噴火《ふんか》で飛び出した石が重なってできたのだ。山腹《さんぷく》の地形しだいではそのまま海までいっきに滑《すべ》り落《お》ち、新しい島になっていたかもしれない。

勾配《こうばい》はいっそう険《けわ》しさを増したけれど、石のステップはのぼりやすかった。あんまりすいすい進むものだから、ぼくだけうしろで少し休んでいると、たちまちみんなの姿《すがた》が豆粒《まめつぶ》みたいに小さくなった。

夕方の七時には二千段《だん》をのぼり終え、どっしりとした山の上部へたどり着いた。そこから先の円錐形《えんすいけい》部分が、いわゆる火口になる。

千メートルほど下に、海が広がっている。ぼくたちはすでに万年雪に足を踏《ふ》み入《い》れていた。アイスランドの気候は常に湿度《しつど》が高いので、かなり低いところから万年雪が残っている。風が吹《ふ》きすさび、身を切る寒さだった。叔父《おじ》はぼくが疲《つか》れきり、もう一歩も歩けないとわかると、先を急ぎたいのをがまんして休憩《きゅうけい》をとろうとしてくれた。叔父《おじ》が合図すると、ガイドは首を横にふってこう言った。

「フォルヴァンフェル」

「もっとうえまで行かねばならないようだ」と叔父《おじ》は言った。

それから叔父《おじ》は、ハンスにわけをたずねた。

「ミストゥール」ハンスが答える。

「ヤー、ミストゥール」とアイスランド人のひとりが、おびえたように繰《く》り返《かえ》した。

「どういう意味なんです？」ぼくは不安になってたずねた。

「あれを見ろ」

ぼくは平野に目をむけた。砕《くだ》けた軽石《かるいし》や砂《すな》、埃《ほこり》が竜巻《たつまき》のように渦《うず》をまいて巨大《きょだい》な柱となり、ぼくたちがへばりついているスネッフェルス山の腹《はら》めがけ、強風とともに襲《おそ》いかかろうとしている。まるで太陽の前に不透明《ふとうめい》なカーテンがかかり、山に大きな影《かげ》を投げかけているかのようだ。竜巻《たつまき》が少し横に傾《かたむ》いたら、ぼくたちは旋風《せんぷう》に巻《ま》きこまれてしまうだろう。この現象《げんしょう》をアイスランド語で《ミストゥール》という。氷河から風が吹《ふ》いてくるときによく起きるのだ。

「ハスティート、ハスティート！」とハンスが叫《さけ》んだ。

デンマーク語はわからないけれど、意味は容易に想像がついた。急いでついて来いと言っているのだ。ハンスは歩きやすいよう、円錐形《えんすいけい》の火口部分を大きく迂回《うかい》し始めた。やが

ミストゥール

て竜巻《たつまき》が襲《おそ》いかかると、山は衝撃《しょうげき》で震《ふる》えた。石が渦《うず》まく風に舞《ま》いあがり、噴石《ふんせき》のように降《ふ》りそそいだ。さいわいぼくたちは反対側の斜面《しゃめん》に避難《ひなん》していたので、危険《きけん》はなさそうだ。ハンスの用心がなければ今ごろ体はずたずたになり、隕石《いんせき》のかけらみたいにどこか遠くに吹《ふ》き飛《と》んでいただろう。

けれども火口の中腹《ちゅうふく》で夜をすごすのは不用心だ、とハンスは判断した。そこでぼくたちは、斜面《しゃめん》をジグザグにのぼり続けた。おかげで残りの五百メートルに、五時間もかかってしまった。迂回《うかい》したり、斜《なな》めに行ったり、うしろに下がったりで、少なくとも十二キロは余分に歩いただろう。ぼくはもう、精根《せいこん》つき果てていた。空腹と寒さで死にそうだ。空気も薄《うす》くなってきて、肺《はい》が苦しかった。

あたりが薄暗《うすぐら》くなった夜の十一時、ようやくスネッフェルス山の頂上《ちょうじょう》に着いた。火口の内側で野営をすることになったけれど、ぼくはその前にちらりと太陽を見た。空の下方で暮《く》れなずむ《真夜中の太陽》は、ぼくの足もとで眠《ねむ》っている島に青白い光を投げかけていた。

16　火口をおりる

夕食を手早くすませると、一行は手ごろな寝場所《ねばしょ》に身を落ちつけた。海抜《かいばつ》千五百メートルの山頂《さんちょう》だからして、快適とは言いがたい。心もとない、かちかちの寝床《ねどこ》だ。それでもぼくはその晩《ばん》、ぐっすりと眠《ねむ》ることができた。こんなによく寝《ね》たのはひさしぶりで、夢ひとつ見なかった。

翌朝《よくあさ》、強風が吹《ふ》きすさぶなか、凍《こご》えそうになりながら目覚めた。明るい太陽が照っている。ぼくは花崗岩《かこうがん》の寝床《ねどこ》を抜《ぬ》け出《だ》し、眼下《がんか》に広がるすばらしい景色を楽しみに行った。

ぼくはスネッフェルス山にそそり立つ二つの峰《みね》のひとつ、南側の峰《みね》にいた。そこから島の大部分を見渡《みわた》すことができた。高い山のてっぺんから眺《なが》めると、たいてい海岸は浮《う》きあがって、内陸部はへこんで見える。まるでヘルベスメールの立体地図を、足もとに広げたかのようだ。深い谷が縦横《じゅうおう》に交差している。断崖絶壁《だんがいぜっぺき》は井戸《いど》に、湖は池、川は小さな水流に姿《すがた》を変えた。右側には無数の氷河や、たなびく霧《きり》をまとった鋭《するど》い峰《みね》が続いていた。雪を頂《いただ》く山々がどこまでも連なるさまは、荒海《あらうみ》の泡立《あわだ》つ波を思わせた。西に目をむければ、そんな山並《やまな》みがさらに続いているかのように雄大《ゆうだい》な海が見えた。どこまでが陸地でどこからが水面なのか、ほとんど区別がつかなかった。

こうしてぼくは山々の頂《いただき》がかもす、えもいわれぬ恍惚感《こうこつかん》に身を浸《ひた》した。もうめまいはしなかった。雄大《ゆうだい》な景色を見おろすのにも、ようやく慣れたところだったから。太陽の澄《す》んだ光がきらめくと、目がくらんだ。ぼくは自分が誰《だれ》なのか、どこにいるのかも忘《わす》れて、スカンジナヴィア神話に登場する空気や大地の精になりきっていた。ほどなく地の底にもぐる運命にあることも忘《わす》れ、空の高みにいる喜びをうっとりと満喫《まんきつ》した。けれども叔父《おじ》とハンスがぼくのいる山頂《さんちょう》にやって来て、たちまち現実に引《ひ》き戻《もど》された。

叔父《おじ》は西をふり返り、うっすらとたなびく霧《きり》や靄《もや》、波のかなたに浮《う》かぶ影《かげ》を指さした。

「グリーンランドだ」と叔父《おじ》は言った。

「グリーンランドですって?」ぼくは叫《さけ》んだ。

「そうとも。ここから百四十キロも離《はな》れていないからな。雪どけの季節には、白クマが北からの流氷に乗ってアイスランドまでやって来るくらいだ。まあ、それはどうでもいい。われわれはスネッフェルス山のてっぺんにいる。頂《いただき》は二つ、南側と北側だ。われわれが今いるほうの峰《みね》はアイスランド語でなんと言うのか、ハンスにたずねてみよう」

ハンスは質問に答えた。

「スカルタリス」

サクヌッセンムの古文書《こもんじょ》にあった言葉だ。叔父《おじ》は勝《か》ち誇《ほこ》ったかのように、ちらりとぼくを見た。

「それじゃあ、火口へむかおう」

スネッフェルス山の火口内部は円錐《えんすい》をひっくり返したような形をしていて、開口部は直径二キロほどもある。深さはざっと見たところ、六百メートル以上になりそうだ。こんな巨大《きょだい》な容器のなかが炎《ほのお》と轟音《ごうおん》で満たされたら、いったいどんなことになるのか考えてみて欲《ほ》しい。漏斗《ろうと》の底は周囲が百五十メートルほどだから、傾斜《けいしゃ》はかなりゆるやかで、なかにおりるのは簡単《かんたん》そうだった。口がひろがったラッパ銃《じゅう》みたいだ。ぼくはふと思って、その連想にぞっとした。

《こんなラッパ銃《じゅう》の底におりるなんて、とんでもないぞ》とぼくは思った。《きっと弾《たま》だってこめられている。ちょっとした衝撃《しょうげき》でも、それが飛び出すかもしれないのに》

けれども引き返すことはできなかった。ハンスは平然と、また一行の先頭に立った。ぼくは黙《だま》ってそのあとについた。

ハンスはおりやすいように、火口の内側をらせん状にたどった。いたるところに、噴石《ふんせき》が散らばっている。そのあいだをぬって、歩かねばならなかった。多孔質《たこうしつ》の石はすぐに砕《くだ》けて淵《ふち》の底まで転がり落ち、奇怪《きかい》な音をあたりいっぱいに響《ひび》かせた。

火口の内部は氷河によってできているところもあった。それゆえハンスは鉄のストックで地面を探《さぐ》り、クレヴァス〔氷の割れ目〕がないかをたしかめながら、注意深く進んでいった。危《き》険《けん》な箇《か》所《しょ》にさしかかると、ロープで体をつなぎ合わせることも必要になった。そうすれば、誰《だれ》かが不意に足を滑《すべ》らせても、仲間に支えてもらえる。こんなふうに助け合っていくにこしたことはないが、それでもまったく危険《きけん》がなくなるわけではない。

ガイドのハンスも知らない坂道をおりるのはひと苦労だったけれど、なんとか無事に進むことができた。ロープの束《たば》がアイスランド人の手から滑《すべ》り落《お》ち、最短コースで淵《ふち》の底に達したのを除《のぞ》いては。

正午ごろ、ぼくたちは到着《とうちゃく》した。顔をあげると、火口のうえがぽっかりと口をあけている。そのなかに、やけに小さいまん丸な空がはまりこんでいた。尖峰《スカルタリス》の先が一点、空に突《つ》き出《だ》している。

火口の底には、穴《あな》が三つあいていた。スネッフェルス山が噴火《ふんか》したとき、そこを通って地底の炉《ろ》から溶岩《ようがん》や蒸気《じょうき》が噴《ふ》き出《だ》したのだろう。火道はどれも、直径三十メートルほどあった。足もとにひらいた大きな穴《あな》をのぞきこむ勇気は、ぼくにはとうていなかった。けれどもリーデンブロック教授は、火道の配置をすばやく調べた。息を切らせて手足をふりまわし、あっちの穴《あな》からこっちの穴《あな》へと行ったり来たりしながら、わけのわからないことをわめいている。ハンスと三人のアイスランド人は溶岩《ようがん》のかたまりに腰《こし》かけ、それを眺《なが》めていた。頭がおかしくなったのだと思っているに違《ちが》いない。

突然《とつぜん》、叔父《おじ》は叫《さけ》び声《ごえ》をあげた。足を滑《すべ》らせ、深い穴《あな》のひとつに落ちたのでは？　いや、叔父《おじ》は火口の真ん中にある大きな花崗岩《かこうがん》の前で、立ちすくんでいる。冥府《めいふ》の王プルトンの彫像《ちょうぞう》を立てる台座《だいざ》にふさわしい岩だった。叔父《おじ》はびっくりしたように両手をあげ、脚《あし》をひろげてふんばっていた。けれども、驚《おどろ》きはやがて歓喜《かんき》に変わった。

「アクセル！　おい、アクセル！　来てみろ」と叔父《おじ》は叫《さけ》んだ。

ぼくは駆《か》けよった。ハンスも三人のアイスランド人も動こうとしない。

「見ろ」叔父《おじ》は言った。

岩の西側の面に目をやって、叔父《おじ》みたいに大喜びしたとは言えないが、ともかく驚《おどろ》いたのは事実だった。なんとそこには長年の風雨にさらされ消えかけたルーン文字で、なんとも忌《い》まわしいあの名前が記されていたのだから。

「アルネ・サクヌッセンムだ！」と叔父《おじ》は叫《さけ》んだ。「これでもまだ疑《うたが》うのか？」

ぼくはなにも答えず、すごすごと溶岩《ようがん》のベンチに戻《もど》った。明白な証拠《しょうこ》を突《つ》きつけられ、打ちのめされていた。

それからどのくらい、考えこんでいただろう。ふと顔をあげると、火口の底に残ってい

「見ろ」叔父は言った

るのは叔父《おじ》とハンスだけだった。覚えているのはそれだけだ。三人のアイスランド人はすでに引き返していた。早くスタピへ帰ろうと、今ごろスネッフェルス山の斜面《しゃめん》をくだっていることだろう。

ハンスは固まった溶岩流《ようがんりゅう》をベッド代わりに、岩陰《いわかげ》ですやすやと眠《ねむ》っていた。叔父《おじ》は猟師《りょうし》が仕掛《しか》けた穴《あな》に落ちた獣《けもの》のように、火口の底を歩きまわっている。ぼくは立ちあがる意欲《いよく》も気力もなく、ハンスにならって寝《ね》ることにした。地下から物音や振動《しんどう》が伝わってくるような気がして、浅い不安な眠《ねむ》りが続いた。

こうして火口の底での最初の晩《ばん》がすぎた。

翌日《よくじつ》は、灰色《はいいろ》の曇《くも》り空《ぞら》が火口のてっぺんまで、重く垂《た》れこめていた。ぼくがそれに気づいたのは、火口のなかが薄暗《うすぐら》いのもさることながら、叔父《おじ》の機嫌《きげん》が悪かったからだ。ぼくはすぐにぴんときて、かすかな希望がわいてきた。説明しよう。つまりこういうことだ。

ぼくたちの足もとにあいている三つの火道のうち、どれかひとつにサクヌッセンムは潜《もぐ》った。彼が残した暗号文によれば、六月最後の数日間、尖峰《スカルタリス》がその火道に影《かげ》を落とすという。それが見わけ方だ。

つまり尖峰《スカルタリス》が巨大《きょだい》な日時計のように、決まった日に地球の中心へ続く道を指し示すというわけだ。

しかし太陽が出なければ、影《かげ》はできない。したがって、どの火道に潜《もぐ》ればいいのかもわからない。今日は六月二十五日だ。あと六日間、曇《くも》り空《ぞら》が続けば、次の機会は一年後だ。

リーデンブロック教授は筆舌《ひつぜつ》につくしがたい怒《いか》りに身もだえしたけれど、天気ばかりはどうにもならない。一日がすぎても、火口の底に影《かげ》がさす気配はまったくなかった。ハンスはじっとすわったまま動かない。どうしてここで待機しているのか、彼なりに考えているのだろう。いやまあ、なにか考えているとすればだが。叔父《おじ》はひと言もぼくに声をかけなかった。ひたすらうえを見あげたまま、霧《きり》のかかった灰色《はいいろ》の空に目を凝《こ》らしている。

二十六日も変化なしだった。雪まじりの雨が一日中降《ふ》っていた。ハンスは溶岩《ようがん》のかけらで小屋を作った。火口の内壁《ないへき》を流れる無数の小さな滝《たき》を、ぼくは目で追った。よしよし、この調子だ。水が岩にあたるたび、耳を聾《ろう》する音が響《ひび》いた。

叔父《おじ》はもう、爆発寸前《ばくはつすんぜん》だった。どんなに我慢《がまん》強い人だって、いらいらするのは無理もない。あと一歩のところで、これまでの努力が水の泡《あわ》になるのだから。

しかし、禍福《かふく》はあざなえる縄《なわ》のごとしということわざもある。天はリーデンブロック教授のために、絶望的な苦しみに見合う大きな喜びを用意していた。

翌《よく》二十七日は、まだ曇《くも》り空《ぞら》だった。ところが、六月も残すところあと三日と迫《せま》った二十八日の日曜日、月の満ち欠けとともに天気も変わった。太陽の光が火口のなかに、さんさんと降《ふ》りそそいでいる。小山や岩、石ころから小さなでこぼこにいたるまで、まばゆい陽光をあびて地面に影《かげ》を作った。なかでも尖峰《スカルタリス》は、くっきりとした鋭《するど》い影《かげ》を投げかけている。太陽の動きに合わせて、影《かげ》は目に見えないほどゆっくりと回転し始めた。

叔父《おじ》も影《かげ》のあとについて移動した。

正午、もっとも短くなった影《かげ》は、中央の火道にゆっくりと近づいた。

「これだ！」と叔父《おじ》は叫《さけ》び、「この穴《あな》だ！　さあ、地球の中心へ！」とデンマーク語でつけ加えた。

ぼくはハンスのほうを見た。

「フォリュートト」とガイドは静かに言った。

「出発だ」と叔父《おじ》が応じる。

午後一時十三分のことだった。

17　火山の底へ

いよいよ本当の旅が始まろうとしていた。ここまで疲労困憊《ひろうこんぱい》はしたけれど、大きな壁《かべ》にはぶつからなかった。しかしこの先は、まさしく苦難《くなん》の連続だろう。

やがて身を投じる深淵《しんえん》を、ぼくはまだのぞきこんでいなかった。時は来た。こんな危険《きけん》なくわだてを受け入れるのか、それとも断固拒絶《きょぜつ》するのか、今ならまだ選ぶことができる。けれどもハンスを前にすると、怖気《おじけ》づくのが恥《は》ずかしくなった。彼は冒険を平然と受け入れている。どんな危険《きけん》にも、まったく動じるようすはない。自分が彼より意気地《いくじ》なしなのかと思うと、ぼくは恥《は》ずかしかった。叔父《おじ》と二人きりだったら、あれこれ理屈《りくつ》をこねたことだろう。けれどもハンスがいっしょだと、なにも言えなかった。かわいいフィルラント娘《むすめ》のことが、ちらりと脳裏《のうり》に浮《う》かんだ。そしてぼくは中央の火道に近づいた。

前にも言ったように、それは直径三十メートル、周囲百メートルほどもあった。ぼくは突《つ》き出《で》た岩のうえから身をのり出した。下をのぞいたとたん、髪《かみ》の毛《け》が逆立った。眼下《がんか》に広がる虚空《こくう》に、全身が震《ふる》えあがった。思わず前のめりになり、酔《よ》っぱらったみたいに頭がくらくらした。深淵《しんえん》に引きずりこまれるような、強烈《きょうれつ》な感覚がぼくをとらえた。ああ、落ちる。そう思った瞬間《しゅんかん》、ぐいっとうしろに戻《もど》された。ハンスの手が、ぼくをつかんでいた。コペンハーゲンの救世主《ヴォル・フレルセルス》教会で行った《深淵《しんえん》に慣れる練習》は、どうやらあまり身についていなかったようだ。

それでもぼくは思いきって、ちらりと穴《あな》を眺《なが》めた。それだけでも、穴《あな》の構造はわかった。内壁《ないへき》はほとんど垂直《すいちょく》だが、たくさん突起《とっき》が出ているので、おりるのは難《むずか》しくなさそうだ。しかし階段《かいだん》はあっても、手すりがついていない。穴《あな》のうえにロープをしばりつければ、それにつかまっておりられるけれど、下に着いたらどうやってはずせばいいのだろう？

叔父《おじ》は実に単純《たんじゅん》な方法で、この難問《なんもん》を解決した。親指ほどの太さがある、長さ百二十メートルのロープを用意し、まずはその半分を穴《あな》にたらす。それからロープを突《つ》き出《で》た溶岩《ようがん》の塊《かたまり》に引っかけ、残りの半分も穴《あな》にたらす。あとはロープがはずれないよう、両方の半分をつかんでおりればいい。六十メートルおりたところで一方からたぐりよせれば、簡単《かんたん》にロープをはずすことができる。この作業を、何度も繰《く》り返《かえ》せばいいのだ。

「それじゃあ」叔父《おじ》はロープの準備を終えると言った。「荷物をおろすぞ。包みを三つに分け、ひとりひとつずつかつぐんだ。壊《こわ》れやすいものだけでいいからな」

大胆不敵《だいたんふてき》なリーデンブロック教授にとって、もちろんぼくたちは《壊《こわ》れもの》に含《ふく》まれていなかった。

「ハンス」と叔父《おじ》は続けた。「道具類と食糧《しょくりょう》の一部を持ってくれ。アクセル、おまえは食糧《しょくりょう》の三分の一と武器だ。わたしは残りの食糧《しょくりょう》と精密《せいみつ》機器を受け持とう」

「でも」とぼくは言った。「衣類やロープの束《たば》、縄梯子《なわばしご》は誰《だれ》がおろすんですか？」

「なに、勝手におりてくれるさ」

「勝手にですって？」

「まあ、見ていろ」

いざとなったら叔父《おじ》は、非常手段《しゅだん》に訴《うった》えることも辞《じ》さない。ハンスは叔父《おじ》の命令で、壊《こわ》れもの以外の荷物をひとつにまとめ、ロープでぐるぐる巻《ま》きにすると、ぽんと穴《あな》に放《ほう》りこんだ。

澱《よど》んだ空気を切《き》り裂《さ》く音が耳に響《ひび》いた。叔父《おじ》は深淵《しんえん》をのぞきこみ、落下のようすを満足げに眺《なが》めている。そして荷物が見えなくなると、ようやく体を起こした。

「よし、今度はわれわれの番だ」と叔父《おじ》は言った。

善男善女《ぜんなんぜんにょ》のみなさんにおたずねしたい。こんな言葉を聞いて、はたして震《ふる》えずにいられるものだろうかと。

叔父《おじ》は器具類の包みを背中《せなか》にかつぎ、ハンスは道具の包みを、ぼくは武器の包みをかついだ。ハンス、叔父《おじ》、ぼくという順で、いよいよおり始めた。あたりを包む静寂《せいじゃく》を破るの

いよいよおり始めた

は、ときおり岩のかけらが穴《あな》の底に落ちていく音だけだった。

ぼくは片手《かたて》で二本のロープを必死につかみ、もう片方《かたほう》の手に持った鉄のストックを杖《つえ》にして、滑《すべ》るようにおりていった。支えがなくなったらどうしよう？　心配なのは、それだけだった。このロープは、三人分の重さを支えるには足りないような気がする。ぼくはなるべくロープに体重をかけないよう溶岩《ようがん》の突起《とっき》に足をかけ、危《あや》ういバランスを取った。できれば手で握《にぎ》るみたいに、足で岩をつかみたいくらいだった。

ハンスは足をかけている突起《とっき》がぐらつくと、静かな声でこう言った。

「ギフ・アクト」

「注意しろ」と叔父《おじ》が繰《く》り返《かえ》す。

三十分後、火道の内壁《ないへき》にがっちりとはまりこんだ平たい岩のうえに着いた。

ハンスがロープの片端《かたはし》を引っぱると、もう一方の端《はし》がするすると宙《ちゅう》にあがっていく。うえまで行って岩からはずれると、ロープはいっきに落ちてきた。石や溶岩《ようがん》のかけらもいっしょに雨あられと——というか文字どおり危険《きけん》なあられのように——ふってきた。

ぼくは狭《せま》い岩のうえから身をのり出したけれど、穴《あな》の底はまだ見えなかった。

ロープを使った作業がまた始まり、三十分後、さらに六十メートル下におりた。

どんなに熱心な地質学者でも、こんなふうに地下に潜《もぐ》りながら、まわりの地層《ちそう》を調べようなどと思うものだろうか？　ぼくはどうかといえば、そんなものはほとんど目に入らなかった。地層《ちそう》が鮮新世《せんしんせい》なのか中新世なのか、始新世、白亜紀《はくあき》、ジュラ紀、三畳紀《さんじょうき》、ペルム紀、石炭紀《せきたんき》、デボン紀、シルル紀なのか、はたまたもっと古いものなのか、どうでもよかった。けれどもリーデンブロック教授はせっせと観察し、メモも取っていたことだろう。というのも休憩《きゅうけい》のとき、こんなふうに話していたから。

「こうして先へ進むにつれ、はたと膝《ひざ》を打つことばかりだ。火山性地層《ちそう》の配置を見ると、デイヴィの説が正しいのがよくわかる。われわれは今、最古の地層《ちそう》にいる。白熱した金属が空気や水と接触《せっしょく》して、化学反応を起こした地層《ちそう》だ。地球の中心は高熱になっているという説は、完全に退《しりぞ》けられるな。まあ、いずれわかることだが」

いつだって、同じ結論《けつろん》だ。ぼくが言い返す気にならなくとも、いたしかたないだろう。ぼくが黙《だま》っているものだから、納得《なっとく》したと思ったらしく、再び降下《こうか》が始まった。

三時間たっても、まだ火道の底は見えなかった。頭上を見あげると、穴《あな》の口はかなり小さくなっている。内壁《ないへき》はわずかに傾《かたむ》いているので、下るにつれて徐々《じょじょ》に狭《せば》まった。あたりは少しずつ暗くなっていく。

それでもぼくたちは下降《かこう》を続けた。内壁《ないへき》からはがれた石が、闇《やみ》に呑《の》まれていく。その響《ひび》きは前より鈍《にぶ》く、淵《ふち》の底に達するまでの時間も短いような気がした。

ぼくはロープを使った作業の回数をメモしておいたので、どれくらいの深さに達したのか、どれくらいの時間がたったのかを正確に計算することができた。

一回に三十分かかる作業を、ぼくたちは十四回繰《く》り返《かえ》した。それで七時間になる。さらに十五分の休憩《きゅうけい》を十四回とったから、それで三時間半。しめて十時間半だ。出発したのが午後一時だったから、今は十一時をすぎているはずだ。

深さのほうはといえば、六十メートルのロープで下る作業が十四回だから、八百四十メートルということになる。

とそのとき、ハンスの声が聞こえた。

「ハルト」

ぼくは叔父《おじ》の頭に足をぶつけそうになり、あわてて止まった。

「さあ、着いたぞ」と叔父《おじ》は言った。

「どこに?」ぼくは叔父《おじ》のわきに滑《すべ》りおりながらたずねた。

「垂直《すいちょく》な穴《あな》の底にだ」

「それじゃあ、これで行き止まりなんですか?」

「いや、右側に続く通路のようなものが見えるぞ。それは明日、確認《かくにん》すればいい。まずは夕食をとって、眠《ねむ》ることにしよう」

あたりはまだ、うっすらと明るかった。ぼくたちは包みをひらいて食事をすますと、それぞれ石や溶岩《ようがん》のベッドに、できるだけ寝《ね》やすいよう体を横たえた。

あおむけになって目をあけると、九百メートルにもなろうかという筒《つつ》のむこうに輝《かがや》く点が見えた。まるで巨大《きょだい》な望遠鏡をのぞいているかのようだった。

ほとんど瞬《また》かないその星は、ぼくの計算によればこぐま座《ざ》のβ《ベータ》星に違《ちが》いなかった。

やがてぼくは深い眠《ねむ》りに落ちた。

18　地下のトンネル

午前八時、朝日を受けてぼくたちは目を覚ました。内壁《ないへき》を覆《おお》う溶岩《ようがん》の細かな無数の凹凸《おうとつ》に光があたり、火の粉が散るようにきらきらと輝《かがや》いている。

そのおかげで、あたりのようすが判別できるくらいに明るかった。

「どうだ、アクセル？」叔父《おじ》は満足げに両手をこすり合わせながらたずねた。「ケーニッヒ通りの家で、こんなに静かな夜をすごしたことは一度もなかったろうが。荷馬車の音も物売りの声も船頭の怒号《どごう》も、いっさいしないのだからな」

「そりゃまあ、こんな穴《あな》の底だから、とても静かですよ。静かすぎて怖《こわ》いくらいだ」

「いやはや、今から怖気《おじけ》づいているようじゃ、先が思いやられるぞ。まだ地球の腹《はら》には、一ミリも入っちゃいないんだからな」

「といいますと？」

「つまりわれわれは、島の地表部分に達しただけなんだ。スネッフェルス山の火口から続く長い垂直《すいちょく》の管は、海面と同じ高さで止まっているというわけさ」

「本当に？」

「もちろん。気圧計《バロメーター》を見てみろ」

なるほど、気圧計《バロメーター》の水銀柱は穴《あな》をおりるにつれ徐々《じょじょ》にあがったあと、八十センチほどのところで止まっている。

「ほら」と叔父《おじ》は続けた。「まだ一気圧じゃないか。いずれ気圧計《バロメーター》の代わりに、圧力計《マノメーター》を使わねばならなくなる。そいつが待ち遠しいな」

たしかに気圧が海面で測る基準を超《こ》えると、普通《ふつう》の気圧計《バロメーター》では用をなさなくなる。

「でも」とぼくは言った。「気圧がずっとあがり続けたら、息が苦しくなるのでは？」

「いや、ゆっくりおりていけば、密度《みつど》の高い空気を吸《す》うのに肺《はい》が慣れてくる。気球に乗ってどんどん空にのぼっていけば、いずれは空気不足に陥《おちい》るだろう。われわれの場合、空気過剰《かじょう》になるのだから、そのほうがましじゃないか。さあ、一瞬《いっしゅん》たりとも時間をむだにできないぞ。前もって穴《あな》に落としておいた荷物はどこだ？」

そういえば昨日の晩《ばん》も捜《さが》したけれど、見つからなかったのだった。ハンスは叔父《おじ》に命じられ、獲物《えもの》を探《さぐ》るような目で注意深くあたりを見まわすと、こう答えた。

「デル・フッペ」

「うえにあるのか」

はたして頭上三十メートルほどのところで、荷物が岩のでっぱりに引っかかっていた。猫《ねこ》のように敏捷《びんしょう》なアイスランド人はすぐさま斜面《しゃめん》をよじのぼって、数分後には荷物を回収《かいしゅう》してきた。

「それじゃあ、朝食にしよう」と叔父《おじ》は言った。「長旅に備えて、しっかり食べねば」

ビスケットに干《ほ》し肉《にく》。それにジンの水割《みずわ》りを少々飲んだ。

朝食がすむと、叔父《おじ》はポケットから記録ノートをひっぱり出し、計器をあれこれ手に取って、次のようなデータを書きつけた。

六月二十九日　月曜日
精密時計《クロノメーター》　午前八時十七分

気圧計《バロメーター》　七五・四センチ
気温　六度
方角　東南東

方角というのは、コンパスで測った薄暗《うすぐら》い通路の向きだ。

「さあ、アクセル」と叔父《おじ》は、感きわまったような声で叫《さけ》んだ。「いよいよ地球の奥深《おくふか》くへ、本当に潜《もぐ》ることになる。われわれの旅が、今まさに始まるんだ」

叔父《おじ》はそう言うと、首にかけていたルームコルフ照明器を手に取り、もう片方《かたほう》の手でコードに電流を通した。まばゆい光が通路の闇《やみ》を払《はら》う。

ハンスも、点灯したもうひとつの照明器を手にしていた。電気を応用したこのすばらしい発明品を使えば、発火性のガスが立ちこめるなかだろうと、人工の光で先を照らしながらどこまでも歩いていける。

「出発だ！」と叔父《おじ》は言った。

それぞれ、自分の荷物を持った。ハンスはロープや衣類の包みを押《お》していく役目も引き受け、ぼくはしんがりを務めて薄暗《うすぐら》い通路に入った。

闇《やみ》に呑《の》みこまれる瞬間《しゅんかん》、ぼくは火道を見あげ、最後にもう一度、丸い穴《あな》のむこうに浮《う》かぶアイスランドの空を眺《なが》めた。《きっと再び目にすることのない》アイスランドの空を。

一二二九年に起きた最後の噴火《ふんか》のとき、このトンネルを通って溶岩《ようがん》が噴《ふ》き出《で》たのだろう。トンネルの内部には、つやつやした溶岩《ようがん》が分厚く張りついていた。そこに電灯《でんとう》の光があたると、何倍にもなって照り返した。

なんといっても苦労したのは、傾斜《けいしゃ》が四十五度もある坂道を、あまり早足にならないようにくだることだった。さいわい足もとの溶岩《ようがん》は、ところどころ削《けず》れたり膨《ふく》らんだりしているので、それをステップ代わりにすればいい。荷物には長いロープを結びつけ、勝手に滑《すべ》り落《お》ちさせた。

壁《かべ》や天井《てんじょう》を覆《おお》う溶岩《ようがん》は鍾乳石《しょうにゅうせき》になっていて、ところどころ小さな空洞《くうどう》と、丸い膨《ふく》らみができている。澄《す》んだガラスのつぶで飾《かざ》られた不透明《ふとうめい》な水晶《すいしょう》が、シャンデリアのように天井《てんじょう》から吊《つ》り下《さ》がって、ぼくたちが通るとまばゆいばかりにきらめいた。地上からやって来た客を迎《むか》えるため、地底の妖精《ようせい》が宮殿《きゅうでん》にイルミネーションを灯《とも》したかのように。

「すばらしい！」とぼくは思わず叫《さけ》んだ。「目を見はる景色ですね、叔父《おじ》さん。ほら、見ましたか、あの溶岩《ようがん》。赤茶色から鮮《あざ》やかな黄色へと、みごとなグラデーションをなしてます。それにあの水晶《すいしょう》ときたら、まるでいくつもの球が光《ひか》り輝《かがや》いているみたいだ」

「ははあ、アクセル、ついに認《みと》めたな」と叔父《おじ》は答えた。「そうとも、実にすばらしい。

ほかにもきっと、驚《おどろ》くようなものが見られるぞ。さあ、どんどん歩こう」
《歩こう》ではなく、《すべろう》と言ったほうが正確だろう。なにしろぼくたちは、坂道をすいすいと下っていったのだから。まさにヴェルギリウスの『アエネーイス』にあるとおり、《地獄《じごく》に落ちるはやすし》だ。ぼくはコンパスを何度もたしかめたけれど、いつもきっちり南東を指していた。溶岩流《ようがんりゅう》は右左、どちら側にもそれることなく、断固まっすぐに続いている。

それでも、はっきりとした気温の上昇《じょうしょう》はなかった。やはりデイヴィの説は正しいのだろうか。ぼくはびっくりして、何度も温度計をたしかめた。出発してから二時間たっているのに気温はまだ十度、つまり四度しかあがっていない。もしかしたら垂直《すいちょく》というより、水平に進んでいるだけなのでは？　どのくらいの深さまで達したのかは、簡単《かんたん》に計算することができる。叔父《おじ》は道の傾斜《けいしゃ》や曲がりの角度を綿密《めんみつ》に測っていたけれど、その結果を教えてくれようとはしなかった。

午後八時ごろ、叔父《おじ》は止まれの合図をした。照明器を溶岩《ようがん》のでっぱりにかけ、ハンスはすぐにすわりこんだ。そこは洞窟《どうくつ》のような場所で、空気が不足している感じはない。それどころか、風も少し吹《ふ》いてくるようだ。でも、どうして風が？　こんな地底で空気がゆらぐ原因はなんなのか？　そんな疑問《ぎもん》は、とりあえず棚上《たなあ》げにした。疲《つか》れと空腹《くうふく》で頭が働か

照明器を溶岩のでっぱりにかけた

ない。七時間もぶっ続けで歩いたのだから、体力を消耗《しょうもう》しないはずはない。ぼくはもうくたくただった。だから《休憩《きゅうけい》》という言葉が、耳に心地《ここち》よく響《ひび》いた。ハンスが溶岩《ようがん》の塊《かたまり》のうえに並《なら》べた食べ物を、三人でがつがつと貪《むさぼ》った。けれどもひとつ、気がかりなことがあった。水の貯《たくわ》えが、もう半分ほどになってしまった。地下水がわき出ているだろうから、そこで補充《ほじゅう》すればいいと叔父《おじ》は言っていた。しかし地下水なんて、これまでどこにも見あたらなかった。ぼくはこの点について、指摘《してき》せずにはおれなかった。

「地下水がないからって、そんなに驚《おどろ》きなのか?」

「ええ、まあ。それに心配なんです。水はあと五日分しか残ってません」

「大丈夫《だいじょうぶ》だ、アクセル。いまに水は見つかる。飲みきれないほどな」

「いつですか?」

「穴《あな》の内壁《ないへき》を覆《おお》う溶岩《ようがん》がなくなればさ。こんな分厚い壁《かべ》を通して、地下水が噴《ふ》き出《だ》すわけないだろ」

「でも溶岩《ようがん》は、きっと穴《あな》の奥《おく》まで続いていますよ。ぼくたちはまだ、あまり垂直《すいちょく》には進んでいないようですし」

「どうしてそう思うんだ?」

「地中深くに進んだのなら、もっと暑くなっているはずです」

「おまえの理屈《りくつ》によればな」叔父《おじ》は答えた。「温度計は何度になってる？」

「十五度弱ですね。つまり出発してから、九度しかあがっていません」

「けっこう。それで、結論《けつろん》は？」

「ぼくの結論《けつろん》はこうです。詳細《しょうさい》な観察によれば、地球内部の温度は三十四メートルくだるごとに約一度上昇《じょうしょう》すると言われています。もちろん場所によっても、この数字は変わりますけどね。例えばシベリアのヤクーツクでは、約十一メートルごとに一度あがるという結果が出ています。この違《ちが》いは明らかに、岩石が熱を伝える度合いによるものです。あともうひとつ、活動を休止している火山の付近についてもつけ加えておきますが、この場合、片麻岩《へんまがん》を通して伝わる熱は、四十メートルにつき一度しかあがりません。今回はこれにもとづいて計算するのがいいでしょう」

「だったら、計算してみたまえ」

「簡単《かんたん》な話ですよ」ぼくは手帳に数字を書きつけながら言った。「四十メートルの九倍だから、三百六十メートルくだったわけです」

「かけ算は合ってるな」

「ですから……」

「だが、わたしの観察によれば、海面から三千メートル下に達した計算になるんだ」

「まさか？」

「ところが、そのまさかなんだ。さもなければ、数字が意味をなさなくなる」

リーデンブロック教授の計算は正しかった。ぼくたちはすでに、人間が到達《とうたつ》したもっとも深い地点、つまりチロル地方のキッツ＝バール鉱山や、ボヘミアのヴェッテンベルク鉱山を千八百メートルも追《お》い抜《ぬ》いてしまったのだ。

だとしたら、温度は八十一度になっているはずなのに、実際には十五度そこそこだなんて。こいつはひとつ、じっくり考えてみなければ。

19 分かれ道

翌《よく》六月三十日火曜日、午前六時、ふたたび下降《かこう》が始まった。

ぼくたちはあいかわらず、溶岩《ようがん》の通路をたどっていた。今でも古い屋敷《やしき》で階段《かいだん》代わりに使われているスロープのような、なだらかな天然の坂道だった。こんなふうにして、十二時十七分まで歩き続けた。少し前で立ちどまったハンスに、ちょうど追いついたところだった。

「ああ」と叔父《おじ》は大声で言った。「火道の端《はし》に着いたぞ」

あたりを見まわすと、道が二手に分かれていた。どちらも狭《せま》くて薄暗《うすぐら》く、進むべき道を決めるのは難《むずか》しそうだ。

けれども叔父《おじ》はぼくやガイドの手前、ためらっているふうを見せたくなかったのだろう、きっぱりと東側のトンネルを指さした。こうしてぼくたち三人は、そちらにむかってまた歩き始めた。

どのみち、いくら考えたところで、ぐずぐずと迷うだけだ。どちらの道を選んだらいいのかを決める手がかりは、なにもなかったのだから。結局、運を天にまかせるしかなかった。

新たな通路はほとんど平らで、断面はところによって形が変わった。ときにはゴシック教会の側廊《そくろう》のようなアーチ形の天井《てんじょう》がどこまでも続いた。中世の芸術家に、ぜひひと目見せたいものだ。尖頭《せんとう》アーチを発展《はってん》させたゴシック式宗教《しゅうきょう》建築のあらゆる形を学ぶことができるだろう。さらに二キロほど先へ行くと、今度はロマネスク式の低いアーチの下を、頭をかがめて通ることになった。土台にしっかり埋《う》めこまれた太い柱が、丸天井《まるてんじょう》の重みでたわんでいるかのようだ。打って変わってビーバーの巣穴《すあな》のような狭苦《せまくる》しいトンネルのなかを、這《は》い進《すす》まねばならないこともあった。

アーチ形の天井がどこまでも続いた

気温はさほど変化がなかった。いまはこんなに静かなのに、スネッフェルス山が噴火《ふんか》したときは、どんなに激《はげ》しい勢いで溶岩《ようがん》がこの道を流れたことか、ぼくは無意識のうちに考えていた。通路の曲がり角で燃えあがる奔流《ほんりゅう》が砕《くだ》けるさま、熱い蒸気《じょうき》がこの狭《せま》い穴《あな》に立ちこめるさまが目に浮《う》かんだ。

《やれやれ》とぼくは思った。《長年活動をしていなかった火山が、いまごろになって気まぐれを起こさなければいいのだけれど》

こんな思いを、叔父《おじ》のリーデンブロック教授に伝えたりはしなかった。どうせ、わかってもらえないから。叔父《おじ》は前に進むことしか考えていない。歩いたり、滑《すべ》ったり、転げたりすることしか。あの信念はやはり賞賛《しょうさん》にあたいする。

午後六時、さほど苦もなく南に八キロ進むことができた。しかし地下へは四百メートルほどしかおりていない。

叔父《おじ》は休憩《きゅうけい》の合図をした。ぼくたちは黙々《もくもく》と食事をし、余計なことは考えずに眠《ねむ》った。

夜の装備《そうび》は簡単《かんたん》なものだった。寝具《しんぐ》は旅行用の毛布一枚《まい》。それにくるまるだけだ。寒さに震《ふる》える心配も、外敵に襲《おそ》われる心配もない。アフリカの砂漠《さばく》や新大陸の密林《みつりん》を旅する人々は、眠《ねむ》っているあいだ順番に見張りに立たねばならないが、ここなら他に誰《だれ》もいないのだから、絶対に安全だ。危険《きけん》な野蛮人《やばんじん》や猛獣《もうじゅう》を心配する必要はない。

翌日《よくじつ》は元気に目を覚まし、ふたたび歩き始めた。昨日と同じように、溶岩《ようがん》の道を進んだ。まわりの地質がどうなっているのかは、確認《かくにん》できなかった。トンネルは地下に潜《もぐ》るのではなく、まったく水平になっていた。それどころか、地上にむかってのぼっているような気さえする。この傾向《けいこう》は午前十時ごろ、ますますはっきりしてきた。坂道をのぼっているから、こんなに疲《つか》れるんだ。もっとゆっくり歩いてもらわなければ。

「どうかしたのか、アクセル」叔父《おじ》は苛立《いらだ》たしげに言った。

「もうだめです」ぼくは答えた。

「なにを言ってるんだ。こんなに楽な道を、たった三時間歩いただけじゃないか」

「楽じゃないとは言いませんが、疲《つか》れるのは間違《まちが》いありません」

「疲《つか》れるわけないだろう。くだり道を行くだけなのだから」

「お言葉ですが、のぼり道ですよ」

「のぼり道だって」叔父《おじ》は肩《かた》をすくめて言った。

「ええ、おそらく。三十分ほど前から、傾斜《けいしゃ》が変わってます。このまま進んだら、アイスランドの地上に戻《もど》ってしまうのでは」

叔父《おじ》は納得《なっとく》いかないというように、首を横にふった。ぼくは議論《ぎろん》を続けようとしたけれど、叔父《おじ》はそれ以上なにも答えず、出発の合図をした。叔父《おじ》が黙《だま》っているのは、とてつもなく機嫌《きげん》が悪い証拠《しょうこ》だ。

ぼくは気力を奮《ふる》いおこして荷物をかつぐと、叔父《おじ》に続いて歩き出したハンスをあわてて追いかけた。引《ひ》き離《はな》されないようにしなくては。仲間を見失うのが、いちばん心配な点だった。こんな地下の迷路《めいろ》で迷子になるなんて、想像しただけで恐《おそ》ろしい。

それにのぼり坂は骨《ほね》が折れるけれど、地上に近づいているのだと思えば苦労にも耐《た》えられる。希望がわいてきたぞ。一歩一歩、それが現実に近づいていくんだ。かわいいグラウベンにまた会えるかと思うと、喜びがこみあげてきた。

十二時になると、通路の内壁《ないへき》に変化が生じ始めた。壁《かべ》に反射《はんしゃ》する電灯《でんとう》の光が弱まっている。壁面《へきめん》を覆《おお》っていた溶岩《ようがん》がなくなり、岩肌《いわはだ》がむき出しになったのだ。地層《ちそう》は傾《かたむ》き、ところによっては垂直《すいちょく》に並《なら》んでいる。このあたりの地層《ちそう》は、ちょうど古生代のシルル紀*のものにあたるのだろう。

*原注　この時代の地層《ちそう》は、ケルト人のシルル族がかつて住んでいたイギリスの地方に広く分《ぶん》布《ぷ》していることから、このように命名されている。

「間違《まちが》いない」とぼくは叫《さけ》んだ。「この頁岩《けつがん》や石灰岩《せっかいがん》、砂岩《さがん》は、地球の第二時代に海底の堆積物《たいせきぶつ》からできたものだ。つまりぼくたちは、花崗岩《かこうがん》の地層《ちそう》に逆行《ぎゃっこう》していることになる。

ハンブルクからリューベックへ行こうとして、反対側のハノーファーへむかうようなものじゃないか」

ぼくはこうした観察結果を、胸《むね》にしまっておくべきだった。けれども地質学者のはしくれとして、つい言わずにはおれなかった。叔父《おじ》のリーデンブロック教授は、ぼくの声を聞きつけた。

「どうしたんだ?」と叔父《おじ》はたずねた。

「見てください」とぼくは答えて、いく層《そう》にも重なり合う砂岩《さがん》や石灰岩《せっかいがん》や、ちらりと顔をのぞかせている粘板岩《ねんばんがん》を指さした。

「それで?」

「ぼくたちは、最初の動植物が出現した時代に達したんです」

「ほう、そう思うのか?」

「だって、そうでしょう? よく見てください。ほら、ここ」

ぼくは通路の内壁《ないへき》を電灯《でんとう》で照らすよう、叔父《おじ》をせきたてた。きっと感嘆《かんたん》の声があがるだろうと期待していたのに、叔父《おじ》はなにも言わずにまた歩き始めた。

ぼくの話がわからなかったのだろうか? 叔父《おじ》として、学者としてのプライドから、東側のトンネルを選んだのは間違《まちが》いだったと認《みと》められないのかもしれない。あるいはこの通路を、どうしても最後まで確認《かくにん》したいのかも。溶岩《ようがん》の道からは、すでにそれてしまった。このまま進んでも、スネッフェルス山の奥底《おくそこ》に達しないのは明らかだ。

いや、もしかしたらぼくはこの地質の変化を、重要視《じゅうようし》しすぎているのかもしれない。間《ま》違《ちが》えているのは、ぼくのほうでは？　花崗岩《かこうがん》の岩盤《がんばん》を覆《おお》う岩の地層《ちそう》を、いまぼくたちはまさに通過しているところでは？

《ぼくの考えたとおりなら、原始的な植物の残骸《ざんがい》が見つかるはずだ。そうしたらもう、反論《はんろん》の余地はなくなる。探《さが》してみよう》とぼくは思った。

百歩も歩かないうちに、明白な証拠《しょうこ》が目に飛びこんできた。さもありなん。シルル紀には千五百種以上の動植物が、海のなかに生息していたのだから。いままでずっと踏《ふ》みなれていた溶岩《ようがん》の硬《かた》い地面が、植物や貝の残骸《ざんがい》が砕《くだ》けてできた砂《すな》にいきなり変わった。内壁《ないへき》にも、ヒバマタやヒカゲノカズラの痕跡《こんせき》がくっきりと見てとれる。リーデンブロック教授だって間《ま》違《ちが》えるはずはないのに、どうやらそれには目をつぶっているようだ。叔父《おじ》は変わらない足どりで、そのまま歩き続けた。

まったくもう、なんて度《ど》はずれた頑固者《がんこもの》なんだ。もう我慢《がまん》できない。ぼくは保存《ほぞん》状態のいい化石を拾いあげた。いままで言うワラジムシに似た生物だ。それから叔父《おじ》のところへ行き、声をかけた。

「ほら、これを見てください」

「ふむ」叔父《おじ》は平然として答えた。「まさしくこいつは、絶滅《ぜつめつ》した三葉虫目の甲殻類《こうかくるい》だな」

「だとすると、結論《けつろん》は？」

「おまえ自身の結論《けつろん》と同じかと？　たしかに、そのとおり。われわれは花崗岩《かこうがん》の地層《ちそう》と溶岩《ようがん》の道を離《はな》れた。わたしが間違《まちが》ったのかもしれないが、この通路の端《はし》まで行ってみないことには、誤《あやま》りをたしかめられん」

「そうでしょうとも、叔父《おじ》さん。ぼくも賛成したいところなんですが、ひとつさし迫《せま》った危険《きけん》があるんです」

「危険《きけん》というと？」

「水がなくなることです」

「だったら、節約しようじゃないか、アクセル」

20　天然の炭鉱《たんこう》

たしかに節約が必要だった。残りの水はあと三日しかもたないだろうと、その夜、食事のときに確認《かくにん》した。残念ながら、古生代の地層《ちそう》で湧水《わきみず》が見つかるとは思えない。

翌日《よくじつ》もずっと、目の前にアーチ形の天井《てんじょう》が続いた。ぼくたちはほとんどなにも話さず、ただ黙々《もくもく》と歩いた。ハンスの無口が伝染《でんせん》したかのようだ。

道はなだらかだった。少なくとも感じとれるほど、のぼり坂ではない。ときには、くだっているかと思えることさえあったけれど、どのみちわずかな傾《かたむ》きであり、叔父《おじ》も安心はできなかった。地層《ちそう》はあい変わらずで、ますます古生代の特徴《とくちょう》がはっきりしてきたから。

電灯《でんとう》の光が内壁《ないへき》にあたって、頁岩《けつがん》や石灰岩《せっかいがん》、古びた赤い砂岩《さがん》がきらきらと輝《かがや》いた。この種の地層《ちそう》はデボン紀のものだが、その名のもとになったデボンシャー地方〔イギリス西南部の地域〕の切通しのなかにいるかと思うほどだった。すばらしい大理石の数々が、壁面《へきめん》を覆《おお》っている。めのうのような灰色《はいいろ》に、白い不規則な縞模様《しまもよう》が走っているもの、鮮《あざ》やかな紅色《べにいろ》をしたもの、黄色の地に赤い斑点《はんてん》をちりばめたもの。そのむこうにあるのは、暗い色調のなかに石灰質《せっかいしつ》がくっきりと浮《う》かんだ、まさにグリオット大理石の見本だ。

こうした大理石のほとんどに、古代生物の化石が見られた。天地創造《そうぞう》の過程は昨日から、はっきりと進んでいた。原始的な三葉虫に代わって、より進化した生物の化石が確認《かくにん》できる。とりわけ硬鱗魚《こうりんぎょ》や、古生物学者から爬虫類《はちゅうるい》の祖先と目《もく》される鰭竜類《きりゅうるい》の化石が。デボン紀の海にはこの種の生物が無数に生息しており、新たに岩ができたときそこに残されたのだ。

人間を頂点《ちょうてん》とする、生物進化の階梯《かいてい》をのぼっているのは明らかだ。けれどもリーデンブロック教授は、それを無視《むし》しているようだ。

叔父《おじ》は二つのことを期待しているのだろう。縦《たて》の通路が足もとにひらいて、また下におりられるようになるか、なにか行く手をふさぐものがあらわれて、先を続けられなくなるか。けれども期待はかなわないまま、夜になった。

金曜日、喉《のど》の渇《かわ》きに苦しみながら一夜をすごしたあと、ぼくたち一行はまた曲がりくねったトンネルを進んでいった。

十時間ほど歩いたころ、壁《かべ》に反射《はんしゃ》する電灯《でんとう》の光がやけに弱々しいのに気づいた。壁面《へきめん》は大理石や片岩《へんがん》、石灰岩《せっかいがん》、砂岩《さがん》から、薄暗《うすぐら》いくすんだ色の石に変わっていた。道幅《みちはば》がとても狭《せま》くなったとき、ぼくは左の壁《かべ》によりかかった。

手を離《はな》してみると、真っ黒に汚《よご》れている。さらに顔を近づけてみて、よくわかった。ぼくたちは石炭層《せきたんそう》のなかに入りこんでいたのだ。

「炭鉱《たんこう》だ！」とぼくは叫《さけ》んだ。

「といっても、炭鉱夫《たんこうふ》はいないがね」と叔父《おじ》は答えた。

「炭鉱だ！」とぼくは叫んだ

「そうと決まったわけでは……」

「いや、決まっとる」叔父《おじ》はぶっきらぼうに言い返した。「石炭層《せきたんそう》を貫《つらぬ》くこの通路が、人の手で作られたものでないことはあきらかだ。だが、これが自然の産物かどうかはどうでもいい。さあ、夕食の時間だ。なにか食べるとしよう」

ハンスが食事の準備をしたけれど、ぼくはほとんど喉《のど》を通らず、割《わ》りあて分のわずかな水を飲んだだけだった。水はもうハンスの水筒《すいとう》に、半分ほどしか残っていない。それで三人の渇《かわ》きをいやさねばならないのだ。

食事が終わると、二人の仲間は毛布のうえに寝《ね》そべり、疲《つか》れをいやす眠《ねむ》りに落ちた。ぼくはと言えばなかなか眠《ねむ》れず、朝まで時を数えていた。

土曜日の午前六時、ぼくたちはまた出発した。二十分後、大広間のような空間に着いた。たしかに人間の手でこんな坑道《こうどう》を掘《ほ》れるわけがないと、認《みと》めざるをえなかった。もし人が作ったものなら、丸天井《まるてんじょう》に支柱をかうはずだが、実際のところ天井《てんじょう》は奇《き》跡的《せきてき》なバランスで持ちこたえているにすぎなかった。

そこは幅《はば》三十メートル、高さ四十五メートルにもなる洞穴《ほらあな》だった。地下の激動《げきどう》により、地層《ちそう》がいっきに裂《さ》けたのだろう。岩盤《がんばん》が強烈《きょうれつ》な圧迫《あっぱく》を受けてばらばらに砕《くだ》け、地上の住人が初めて足を踏《ふ》み入《い》れたこの大きな空洞《くうどう》ができたのだ。

石炭紀《せきたんき》の全歴史が、黒ずんだ内壁《ないへき》に記されていた。地質学者ならば、そのさまざまな段《だん》階《かい》を容易にたどることができる。うえから圧迫《あっぱく》された石炭層《せきたんそう》のあいだには、密度《みつど》の高い砂《さ》岩《がん》や粘土《ねんど》の層《そう》が入りこんでいた。

中生代に先立つこの時代、恒常的《こうじょうてき》な高温と多湿《たしつ》という二重の要因により、地上には植物が生《お》い茂《しげ》っていたはずだ。水蒸気《すいじょうき》が地球をくまなく覆《おお》い、太陽の光をさえぎっていた。だとするならば、高い気温は太陽という新たな熱源《ねつげん》から来たのではない。おそらく太陽は、輝《かがや》かしい役割《やくわり》を演じる準備ができていなかっただろう。地域《ちいき》による気候の違《ちが》いは、まだ存在《そんざい》していなかった。赤道も極地《きょくち》も、暑いことに変わりはない。地表全体に猛暑《もうしょ》が広がっていたのだ。そのもとになる熱は、どこから来たのだろう？　もちろん、地球の内部だ。リーデンブロック教授はあんなふうに主張するけれど、地球の内部に猛火《もうか》が渦《うず》まいていたのは間違《まちが》いない。そうした活動の影響《えいきょう》は、地表近くまで伝わっていた。太陽の恵《めぐ》みを受けない植物は、花を咲《さ》かせたり香《かお》りを発したりこそしなかったが、その根は原始の炎《ほのお》を絶やさない地中から強い生命力を吸《す》いあげていたのだ。

樹木《じゅもく》はほとんどなく、生えているのは草の類《たぐい》ばかりだった。シダやヒカゲノカズラ、封《ふう》印木《いんぼく》など、同じような仲間だが多様な草が見られた。

この石炭《せきたん》は、そうした豊富な植物からできているのだ。地球の表面はまだ柔《やわ》らかく、内部の流動体が動くのに合わせて、ひび割《わ》れや陥没《かんぼつ》が頻発《ひんぱつ》した。やがて植物は海にのみこまれ、徐々《じょじょ》に膨大《ぼうだい》な堆積物《たいせきぶつ》を作りあげていった。

そこに自然の化学作用が加わり、海底にたまった植物の塊《かたまり》はまず泥炭《でいたん》になった。それからガスの働きと腐敗《ふはい》の熱で、完全に鉱物化《こうぶつか》したのだった。

かくして、この豊かな石炭層《せきたんそう》はできた。けれども産業国の人々がなにも考えずに浪費《ろうひ》したならば、三世紀も持たないだろう。

地底の一角に残された豊かな石炭《せきたん》を眺《なが》めながら、ぼくはそんなことを考えていた。しかし、この場所が発見されることはないだろう。地中深くに埋《う》もれた石炭《せきたん》を掘《ほ》り起《お》こすのは、手間がかかりすぎる。石炭層《せきたんそう》が地表近くに広がっている地域《ちいき》がいくらでもあるのだから、無駄骨《むだぼね》折りじゃないか。だから世界の終わりが来る日まで、この石炭層《せきたんそう》は今見ているままの姿《すがた》で残っているはずだ。

そのあいだにも、一行は歩き続けた。地質の観察に熱中するあまり、ぼくひとりだけ長い道のりも忘《わす》れていた。気温は、溶岩《ようがん》や頁岩《けつがん》のなかを通《とお》り抜《ぬ》けていたときのままだった。ただ、炭化水素《たんかすいそ》の強烈《きょうれつ》な臭《にお》いが鼻をついた。こんなトンネルのなかだから、ぼくはすぐにぴんときた。こいつは、炭鉱夫《たんこうふ》が坑内《こうない》ガスと呼《よ》んでいる危険《きけん》な気体が充満《じゅうまん》している証拠《しょうこ》だ。このガスが爆発《ばくはつ》すると、たいてい大惨事《だいさんじ》になる。

さいわいぼくたちは、電気で灯るルームコルフ照明器で明かりをとっていた。運悪く松明《たいまつ》を手に、この通路に足を踏《ふ》み入《い》れていたら、大爆発《だいばくはつ》が起きていただろう。ぼくたちが吹《ふ》き飛《と》ばされてしまえば、探検《たんけん》もそこまでだ。

石炭層《せきたんそう》は夜になるまで続いた。いつまでたっても道が水平なものだから、叔父《おじ》はいらだちを抑《おさ》えきれなかった。二十歩先はいつも真っ暗なので、通路がどこまで続くのか見当がつかなかった。もしかして終わりがないのではと思い始めたころ、だしぬけに壁《かべ》が目の前に立ちふさがった。午後六時のことだった。上下、左右、どこにも道はない。袋小路《ふくろこうじ》の奥《おく》に突《つ》きあたってしまったのだ。

「まあ、これも悪くない」と叔父《おじ》は声をあげた。「少なくとも、状況《じょうきょう》ははっきりしたのだから。これはサクヌッセンムがたどった道じゃない。だったら、引き返すまでだ。ひと晩《ばん》休んで三日後には、通路の分岐点《ぶんきてん》まで戻《もど》れるだろう」

「ええ、そうですね」とぼくは言った。「その力が残っていればですが」

「どうして、そう思うんだ？」

「だって明日には、水が完全になくなりますから」

「だからって、気力までなくなるのか？」叔父《おじ》は厳《きび》しい目つきでぼくを見つめた。

ぼくはそれ以上、なにも言えなかった。

21　最後の水

翌日《よくじつ》、朝早く出発した。急がなくては。分岐点《ぶんきてん》から五日も歩いてきたのだから。

帰り道の苦しさについて、くどくどとは述べるまい。叔父《おじ》は自らの力不足を思い知らされ、くやしまぎれにがんばっていた。ハンスは穏《おだ》やかな性格なので、あきらめているようだ。ぼくはと言えば不満も落胆《らくたん》も大きく、こんな不運にとうてい耐《た》えられなかった。

予想どおり、一日目の終わりには水がすっかり尽《つ》きてしまった。残っている飲み物はジンだけになったけれど、あんなにきついリキュールを口に入れたら、喉《のど》が焼けついてしまう。ぼくはそんなもの、見たくもなかった。なんだか蒸《む》し暑《あつ》くなってきたような気もした。疲労《ひろう》のあまり、感覚がおかしくなっているのだろう。ぼくは何度もばったり倒《たお》れそうになり、そのつどひと休みしては、叔父《おじ》やハンスが一生懸命《いっしょうけんめい》励《はげ》ましてくれた。けれども叔父《おじ》自身、過労と喉《のど》の渇《かわ》きと必死に闘《たたか》っているのがよくわかった。

七月七日の火曜日、ぼくたちは息も絶え絶えに、ほとんど這《は》うようにして道の分岐点《ぶんきてん》に帰りついた。ぼくは溶岩《ようがん》の地面にぐったりと倒《たお》れこんだ。午前十時だった。

叔父《おじ》とハンスは壁《かべ》によりかかり、ビスケットのかけらを食べようとしている。ぼくは腫《は》れあがった口から長いうめき声を発し、そのまま深い眠《ねむ》りに落ちた。

しばらくすると、叔父《おじ》がぼくに近寄り、抱《だ》き起《お》こしてくれた。

「かわいそうに」叔父《おじ》の口調《くちょう》には、心からの哀《あわ》れみが感じられた。

ぼくはこの言葉に胸《むね》を打たれた。無愛想《ぶあいそう》なリーデンブロック教授からやさしくされるなんて、めったにないだけになおさらだった。ぼくは震《ふる》える叔父《おじ》の手を握《にぎ》りしめた。叔父《おじ》はされるがままになっていた。ぼくを見つめる目がうるんでいる。

叔父《おじ》はわきにさげてあった水筒《すいとう》をつかんだ。そして驚《おどろ》いたことに、ぼくの口に近づけるではないか。

「さあ、飲め」と叔父《おじ》は言った。

これは聞《き》き間違《まちが》いじゃないのか？　叔父《おじ》は頭がどうかしたのだろうか？　ぼくはあっけにとられて、相手の顔を見つめた。本当に、わけがわからなかった。

「いいから、飲むんだ」叔父《おじ》は繰《く》り返《かえ》した。

そして水筒《すいとう》を傾《かたむ》け、残っていた水をすべてぼくの口に注いだ。

ああ、なんという喜び！　ひと口の水が、からからに渇《かわ》いた喉《のど》をうるおした。ほんのひと口だったけれど、消えかけていた命の灯《ひ》をふたたび灯《とも》すには充分《じゅうぶん》だった。

そして水筒を傾け，残っていた水をすべてぼくの口に注いだ

ぼくは手を合わせて叔父《おじ》に感謝した。

「ああ、ひと口、最後のひと口だ」と叔父《おじ》は言った。「わかるか？　最後のひと口を、大事にとっておいたんだ。水筒《すいとう》の底にな。飲んでしまいたいという欲求《よっきゅう》に、何度さいなまれたことか。それでもじっと我慢《がまん》した。そうさ、アクセル、おまえに飲ませるために」

「叔父《おじ》さん」ぼくは目に涙《なみだ》をいっぱいにため、小さな声でそう言った。

「いいんだ。この分岐点《ぶんきてん》に着いたら、おまえはもう倒《たお》れこむだろうとわかっていた。だから最後の水を残しておいたんだ。おまえを元気にするために」

「ありがとう、ありがとう、叔父《おじ》さん！」ぼくは叫《さけ》んだ。

ほんの少し渇《かわ》きがいやされただけで、力がよみがえってきた。いままで引きつっていた喉《のど》の筋肉《きんにく》がゆるみ、ひりひりしていた唇《くちびる》がやわらいだ。ちゃんと口もまわる。

「こうなったらもう、道はひとつだけです。水がないのだから、引き返しましょう」

ぼくがそんなふうに話しているあいだ、叔父《おじ》は顔をそむけていた。うつむいて、目を合わせようとしない。

「引き返さなくては！」とぼくは叫《さけ》んだ。「スネッフェルス山の火道に戻《もど》りましょう。ああ、火口のてっぺんまでのぼる力を神様がお与《あた》えくださいますように」

「引き返すだって！」と叔父《おじ》は言った。ぼくにというより、自分自身に答えているかのように。

「ええ、引き返すんです。一瞬《いっしゅん》たりとも、時間を無駄《むだ》にできません」

そのあとに続いた沈黙《ちんもく》の一瞬《いっしゅん》は、やけに長く感じられた。

「それじゃあ、アクセル」と叔父《おじ》は、奇妙《きみょう》な口調《くちょう》で続けた。「せっかく水をあげたのに、気力も体力も回復しなかったというのか？」

「気力と言われても」

「あいかわらず弱気なままだ。めそめそと泣きごとを並《なら》べおって」

なんて人なんだろう、ぼくの叔父《おじ》は。この期《ご》におよんで、なにをしようというんだ、性《しょう》懲《こ》りもなく。

「まったくもう、叔父《おじ》さんはまだ……」

「もちろん、探検《たんけん》をあきらめちゃいないさ。成功間違《まちが》いなしというところまで、ようやくこぎつけたのに、あきらめるものか」

「みすみす死を受け入れよというんですか？」

「いや、アクセル。そうじゃない。帰っていいぞ。おまえが死ぬのは望んじゃない。ハンスもいっしょに行かせよう。わたしのことはかまうな」

「叔父《おじ》さんを見捨《みす》てろと？」

「好きにさせてくれ、と言ってるんだ。自分で始めた旅だから、ひとりでも最後までやりとげる。さもなければ、二度と戻《もど》らないかだ。さあ、行け、アクセル。行ってしまえ」

そう話す叔父《おじ》の口調《くちょう》は、異様《いよう》なまでに熱っぽかった。声は一瞬和《いっしゅんやわ》らいだかと思うと、すぐにまたきびしい、脅《おど》しつけるようなものに変わった。叔父《おじ》は暗い情熱に駆《か》られて、不可能に挑《いど》んでいる。ぼくはこんな深淵《しんえん》の底に、叔父《おじ》を残していきたくなかった。その反面、生存本能《せいぞんほんのう》は叔父《おじ》から早く逃《に》げろと訴《うった》えかけてくる。

ハンスはいつもどおり無関心そうに、この場面を目で追っていた。ぼくと叔父《おじ》のあいだになにが起きているのか、わかっているようだ。二人の身ぶりを見れば、互《たが》いが相手を別の道へ引き入れようとしているのは明らかだ。けれどもハンスは、自分の生死がかかっている問題にもさして興味がないようだ。出発の合図があればすぐにでも出発するし、主人がひと言命じればいつまでも留《とど》まるとでもいうように。

ああ、あのときぼくの気持ちを彼に伝えることができたらよかったのに。ぼくの言葉、切実な訴《うった》え、哀願《あいがん》に、いつもは超然《ちょうぜん》としているガイドもきっと胸《むね》を打たれたはずだ。思いもしない危険《きけん》が待ちかまえていると、わかってもらえただろう。ぼくたち二人で力を合わせれば、頑固者《がんこもの》のリーデンブロック教授を説得できたかもしれない。いざとなったら、無理やりスネッフェルス山のうえまで連《つ》れ戻《もど》すことだって。

ぼくはハンスに近寄り、手をとった。彼は動こうとしない。ぼくは火口へむかう道を指さした。それでもじっとしている。あえぎに歪《ゆが》んだぼくの顔が、苦しみをよく物語っているはずだ。ハンスは静かに、ゆっくりと叔父《おじ》をふり返った。

「マステル」と彼は言った。

「ご主人だって！」とぼくは叫《さけ》んだ。「馬鹿《ばか》げている。叔父《おじ》は命をかけて仕える主人じゃない。逃《に》げなくては。引きずってでも、叔父《おじ》を連れ帰るんだ。わかるね？　ぼくの言うことがわかるだろ？」

ぼくはハンスの腕《うで》を取り、立たせようとした。ぼくたちのもみ合いを見て、叔父《おじ》があいだに入った。

「落ちつけ、アクセル」と叔父《おじ》は言った。「こいつはなにがあっても決して動じない男だからな、説得しようとしても無駄《むだ》だ。だから、ひとつ提案を聞いてくれ」

ぼくは腕《うで》を組んで、叔父《おじ》を真正面から見すえた。

「水不足」と叔父《おじ》は切り出した。「それが計画の遂行《すいこう》を妨《さまた》げる、唯一《ゆいいつ》の障害《しょうがい》だ。溶岩《ようがん》や頁岩《けつがん》、石炭《せきたん》からなっている東側の通路からは、一滴《てき》の水も見つからなかった。しかし西側のトンネルをたどれば、もっと幸運に恵《めぐ》まれるかもしれん」

とてもそうは思えないというように、ぼくは首を横にふった。

「ともかく、最後まで聞いてくれ」と叔父《おじ》は続けた。「おまえがぐったりと横たわっていたあいだに、こっちの通路がどうなっているのか、ようすを見に行ったんだ。通路はまっすぐ地下へとむかっている。ほどなく花崗岩《かこうがん》の地層《ちそう》に達するだろう。そうすれば、豊富な地下水がきっと湧《わ》き出《で》ている。岩盤《がんばん》の性質から言って、そのはずなんだ。論理的《ろんりてき》にも直感的にも、間違《まちが》いない。そこでおまえに提案がある。コロンブスが新大陸発見のためにあと三日待って欲《ほ》しいと言ったとき、病気に苦しむ水夫たちはそれを受け入れた。だからこそコロンブスは、新世界を見つけることができたんだ。地下世界のコロンブスたるわたしは、あと一日の猶予《ゆうよ》を求めたい。それをすぎても水が見つからなかったら、地上に戻《もど》ると約束しようじゃないか」

ぼくは腹《はら》が立ってしかたなかったけれど、こんなふうに自分を抑《おさ》えて必死に話す叔父《おじ》のようすには胸《むね》を打たれた。

「わかりました」とぼくは言った。「あとはもう、叔父《おじ》さんのお望みどおりになるよう祈《いの》るだけだ。神様がその超人的《ちょうじんてき》な意志力にむくいてくださるようにと。運だめしをする時間はもういくらも残されていません。さあ、行きましょう」

22　もはやここまで

こうして、新たな通路をくだり始めた。いつものように、ハンスが先頭に立った。百歩も歩かないうちに、叔父《おじ》は壁《かべ》をぐるりと電灯《でんとう》で照らし、こう叫《さけ》んだ。

「ほら、これは原始の地層《ちそう》だ。やはりこっちが正しい道だった。よし、歩こう」

大昔、地球が冷え始めて体積が縮《ちぢ》まると、地表に割《わ》れ目《め》や裂《さ》け目《め》、亀裂《きれつ》が走った。このトンネルも、そうしてできた空洞《くうどう》のひとつだ。かつてここから花崗岩《かこうがん》が噴《ふ》き出《だ》し、いく筋《すじ》にも広がって地下に複雑な迷路《めいろ》を作った。

トンネルをくだるにつれ、原始の地層《ちそう》が次々にくっきりとあらわれた。これらは地表の近くに広がる鉱物の基礎《きそ》で、頁岩《けつがん》、片麻岩《へんまがん》、雲母片岩《うんもへんがん》という三つの層《そう》からなると地質学では考えられている。その下にあるのが、花崗岩《かこうがん》と呼《よ》ばれる硬《かた》い岩盤《がんばん》だ。

それにしても、自然をじかに観察できるこんなにすばらしいチャンスを得た鉱物学者《こうぶつがくしゃ》は、これまでひとりもいなかっただろう。ボーリング機などという粗雑《そざつ》な機械では、地下から掘《ほ》り起《お》こすことのできないものを、ぼくたちはこの目で見、この手で触《ふ》れようとしているのだ。

美しい緑の色合いに染《そ》まった頁岩《けつがん》の層《そう》には、銅やマンガンの鉱脈がうねるように続き、プラチナや金も点々としている。ああ、なんという富が、貪欲《どんよく》な人間たちにも手を出せない地球の奥深《おくふか》くに隠《かく》されていることか。天地創造《そうぞう》の混乱《こんらん》で地下に埋蔵《まいぞう》されたこれらのお宝《たから》は、つるはしでもシャベルでも墓穴《はかあな》から掘《ほ》り起《お》こせないだろう。

頁岩《けつがん》に続いて、薄《うす》い層《そう》がまっすぐきれいに重なった片麻岩《へんまがん》があらわれた。さらにそのあとには、大きな薄片状《はくへんじょう》の雲母《うんも》片岩《へんがん》が白い輝《かがや》きで目を引いた。

電灯《でんとう》の光が岩塊《がんかい》の小さな凹凸《おうとつ》に反射《はんしゃ》して、無数の光線があらゆる方向に行き交った。まるでダイヤモンドのなかを通《とお》り抜《ぬ》けているかのように、光の破片《はへん》があたりいっぱいにぱちぱちとはじけている。

こうした光の饗宴《きょうえん》も、六時ごろには目に見えて勢いが失《う》せ、ほとんど終わりかけた。内《ない》壁《へき》の結晶《けっしょう》は暗い色調に転じている。雲母《うんも》は長石《ちょうせき》や石英《せきえい》と混じり合って、とりわけ硬《かた》い岩盤《がんばん》を形成した。それは四重に重なる地層《ちそう》を、決して砕《くだ》けることなくしっかりと支えていた。

夜の八時になっても、あいかわらず水は見つからなかった。ぼくは苦しくてたまらなかった。前を歩く叔父《おじ》はときおり足を止めて、どこかから水が湧《わ》き出《で》る音が聞こえないかと耳を澄《す》ませた。しかし、なにも聞こえない。

やがてぼくは、脚《あし》ががくがくしてきた。それでも叔父《おじ》に休憩《きゅうけい》をさせてはいけないと思い、

まるでダイヤモンドのなかを通り抜けているかのようだった

責め苦に耐《た》えた。休んでなんかいたら、叔父《おじ》は絶望感に打ちのめされるだろう。残された最後の一日が、終わろうとしているのだから。

とうとうぼくは力尽《ちからつ》き、うめき声をあげて倒《たお》れこんだ。

「助けて！　死にそうだ」

叔父《おじ》は引き返してくると、腕《うで》を組んでぼくを見つめた。そしてぼそりとこう言った。

「もはやここまでか」

怒《いか》りにうち震《ふる》える叔父《おじ》の恐《おそ》ろしい姿《すがた》が視界《しかい》に飛びこんできたのを最後に、ぼくは意識を失った。

ふたたび目をあけたとき、叔父《おじ》とハンスは毛布にくるまってじっと動かなかった。眠《ねむ》っているのだろうか？　ぼくはといえば、そのまま一睡《いっすい》もできなかった。苦しくてたまらなかった。ぼくはもう助からないのだと思うと、胸《むね》が押《お》しつぶされそうだった。叔父《おじ》が最後に発した言葉が、まだ耳に残っていた。たしかに《もはやここまで》だ。こんなに体が弱ってしまったら、もう地上に戻《もど》ることもできそうにない。

ここは地下六千メートルにもなる。そんな分厚い地殻《ちかく》の重みがずっしりと肩《かた》にのしかかり、いまにも押《お》しつぶされそうな気がした。花崗岩《かこうがん》のうえで寝《ね》がえりをうつだけでもひと苦労で、ぼくはもうくたくただった。

数時間がすぎた。あたりは静まり返っている。墓場のような静けさだ。壁《かべ》の厚さは最低でも八千メートルになるのだから、そのむこうから音が伝わってくるはずがない。けれどもうとうとしていると、なにか物音が聞こえたような気がした。トンネルのなかは暗かった。目を凝《こ》らすと、ハンスが電灯《でんとう》を手に立ち去るのがぼんやりと見えた。

どうしてこんな時間に？　ハンスはぼくたちを見捨《みす》てるつもりなんだろうか？　叔父《おじ》は眠《ねむ》っている。ぼくは叫《さけ》ぼうとしたけれど、喉《のど》がからからで声が出ない。闇《やみ》が深くなり、やがて物音もしなくなった。

《ハンスに見捨《みす》てられた。ハンス！　待ってくれ、ハンス！》

ぼくはそんな声にならない言葉を、心のなかで叫《さけ》んだ。一瞬《いっしゅん》、パニックに陥《おちい》ったあと、ぼくは恥《は》ずかしくなった。これまでずっと忠実《ちゅうじつ》につくしてくれた男を疑《うたが》うなんてと。彼が出かけたのは、逃《に》げるためなんかじゃない。その証拠《しょうこ》に、トンネルをのぼるのではなく、くだっていったではないか。ぼくたちを見捨《みす》てる気なら、下ではなく上にむかうはずだ。

そう思ったら少し気持ちがおさまり、別の考え方もできるようになった。ハンスは決してあわてない男だ。その彼が休憩中《きゅうけいちゅう》にわざわざ起き出すなんて、よほどのことに違《ちが》いない。じゃあ、探《さが》しにいったのか？　ぼくの耳には届《とど》かなかった微《かす》かな物音を、彼は夜のしじまのなかで聞きとったのだろうか？

23　地下の流れ

それから一時間、ぼくは千々《ちぢ》に乱《みだ》れた頭のなかで、冷静沈着《ちんちゃく》なハンスがどこかへ出かけた理由をあれこれ想像した。突拍子《とっぴょうし》もない考えがいくつも、脳裏《のうり》でもつれ合った。いまにも気が変になりそうだ。

深淵《しんえん》の奥《おく》から、ようやく足音が聞こえた。ハンスが戻《もど》ってきたのだ。ぼんやりとした光が内壁《ないへき》を照らし始めたかと思ったら、トンネルの口がぱっと明るくなり、ハンスがあらわれた。

ガイドは叔父《おじ》に近寄り、肩《かた》に手をあててそっと揺《ゆ》さぶった。叔父《おじ》が目を覚まし、体を起こした。

「どうかしたのか？」

「ヴァッテン」とハンスは答えた。

激《はげ》しい苦しみに身もだえしていると、誰《だれ》でも外国語の達人と化すものらしい。ぼくはデンマーク語などひと言も知らないが、ガイドが発したこの言葉を本能的に理解したのだった。

「水だ、水だ」ぼくは手をたたき、足をばたばたと踏《ふ》み鳴《な》らしながら叫《さけ》んだ。

「水だと?」と叔父《おじ》も繰《く》り返《かえ》し、「フヴァール?」とハンスにたずねた。

「ネダット」とハンスが答える。

どこに? 下のほうです、という意味に違《ちが》いない。ぼくはハンスの手をとり、握《にぎ》りしめた。相手は静かにぼくを見ている。

ただちに出発の準備をととのえ、ぼくたちはトンネルのなかを進み始めた。一メートルにつき三十センチ下降《かこう》する急勾配《きゅうこうばい》だった。

こうして一時間後、ぼくたちは二キロ歩き、六百メートルくだった。

とそのとき、花崗岩《かこうがん》の壁面《へきめん》からおかしな物音がはっきりと聞こえた。遠雷《えんらい》のような、鈍《にぶ》い轟《とどろ》きが。歩き始めて三十分ほどしても、水が湧《わ》き出《で》ている気配はまったくなかったので、ぼくはまたしても不安にさいなまれていたところだった。そこで叔父《おじ》はあれがなんの音なのか、教えてくれた。

「ハンスは正しかった。壁《かべ》のむこうから聞こえるのは、水が流れる音だ」

「水が流れる音ですって?」ぼくは叫《さけ》んだ。

「ああ、間違《まちが》いない。われわれのまわりには、地下水が流れているんだ」

ぼくたちは希望に胸《むね》をふくらませ、先を急いだ。もう疲《つか》れは吹《ふ》き飛《と》んでいた。鈍《にぶ》い水音を聞いただけで、元気が出てくる。音はどんどん大きくなった。水流はしばらくぼくらの頭上にとどまったあと、いまは左の壁《かべ》のなかで轟音《ごうおん》をあげていた。ぼくは何度も岩に手をあてた。しみ出した水のあとか、せめて湿《しめ》り気《け》でもないかと期待して。でも、なにも感じられなかった。

さらに三十分がたち、二キロ進んだ。

ハンスだってぼくたちが寝《ね》ているあいだに調べたのは、このあたりまでに違《ちが》いない。水のありかを察知する、山の民《たみ》特有の本能から、岩壁《がんぺき》ごしに水流を《感じ取った》のだろう。けれども貴重《きちょう》な液体そのものは、目にしていないはずだ。彼もまだ、渇《かわ》きをいやしてはいないのだ。

このまま歩き続けたら、きっと水流から遠ざかってしまうだろう。それが証拠《しょうこ》に、だんだん水の音が弱まっているじゃないか。

ぼくたちは道を引き返した。水流にもっとも近いと思われるところで、ハンスは立ちどまった。

ぼくは壁《かべ》の近くに腰《こし》をおろした。ほんの六十センチほど先に水が勢いよく流れているというのに、花崗岩《かこうがん》の壁《かべ》で隔《へだ》てられているなんて。

その水をなんとか手に入れる方法はないものか。じっくり考えてみるゆとりもなく、ぼくは絶望に駆《か》られ始《はじ》めた。

ハンスがぼくを見つめている。その口もとに、笑《え》みが浮《う》かんだような気がした。ガイドは電灯《でんとう》を持って立ちあがった。ぼくはそのあとを追い、彼が岩壁《がんぺき》に近づくのを眺《なが》めた。ハンスは乾《かわ》いた壁面《へきめん》に耳をあて、注意深く聞きながらゆっくりと動かしていった。なるほど、水の音がもっとも大きく聞こえる正確な場所を調べているんだ。とうとう、その位置が定まった。左の側面、下から一メートルのところだ。

ぼくは胸《むね》がどきどきした。ハンスはなにを始めようというんだ？　けれども彼がつるはしをつかみ、岩にたたきつけようとするのを見てよくわかった。そうか、すばらしい。ぼくは大喜びでハンスを抱《だ》きしめたくなった。

「助かったぞ」とぼくは叫《さけ》んだ。

「ああ、助かった」と叔父《おじ》も夢中になって繰《く》り返《かえ》した。「ハンスの見立てどおりさ。なんてすごい男なんだ。われわれだけでは、こうはいかなかった」

たしかにそのとおりだ。実に単純《たんじゅん》な方法だけれど、ぼくたちにはとうてい思いつかなかっただろう。地下道の骨組《ほねぐ》みをつるはしでたたき壊《こわ》すなんて、危険《きけん》きわまりない。落盤《らくばん》が起きて押《お》しつぶされるかもしれないし、岩から噴《ふ》き出《で》た水に呑《の》みこまれるかもしれない。

どちらも現実にありうることだ。だからといって、立ちどまるわけにはいかなかった。たとえ圧死《あっし》や溺死《できし》の危険《きけん》があってもかまわない。こんなに激《はげ》しい喉《のど》の渇《かわ》きをいやすためなら、大海原《おおうなばら》の底を抜《ぬ》くことだっていとわなかっただろう。

ハンスはこの作業にかかった。ぼくや叔父《おじ》だったら、はたして無事にやり遂《と》げられたかどうか。気が急《せ》くあまり手に力が入りすぎ、岩壁《がんぺき》がばらばらに砕《くだ》け散《ち》ってしまっただろう。けれども冷静沈着《ちんちゃく》なハンスは岩をこつこつとたたき、少しずつ削《けず》って幅《はば》十五センチほどの穴《あな》を穿《うが》ったのだった。急流の音が大きくなった。恵《めぐ》みの水があふれ出て唇《くちびる》をうるおすのが、早くも感じられるような気がした。

やがてつるはしは、花崗岩《かこうがん》の壁《かべ》を六十センチほど掘《ほ》り進《すす》めた。作業の開始からすでに一時間を超《こ》え、ぼくは待ち遠しくてたまらなかった。叔父《おじ》がいっきに岩を砕《くだ》こうするのを、ぼくは必死に止めた。それでも叔父《おじ》がつるはしに手をかけたとき、突然《とつぜん》ぴゅうっという音がした。壁《かべ》から勢いよく噴《ふ》き出《だ》した液体は、反対側の壁《かべ》にあたってくだけた。

ハンスは衝撃《しょうげき》でひっくり返り、痛《いた》くてたまらなそうに絶叫《ぜっきょう》した。それも無理はないと、噴出《ふんしゅつ》する液体に手を浸《ひた》してわかった。ぼくの口からも、激《はげ》しい叫《さけ》び声《ごえ》があがったから。噴《ふ》き出《で》たのは熱湯だった。

「百度のお湯だ」ぼくは大声で言った。

壁から勢いよく液体が噴き出した

「なに、そのうち冷める」叔父《おじ》は答えた。

トンネルに水蒸気《すいじょうき》が立ちこめた。お湯はたちまち小川となって、曲がりくねった地下道の先へと流れだした。ほどなくぼくたちは、そこから最初のひと口をくみあげた。

ああ、なんという喜び！　ほかに比べようのない心地《ここち》よさだ。成分はどうなのか、どこから湧《わ》いているのか、そんなことはどうでもいい。ともかくこれは渇《かわ》きをいやしてくれる。まだ熱いけれど、失《う》せかけた命を取《と》り戻《もど》してくれる。ぼくはゆっくり味わう余裕《よゆう》もなく、ひたすら飲み続けた。

そんなふうに一分間ほど、歓喜《かんき》に浸《ひた》っていただろうか、ようやくぼくははっと気づき、こう叫《さけ》んだ。

「この水、鉄分がきついな」

「胃にはいいだろうさ」叔父《おじ》が言い返す。「それにミネラル分もたっぷりだ。スパ〔ベルギーの温泉地〕かテプリツェ〔チェコの温泉地〕にでも行ったと思えばいい」

「ああ、なんておいしいんだ」

「そのとおり。なにしろ地下八千メートルから汲《く》みとった水だ。インクみたいな味がするが、少しもまずくはない。ハンスのおかげで湧《わ》き出《だ》した水だからな。恵《めぐ》み深いこの小川に、彼の名前をつけようじゃないか」

「そうしましょう」ぼくは答えた。

さっそくハンスバッハ、つまりハンス川と命名することになった。

けれどもハンスは、さほど誇《ほこ》りに思うふうでもなかった。彼は適度に喉《のど》をうるおすと、いつものように悠然《ゆうぜん》と壁《かべ》の隅《すみ》に寄りかかった。

「さあ、この水を無駄《むだ》にしてはいけません」

「どうして？」と叔父《おじ》が応じた。「水が涸《か》れることはないと思うが」

「ともかく革袋《かわぶくろ》や水筒《すいとう》を満たし、それから穴《あな》をふさぎましょう」

ぼくの意見を実行に移すことになった。ハンスは花崗岩《かこうがん》のかけらや麻《あさ》くずで、壁《かべ》にあいた穴《あな》をふさごうとしたけれど、それは容易ではなかった。なにしろ熱湯に手をひたすのだから、たまったものじゃない。噴《ふ》き出《だ》す勢いが強すぎて、せっかくの努力も報《むく》われなかった。

「こんなに激《はげ》しく噴出《ふんしゅつ》するからには、この水はかなり高いところまでたまっているに違《ちが》いありません」

「まさしく」と叔父《おじ》は答えた。「高さ十キロメートルだとすれば、千気圧にもなるからな。そこで考えたんだが」

「といいますと？」

「そんなにむきになって、穴《あな》をふさぐ必要があるだろうか?」

「でも、それは……」

ぼくは理由を説明しようとして、答えに窮《きゅう》した。

「水筒《すいとう》が空《から》になっても、水を補給《ほきゅう》できると言いきれるかね?」

「いえ、できないかも」

「だったら、この水を出しっぱなしにしておこう。当然、水は坂道を流れ落ちる。そのあとを追っていけば、途中《とちゅう》で渇《かわ》きもいやせるというわけだ」

「すばらしい考えだ!」とぼくは叫《さけ》んだ。「この小川が仲間なら、もはや計画は成功間違《まちが》いなしです」

「ようやくわかってくれたか」叔父《おじ》は笑いながら言った。

「わかるもなにも、大賛成ですよ」

「まあ、待て。まずは何時間か休憩《きゅうけい》しよう」

そう言えばもう夜だったと、精密時計《クロノメーター》で確認《かくにん》した。ぼくたちはたっぷり飲み食いすると、やがて深い眠《ねむ》りに落ちた。

24　断層《だんそう》をくだる

　翌朝《よくあさ》、これまでの苦しみはすでに忘却《ぼうきゃく》のかなただった。目覚めてすぐは、どうして喉《のど》が渇《かわ》いていないのか不思議だったけれど、足もとをさらさらと流れる小川を見てはっと思い出した。

　みんなして朝食をとり、鉄分たっぷりのおいしい水を飲んだ。ぼくは元気満々だった。よし、どこまでも行くぞ。叔父《おじ》ほど自信たっぷりな人間もめずらしい。そこにハンスというすぐれたガイドと、ぼくみたいに《意志強固な》甥《おい》がついているんだ。これはもう、成功は決まったようなものじゃないか。ぼくはいつの間にか、こんなふうに気が大きくなっていた。たとえあのとき、スネッフェルス山の頂上《ちょうじょう》へ引き返そうと持ちかけられても、憤《ふん》然《ぜん》として断っていただろう。

　さいわい、みんな地下にくだることしか考えていなかった。

「さあ、行こう」とぼくは張りきって叫《さけ》んだ。地下のトンネルにこだまするくらい大きな声で。

　こうして木曜日の午前八時、ふたたび歩き始めた。花崗岩《かこうがん》の通路は曲がりくねっていた。

複雑な迷路《めいろ》のように、ときおり思いがけないところに曲がり角があらわれる。けれども大きく見れば、つねに南東へむかっていた。叔父《おじ》は絶えずコンパスを注意深く調べ、歩いた道筋《みちすじ》を確認《かくにん》した。

トンネルはほとんど水平に続いた。二メートルにつき、せいぜい五センチくだるくらいだ。足もとの小川はぴちゃぴちゃと音をたてながら、ゆっくりと流れていく。ぼくたちを地下へいざなう、親しげな川の精《ナイアス》とでも言おうか。ぼくはその歌声を旅の道づれにして、温かな水面をそっと撫《な》でた。気分は上々。思いはおのずと神話の世界へ飛んだ。

叔父《おじ》はなにしろ《垂直《すいちょく》の男》だから、水平な通路に文句たらたらだった。これじゃあ、いくら歩いてもきりがない。地球の半径をいっきにくだればいいものを、斜辺沿《しゃへんぞ》いに行くなんて馬鹿《ばか》らしい、というのが叔父《おじ》の言いぐさだった。けれども、ほかにどうしようもない。少しずつでも地球の中心にむかっているなら、それでよしとしなければ。

ときには坂道の傾斜《けいしゃ》が険《けわ》しくなることもあった。川の精《ナイアス》はうなり声をあげて歩を速め、ぼくたちもそのあとを追って地中深くへおりていった。

結局その日と次の日、横にはかなり進んだものの、縦《たて》にくだった距離《きょり》はほんのわずかだった。

七月十日金曜日の晩《ばん》、計算によるとレイキャヴィックの南東百二十キロ、地下十キロのところまで来た。

ほどなくぼくたちの足もとに、恐《おそ》ろしげな穴《あな》がぽっかりと口をあけた。叔父《おじ》は坂の勾配《こうばい》を計算して、手をたたかずにはいられないようだった。

「これでどんどん地下へ行けるぞ！」と叔父《おじ》は叫《さけ》んだ。「しかも、おりるのは簡単《かんたん》だ。突《つ》き出《で》た岩が、階段《かいだん》がわりになるからな」

万が一の場合に備えてハンスがロープを用意し、みんなしており始めた。危険《きけん》な作業だったとは、あえて言うまい。こんなこと、ぼくはもう慣れっこになっていたから。

この穴《あな》は大きな岩にできた、《断層《だんそう》》と呼《よ》ばれる狭《せま》い裂《さ》け目《め》だった。地球が冷え始めたころ、地層《ちそう》の骨組《ほねぐ》みが収縮《しゅうしゅく》して、こんな裂《さ》け目《め》ができたのだろう。スネッフェルス山の噴出《ふんしゅつ》物《ぶつ》がかつてこの通路を通ったのだとしたら、その痕跡《こんせき》がまったく残っていないのが不思議だった。ぼくたちはまるで人工的に作られたかのような、一種のらせん階段《かいだん》をおりていった。

十五分ごとに立ちどまっては休憩《きゅうけい》をとり、脚《あし》の疲《つか》れをとらねばならなかった。突《つ》き出《だ》した岩に腰《こし》かけて脚《あし》をだらりとさげ、おしゃべりしながら食事をしたり、小川の水を飲んだりした。

もちろんハンス川《バッハ》は、滝《たき》となってこの断層《だんそう》に流れ落ちた。勢いよく流れるぶん、あた

ぼくたちは一種のらせん階段をおりていった

りにたまる水量は減ったけれど、渇《かわ》きをいやすには充分《じゅうぶん》すぎるくらいだ。それに傾斜《けいしゃ》がゆるやかになれば、また流れは穏《おだ》やかになる。いまは短気で怒《おこ》りっぽいわが叔父《おじ》のようにせわしなく流れているけれど、ゆるやかな坂をゆく水流は穏《おだ》やかなハンスを連想させた。

七月十一日、十二日の二日間、ぼくたちは断層《だんそう》をらせん状にくだり続け、地殻《ちかく》のなかをさらに八キロ潜《もぐ》った。これで海面の下方二十キロ近くまで達したことになる。しかし十三日の正午ごろ、断層《だんそう》はずっとゆるやかな坂道となり、およそ四十五度の傾斜《けいしゃ》で南東にむかった。

道は進みやすい反面、単調なものとなった。それもいたしかたないだろう。もとより、変化に富んだ風景を楽しむ旅ではないのだから。

十五日の水曜日、ぼくたちはとうとう地下二十七キロ、スネッフェルス山の位置から約二百キロのところまで達した。少し疲《つか》れていたけれど、健康状態もまずまずで、旅行用の薬一式にはまだ手をつけていなかった。

叔父《おじ》は一時間ごとにコンパス、精密時計《クロノメーター》、圧力計《マノメーター》、温度計の測定結果を記録した。のちにそれは、旅の学術報告書で公表された。こうした測定により、叔父《おじ》は現状を容易に把握《はあく》することができた。ぼくは水平に二百キロの距離《きょり》を歩いたと知らされて、驚《おどろ》きを抑《おさ》えきれなかった。

「どうかしたのか？」叔父《おじ》はたずねた。

「なんでもありません。ただ、ちょっと考えてみたんです」

「なにを考えたんだね？」

「叔父《おじ》さんの計算が正しければ、ぼくたちはもうアイスランドの地下にいないことになります」

「そう思うかね？」

「簡単《かんたん》に確かめられますよ」

ぼくはコンパスを取り、地図のうえで距離《きょり》を測った。

「やっぱりだ」とぼくは言った。「ポートランド岬《みさき》を越《こ》えてます。南東に二百キロも行ったら、海のど真ん中です」

「海の真下と言うべきだな」叔父《おじ》は満足げに両手をこすり合わせながら答えた。

「それじゃあ」とぼくは叫《さけ》んだ。「ぼくたちの頭上には大海原《おおうなばら》が広がっているんだ！」

「なにも不思議はないさ、アクセル。ニューカッスルにも、海底の下までのびている炭《たん》鉱《こう》があるじゃないか」

リーデンブロック教授はこの状況《じょうきょう》を簡単《かんたん》に受け入れたけれど、大量の水の下を歩いているのかと思うと、ぼくは不安でたまらなかった。とはいえ頭上に広がっているのが、アイスランドの平野や山だろうが大西洋だろうが、花崗岩《かこうがん》の骨組《ほねぐ》みさえしっかりしているなら大した違《ちが》いはない。ともかくそんな考えにも、ぼくはすぐに慣れた。道はまっすぐだったり曲がりくねったり、坂はゆるやかだったり急だったりしながらも、つねに南東へむかって突《つ》き進《すす》み、ぼくたちをどんどん地下深くへと導いていったから。

四日後、七月十八日土曜日の晩《ばん》、広々とした洞窟《どうくつ》に出た。叔父《おじ》はハンスに約束の週給三リクスダラーを渡《わた》し、明日は休息日にしようと言った。

25　大西洋の真下

そんなわけで日曜の朝は、いつものようにあわただしい出発を気にかけることなく目覚めた。たとえ地の底だろうと、のんびりできるのは嬉《うれ》しかった。穴居人《けっきょじん》のような生活にも、すっかり慣れてしまったし、太陽や星、月、木々、家、町のことは、ほとんど頭になくなっていた。地上の人々にとっては必要でも、ぼくにはどれも無用の長物だ。地下に埋《う》もれた化石から見れば、無駄《むだ》な贅沢品《ぜいたくひん》にすぎない。

洞窟《どうくつ》は、まるで大きな部屋のようだった。花崗岩《かこうがん》の床《ゆか》には、忠実《ちゅうじつ》な友である小川が静かに流れている。水源《すいげん》から離《はな》れているので、すっかり冷めて飲みやすかった。

朝食がすむと、叔父《おじ》は毎日つけている計測記録を数時間かけて整理した。

「まずは計算により、現状をとらえよう」と叔父《おじ》は言った。「地上に戻《もど》ったら、旅の行程を地図で描《えが》けるようにな。どこをどう進んだのか、地球の断面図で示すんだ」

「それは面白《おもしろ》そうですね、叔父《おじ》さん。でも、計測はそこまで正確でしょうか？」

「ああ、角度や勾配《こうばい》は念入りに測っているからな。間違《まちが》っていないと、自信を持って言えるとも。さあ、コンパスがどちらの方角を指しているか確認《かくにん》しろ」

ぼくはコンパスに目をやり、注意深く調べて答えた。

「東南東です」

「よし、結果を記録し、ざっと計算をしてみると、われわれは出発点から三百四十キロ歩いたことになる」

「つまりぼくたちは、大西洋の下を旅しているところなんですか？」

「そのとおり」

「いま、まさに嵐《あらし》が吹《ふ》き荒《あ》れ、ぼくたちの頭上で船が荒波《あらなみ》と暴風雨に揺《ゆ》さぶられているかもしれないと？」

「ありえるな」

「ぼくたちが捕《と》らわれている監獄《かんごく》の壁《かべ》を、クジラが尾《お》でたたいたら?」

「心配するな、アクセル。壁《かべ》がくずれることはない。いいから、計算に戻《もど》ろう。われわれはスネッフェルス山のふもとから、南東に三百四十キロのところにいる。そして前の記録によれば、六十四キロの深さまで達している」

「六十四キロですって」ぼくは叫《さけ》んだ。

「おそらくは」

「でも科学的に見て、地殻《ちかく》の厚さはそれが限界じゃないですか」

「否定《ひてい》はせんよ」

「そのはずだな」

「地下の深さと温度上昇《じょうしょう》の法則によれば、ここは千五百度に達しているはずです」

「だとしたら、花崗岩《かこうがん》は固体のままではいられません。どろどろに溶《と》けているでしょう」

「だが実際は、まったく違《ちが》っている。事実が理論に反するのは、よくあることだ」

「ええ、たしかに。でも、やっぱり驚《おどろ》きだな」

「温度計の数字は?」

「二七・六度です」

「つまり、学者たちが主張するより一四七二・四度低かった。つまり、地下に行くほど温度が上昇《じょうしょう》するという説が間違《まちが》いだった。つまり、ハンフリー・デイヴィは正しかった。つまり、その説を信じたわたしも正しかった。なにか反論《はんろん》があるかね？」

「いえ、ありません」

本当は、言いたいことなら山ほどあった。デイヴィの仮説だって、ぜんぜん認《みと》めてなかったし、やっぱり地球の中心は熱いだろうと思っていた。ここではその影響《えいきょう》が、まったく感じられなかったけれど。断熱効果のある溶岩《ようがん》が火道の内壁《ないへき》を覆《おお》っていて、熱が伝わらないのかもしれない。

けれどもぼくは、新たな論拠《ろんきょ》を探《さが》すのはやめにして、現状をそのまま受け入れるにとどめた。

「叔父《おじ》さん」とぼくは続けた。「計測結果が正しいのはわかりました。そこからひとつ、動かしがたい結論《けつろん》が引き出されるのですが」

「続けたまえ」叔父《おじ》は満足げな口調《くちょう》で言った。

「いま、ぼくたちがいる地点、つまりアイスランドの緯度《いど》をもとにした地球の半径は、およそ六千三百キロです」

「六千三百三十三キロだ」

「それでは、概算《がいさん》で六千四百キロとしておきましょう。その六千四百キロのうち、ぼくたちは六十四キロ進んだんですよね？」

「そうだな」

「しかも斜《なな》めに三百四十キロ歩いて」

「まさしく」

「約二十日で」

「ああ、二十日で」

「ところで六十四キロと言えば、地球の半径の百分の一です。このペースで続けたら、地球の中心へ達するのに二千日、約五年半かかることになります」

リーデンブロック教授はなにも答えなかった。

「しかも垂直《すいちょく》に六十四キロくだるのに、水平に三百四十キロ近く行かねばならないとしたら、南東に三万四千キロも進むことになりますからね、地球の中心に達する前に、とっくに地上に突《つ》き出《で》てしまいますよ」

「そんな計算は、悪魔《あくま》にくれてやれ」叔父《おじ》は怒《いか》りに震《ふる》えながら答えた。「そんな仮説は聞きたくもない。どんな根拠《こんきょ》があるっていうんだ？ このトンネルが目的地に直結していないと、どうしてわかる？ そもそも、れっきとした前例があるじゃないか。わたしがいま、していることを、前にもした者がいる。彼がなしとげたことを、今度はわたしがするんだ」

「だといいのですが、それでもやはり、失礼ながら……」

「失礼だと思うなら、黙《だま》っていろ、アクセル。おまえがそんなたわごとを並《なら》べるとはな」

こうなるともう、手がつけられない。決して自説を曲げないリーデンブロック教授としての顔がかいま見えたのに気づき、ぼくは用心した。

「いいから、圧力計《マノメーター》をたしかめろ。どうなってる？」

「かなりの気圧です」

「よし。おまえにもわかったろう。ゆっくりとおりていけば、高い気圧にも少しずつ慣れていくので、まったく苦しくないんだ」

「ええ、耳が少し痛《いた》むくらいで」

「それくらい、どうということはない。外気を思いきり肺《はい》に吸《す》いこめば、痛《いた》みは消える」

「なるほど」ぼくはこれ以上叔父《おじ》の機嫌《きげん》を損《そこ》ねまいと決心して、そう答えた。「こんなに濃密《のうみつ》な空気に浸《ひた》るのは、本当に気持ちのいいものです。気づきましたか？　音もくっきり伝わりますよね」

「そうだな。少しぐらい耳が遠くても、ここならよく聞こえるようになるだろうよ」

「でも空気の密度《みつど》は、たしかにこれからも高まるんでしょうか？」

「ああ、まだ定説にはなっていないが、地下にくだるほど重力が減少するのは間違《まちが》いない。知ってのとおり、重力の作用がもっとも強く感じとれるのは、地球の表面なんだ。逆に地球の中心では、ものに重さはなくなる」

「わかってます。そうすると、空気の密度《みつど》は水と同じになるのでは?」

「七百十気圧のもとではな」

「もっと下方では?」

「もっと下方では、密度《みつど》がさらに高まるだろう」

「それじゃあ、体が浮《う》いてしまいます。どうやって下におりるんですか?」

「ポケットに石でも詰《つ》めればいいさ」

「いやあ、どんな疑問《ぎもん》にもちゃんと答えが用意してあるんですね」

仮定の話には、あえてこれ以上踏《ふ》みこまないことにした。さもないと、叔父《おじ》が地団太《じだんだ》を踏《ふ》むような難問《なんもん》に、またしても行きあたってしまうから。

しかし数千気圧ものもとでは、空気はついに固体化してしまうだろう。そうなったら、たとえ体が持ちこたえたとしても、先には進めない。誰《だれ》がなんと言おうと、それだけはたしかだ。

けれどもぼくは、そんな議論《ぎろん》をふっかけたりしなかった。どうせ叔父《おじ》はいつものように、サクヌッセンムという愚《ぐ》にもつかない先例を持ちだして、反論《はんろん》するだけだろうから。だってそうじゃないか。かのアイスランド人学者が地下を旅したのは事実だとしても、ひとつわかりやすい突《つ》っこみどころがある。

十六世紀には気圧計《バロメーター》も圧力計《マノメーター》もまだ発明されていなかったのに、サクヌッセンムはいったいどうやって地球の中心に達したと断言できたんだ？

けれどもぼくはこの反論《はんろん》も胸《むね》におさめて、決定的な出来事が訪《おとず》れるのを待つことにした。その日はずっと、計算やおしゃべりをしてすごした。ぼくはリーデンブロック教授の意見を、はいはいと聞くだけにした。なにがあろうと無関心なハンスがうらやましかった。彼は原因や結果など考えようとせず、運命の導くところへただむかうだけだった。

26　はぐれる

正直なところ、ここまでは順調にことがはこび、不平を述べるほどのことはなかったと言っていい。このまま特に大きな困難《こんなん》がなければ、きっと目的を達成できるだろう。そうしたら、すばらしい栄誉《えいよ》が待っている。ぼくはそんなリーデンブロック流の考え方を、本気でするようになっていた。奇怪《きかい》な地下世界で毎日すごしているせいで、頭がどうかしていたのだろうか? たぶん、そういうことだ。

それから数日間、いっそう険《けわ》しい坂、ときには恐《おそ》ろしいほど垂直《すいちょく》に切り立った坂をくだって、ぼくたちは大きな岩盤《がんばん》の奥深《おくふか》くに入りこんでいった。一日で六キロメートルから八キロメートル、中心に近づいたこともあった。危険《きけん》な降下《こうか》を行ううえでは、ハンスのすぐれた技量と驚《おどろ》くべき冷静さが大いに役立った。なにがあっても動じないこのアイスランド人は、困《こま》り顔《がお》ひとつせずに献身的《けんしんてき》な努力をしてくれた。彼のおかげで、いくつもの困難《こんなん》を乗りこえることができた。ぼくたちだけだったら、とうていそうはいかなかっただろう。

けれども、ハンスは日を追って無口になっていった。彼が黙《だま》りこくっているものだから、ぼくたちまで言葉少なになった。脳《のう》には外界のものごとが、直接働きかけてくる。だから監獄《かんごく》に閉《と》じこめられている者は、言葉と意味を結びつける能力を失ってしまう。独房《どくぼう》のなかで思考力の訓練ができずに、頭がぼけたりおかしくなったりしてしまう囚人《しゅうじん》の、なんとたくさんいることか。

叔父《おじ》と最後に議論《ぎろん》をしたあと二週間、特筆すべき出来事はなにも起こらなかった。けれどもたったひとつ、記憶《きおく》に残っている大事件がある。あれだけは、ほんのささいな点まで忘《わす》れることはできないだろう。

危険な降下

八月七日、ぼくたちはひたすらおり続けたすえ、地下百二十キロメートルの地点に達した。つまりぼくたちの頭上には、岩や海、大陸、町が百二十キロメートルにわたって重なっているということになる。アイスランドからは、八百キロメートル離《はな》れているはずだ。

その日、トンネルはほとんど平らに伸《の》びていた。

先頭はぼくだった。二台あるルームコルフ照明器のうち、一台は叔父《おじ》が持っていた。ぼくはもう一台を手に、花崗岩《かこうがん》の地層《ちそう》を調べていた。

ふとわれに返ってうしろをむくと、あとの二人がいないのに気づいた。

《ああ、速く歩きすぎたかな》とぼくは思った。《さもなきゃ、叔父《おじ》とハンスは途中《とちゅう》でひと休みしているんだろう。二人のところへ戻《もど》らなくては。さいわい、大したのぼり道じゃないし》

ぼくは道を引き返した。十五分ほど歩いてあたりを見まわしたけれど、誰《だれ》もいない。大声で呼《よ》んでも返事はない。声は洞窟《どうくつ》のなかにこだまする鈍《にぶ》い響《ひび》きのなかに消えた。

ぼくは心配になり始め、体に震《ふる》えが走った。

「落ちつくんだ」とぼくは大きく声に出して言った。「だいじょうぶ、二人は必ず見つかる。一本道なんだし、ぼくは先頭にいたんだから、うしろに戻《もど》ればいいんだ」

さらに三十分ほど、道をさかのぼった。ぼくを呼《よ》ぶ声が聞こえないかと、耳を澄《す》ましながら。空気の密度《みつど》が高いぶん、遠くからでも声が届《とど》くはずだ。けれども広い通路のなかは、異様《いよう》なまでに静まり返っていた。

ぼくは立ちどまった。ひとりぼっちになってしまったなんて、信じられなかった。道に迷ったのではなく、ちょっとはぐれただけならいいのに。はぐれただけなら、また会える。「そうとも」とぼくは続けた。「一本道なんだし、叔父《おじ》たちもそこを歩いているんだから、いずれ会えるはずだ。さらに道を引き返すだけでいい。いや、もしかしたら叔父《おじ》たちは、ぼくがうしろにいると勘違《かんちが》いしているかもしれない。ぼくとはぐれたのに気づいて、引き返しているのかも。だとしても、大急ぎで戻《もど》れば追いつける。だいじょうぶだ」

ぼくは最後の言葉を繰《く》り返《かえ》した。本当はまだ、自分でも納得《なっとく》していないかのように。とても単純《たんじゅん》なことなのに、こうやって考えをまとめ、論理《ろんり》だてるのにも、ずいぶんと時間がかかってしまった。

そのとき、ふと心配になった。本当にぼくが先頭だったろうか？　たしかにハンスがすぐうしろに、そのうしろに叔父《おじ》がいた。そうだ、思い出したぞ。ハンスが立ちどまり、荷物を肩《かた》に背負《せお》いなおしていたじゃないか。あのときぼくは二人をおいて、歩き続けてしまったんだ。

《でも、迷子にならないたしかな方法がある》とぼくは思った。《迷宮《めいきゅう》の道しるべとなる糸、切れない糸が。足もとを流れるあの小川だ。川の流れをさかのぼっていきさえすれば、必ず叔父《おじ》とハンスの足跡《あしあと》が見つかるはずだ》

ぼくはこんなふうに考えて元気を取《と》り戻《もど》し、一刻《いっこく》も無駄《むだ》にしないで歩き始めることにした。ぼくは叔父《おじ》の慧眼《けいがん》を、称《たた》えずにはおれなかった。花崗岩《かこうがん》の岩壁《がんぺき》にあいた穴《あな》をふさがせまいとしたのは、なんと先見《せんけん》の明《めい》があったことか。あそこから噴《ふ》き出《だ》す水のおかげで、ぼくたちは渇《かわ》きをいやすだけでなく、曲がりくねった地下通路をたどっていくこともできるのだ。

道を引き返す前に、顔を洗《あら》ってすっきりしよう。

ぼくはそう思って身をかがめ、ハンス川の水に額《ひたい》を浸《ひた》そうとした。

そしてどんなに驚《おどろ》いたか、想像して欲《ほ》しい。

ぼくは乾《かわ》いてざらついた花崗岩《かこうがん》のうえにいた。小川はもう、足もとに流れていなかったのだ。

27 迷《めい》路《ろ》

ぼくの気持ちがどんなだったか、とても口では言いあらわせないだろう。絶望がいかほどだったか、とうてい言葉では表現できない。地下に生き埋《い う》めにされて、飢《う》えと渇《かわ》きでもだえ苦しみながら死んでいくんだ。

ぼくは無意識のうちに、ほてった両手で地面をまさぐった。岩はからからに乾《かわ》いている。でも、どうして水流からはぐれてしまったのだろう？　ともかく、小川はもうここにない。そういえば叔父《おじ》やハンスの呼《よ》び声《ごえ》が聞こえないかと最後に耳を澄《す》ませたとき、あたりは奇妙《きみょう》なまでに静まり返っていたっけ。そのわけが、いまになってようやくわかった。ぼくは小川が途《と》絶《だ》えたことにまったく気づかないまま、間違《まちが》った道に足を踏《ふ》み入《い》れてしまったのだ。きっと坂道はどこかで、二股《ふたまた》に分かれていたのだろう。そのもう一方にハンス川は流れこみ、叔父《おじ》たちを連れて未知の深淵《しんえん》へとむかっていったのだ。

どうやって戻《もど》ったらいいんだろう？　手がかりはなにもない。花崗岩《かこうがん》の地面には、足跡《あしあと》ひとつ残っていなかった。この難問《なんもん》を解こうと、ぼくは頭を絞《しぼ》った。いまの状況《じょうきょう》をひと言で言うなら、《迷子》ってことじゃないか。

そう、どこまでも続く深い地底で、ぼくは迷子になってしまった。厚さ百二十キロもの地殻《ちかく》が恐《おそ》ろしいほどの重さで肩《かた》にのしかかり、いまにも押《お》しつぶされそうだ。

ぼくは地上のものごとに、気持ちをむけようとした。そう容易《ようい》にはいかなかったけれど。

ハンブルクの町、ケーニッヒ通りの家、かわいそうなグラウベン。地底をさまようぼくの頭上にひろがる世界が、うろたえた脳裏《のうり》に次々とよぎっていく。航海、アイスランド、フリドリクソンさん、スネッフェルス山。旅の途上《とじょう》であったさまざまな出来事が、生き生きとした幻《まぼろし》となって目の前に浮《う》かんだ。こんな状況《じょうきょう》だというのに、まだかすかな希望を抱《いだ》いているなんて、むしろ正気の沙汰《さた》じゃない。いっそ絶望の底に落ちこむべきだろうに。だって、そうじゃないか。がっちりと頭上を覆《おお》う巨大《きょだい》な丸天井《まるてんじょう》を取《と》り払《はら》い、ぼくを地上へ連《つ》れ戻《もど》すほどの力を持った人間がいるだろうか？　誰《だれ》がぼくを帰り道へと導き、仲間と再会させてくれるというんだ？

「ああ、叔父《おじ》さん！」ぼくは絶望的な叫《さけ》び声《ごえ》をあげた。

でもそれ以上、非難《ひなん》の言葉を口にすることはできなかった。いまごろ叔父《おじ》だって胸《むね》がつぶれるような思いで、必死にぼくを捜《さが》しているだろうと、よくわかっていたから。

人間の手ではもう助からない、ここから抜《ぬ》け出《だ》す手だてはもうなにもないのだとさとると、ぼくは神の救いにすがろうとした。子供《こども》のころの思い出がよみがってくる。キスをしてもらった感触《かんしょく》しかおぼえていない母の記憶《きおく》が。ぼくはひたすら祈《いの》った。この期《ご》におよんで神様に助けを求めるなんて、虫のいい話だとはわかっていたけれど、熱心に懇願《こんがん》し続けた。

ぼくは神の救いにすがろうとした

神のご意思に身をまかせると、少し気持ちが落ちついてきた。そして現状分析《ぶんせき》に頭を集中できるようになった。

食べ物は三日分残っているし、水筒《すいとう》にもまだ水がいっぱい入っている。けれどもこれ以上、ひとりではいられない。だったら道をのぼるべきか、それとも下るべきか？

もちろん、のぼるべきだ。どこまでも、ずっと。

そうすれば、小川の流れからそれてしまった地点、道が二股《ふたまた》に分かれる忌《い》まわしい地点に行きつくはずだ。ひとたび足もとに小川が戻《もど》ったら、スネッフェルス山の山頂《さんちょう》にだって帰りつけるはずだ。

どうしてもっと早く、それに気づかなかったのだろう？　助かるチャンスがあるじゃないか。だったら大急ぎで、ハンス川を見つけなければ。

ぼくは立ちあがると、鉄のストックを杖《つえ》がわりに道をさかのぼった。坂はかなり急だったけれど、胸《むね》に希望があればこそ、ずんずんと歩くことができた。この道しかないと、思いさだめた男のように。

三十分ほどのあいだ、行く手をはばむ障害《しょうがい》はなにもなかった。ぼくはトンネルの形や岩のでっぱり、窪《くぼ》みの具合から、前にここを通ったかどうか判断しようとした。けれども思いあたる特徴《とくちょう》はひとつもなかった。ほどなく、この通路をいくら進んでも、結局分岐点《ぶんきてん》には戻《もど》れないとわかった。道の先は、行き止まりだったたから。ぼくは固い壁《かべ》にぶつかり、岩のうえに倒《たお》れこんだ。

どんなに激《はげ》しい恐怖《きょうふ》、大きな絶望に、そのときとらわれたことか。ぼくはしばらく茫然《ぼうぜん》としていた。最後の希望も、この花崗岩《かこうがん》の壁《かべ》にあたって砕《くだ》け散《ち》ってしまった。

あっちへこっちへと曲がりくねった迷路《めいろ》に、迷いこんでしまったのだ。そこから抜《ぬ》け出《だ》そうとする気力など、ぼくにはもう残っていなかった。世にも恐《おそ》ろしい死にざまを見せることになるのだ。おかしなことだが、そのときふと思った。いつか化石化したぼくの死体が見つかったら、地下百二十キロのところにどうしてそんなものがあるのかと、科学界の大問題になるだろうと。

ぼくは大声で叫《さけ》ぼうとしたけれど、かさかさに乾《かわ》いた唇《くちびる》から出たのは、しゃがれたうめき声だけだった。

そんな苦悶《くもん》のさなか、新たな恐怖《きょうふ》に襲《おそ》われた。電灯《でんとう》が手からすべり落ちたひょうしに、壊《こわ》れたらしいのだ。けれどもぼくには、修理する手立てがなかった。光が徐々《じょじょ》に弱くなっていく。

ぼくは電灯《でんとう》の蛇管《じゃかん》に灯《とも》った光が消えかけていくのを見つめた。揺《ゆ》れる影《かげ》が列をなし、暗い壁《かべ》のうえを次々に通りすぎていく。消えゆく光のわずかな粒子《りゅうし》も失うまいと、必死に瞼《まぶた》をひらき続けた。刻一刻《こくいっこく》と光が薄《うす》れ、やがて闇《やみ》があたりを包みこんだ。

ついに最後の光が、電灯《でんとう》のなかで揺《ゆ》らめいた。ぼくはその光を追い、食いいるように見つめた。光が感じられるぎりぎりの一瞬《いっしゅん》まで逃《のが》すまいと、目の力をすべて集中させて。そしてぼくは、果てしなく続く闇《やみ》に沈《しず》んだ。

恐怖《きょうふ》の絶叫《ぜっきょう》が、ぼくの口からほとばしり出た。地上ならばどんなに深い夜のなかだろうと、光がまったく消え去ることはない。どこからともなく、ぼんやり明かりが射《さ》しているものだ。たとえかすかな光でも、網膜《もうまく》はそれをとらえる。ところが、ここではなにも見えない。絶対の闇《やみ》が、文字どおりぼくを盲目《もうもく》にしてしまった。

ぼくはいっきに正気を失った。腕《うで》を前にのばして立ちあがり、無我夢中《むがむちゅう》であたりを手探《てさぐ》りする。そして入り組んだ迷路《めいろ》を、でたらめに走り出した。ぼくはずんずんと、地下の坂道を下り続けた。穴居人《けっきょじん》さながら、地下を駆《か》けまわった。大声で叫《さけ》び、うめきながら。突《つ》き出た岩にぶつかり、体じゅう傷《きず》だらけになった。転んではまた起きあがり、顔面を覆《おお》う血を飲もうとした。いっそ岩壁《がんぺき》に激突《げきとつ》して、頭など砕《くだ》けてしまえばいい。

こんなふうになにも考えず、ひたすら走り続けた。どこに行きつくのかも、わからないまま。何時間たったろうか、ぼくは力尽《ちからつ》きて岩壁《がんぺき》の下にぐったりと倒《たお》れこみ、すべての感覚を失った。

28　闇《やみ》から届く声

意識が戻《もど》ると、顔は涙《なみだ》でぐしょぐしょだった。どれくらい気を失っていたのか、それはわからない。ぼくにはもう、時間をはかる手だてもなかった。こんなにも見捨《みす》てられ、これほどの孤独《こどく》にさらされた人間が、これまでいただろうか？

倒《たお》れたあと、ずいぶんと出血したらしい。体じゅう、血だらけだ。ああ、いっそ死んでしまえたらよかったのに。まだこれから、死の恐怖《きょうふ》を味わわねばならないなんて！　もうなにも考えたくなかった。ぼくは頭をからっぽにし、苦しみに打ちひしがれて壁《かべ》のそばに寝《ね》ころがった。

また、気が遠くなり始めた。きっとこのまま死んでしまうんだ。そう思ったとき、激《はげ》しい物音が耳に響《ひび》いた。いつまでも続く雷鳴《らいめい》のような音だった。反響《はんきょう》は少しずつ弱まりながら、深い穴《あな》の奥《おく》へと消えていった。

いったいなんの音だろう？　地下でなにかあったのかも。ガス爆発《ばくはつ》か、岩盤《がんばん》の崩落《ほうらく》か。

ぼくは耳を澄《す》ませた。あの音がもう一度聞こえないか、たしかめたかった。十五分ほどすぎても、あたりは静まり返ったままだった。もう、自分の鼓動《こどう》すら聞こえない。

ふと思いついて岩壁《がんぺき》に耳を押《お》しあてると、くぐもった話し声がするではないか。遠くから伝わる、かすかな声が。思わず体が震《ふる》えた。

《きっと幻聴《げんちょう》だ》とぼくは思った。

いや、そうじゃない。もっと注意深く耳を澄《す》ますと、やはりささやき声が聞こえる。内容まではわからないけれど、なにか話しているのは間違《まちが》いない。

もしかして、自分自身の声が反響《はんきょう》しているだけなのではと、一瞬《いっしゅん》不安になった。ぼくは自分でも気づかないうちに叫《さけ》び声《ごえ》をあげたのでは？　それならとしっかり口を閉《と》じてから、もう一度岩壁《がんぺき》に耳を押《お》しあてた。

《たしかに話し声だ。話し声がするぞ！》

壁《かべ》に沿《そ》って数歩先に行くと、わけのわからない奇妙《きみょう》な言葉がひとつひとつはっきりと聞き取れた。まるで低いつぶやき声で話しているかのようだ。《フォルロラード》という言葉を、苦しげな口調《くちょう》で何度も繰《く》りかえしている。

どういう意味だろう？　誰《だれ》が話しているんだ？　もちろん、叔父《おじ》かハンスに違《ちが》いない。二人の声がぼくに聞こえるということは、ぼくの声もむこうに届《とど》くはずだ。

「助けて！」とぼくはあらん限りの力で叫《さけ》んだ。「助けて！」

そして返事が聞こえないかと、必死に闇《やみ》のなかをうかがった。叫《さけ》び声《ごえ》でも、ため息でもいい。数分がすぎた。さまざまな思いが、脳裏《のうり》をよぎった。声がかすれて、叔父《おじ》やハンスに聞こえなかったのでは？

《ともかく、あの二人なのは間違《まちが》いない。ここは地下百二十キロもの穴倉《あなぐら》なんだから、ほかに誰《だれ》がいるっていうんだ》

ぼくはまた耳をそばだてた。岩壁《がんぺき》に沿《そ》って移動していくと、声がいちばん大きくなる正確な地点が見つかった。またしても《フォルロラード》という言葉が聞こえ、さっきぼくを驚《おどろ》かせた轟音《ごうおん》が響《ひび》いた。

《いや、この声は岩から聞こえるんじゃない。花崗岩《かこうがん》の壁《かべ》だから、耳をつんざく砲声《ほうせい》だってさえぎるはずだ。音はトンネルを通ってやって来た。きっとなにか、特殊《とくしゅ》な音響《おんきょう》効果があるのだろう》

もう一度耳を澄《す》ますと、通路の奥《おく》から今度こそはっきりとぼくの名前が聞こえた。叔父《おじ》がハンスにぼくの話をしているんだ。《フォルロラード》というのは、デンマーク語だったのか。

なるほど、そういうことか。むこうまで声を届《とど》かせるには、壁《かべ》に沿《そ》って音が響《ひび》くように話せばいい。壁《かべ》が電気を流すコードのように、声を伝えてくれるんだ。

でも、ぐずぐずしてはいられないぞ。二人が数歩遠ざかっただけで、音響効果《おんきょうこうか》は損《そこ》なわれてしまうだろう。ぼくは壁《かべ》に近寄り、できるだけはっきりとこう叫《さけ》んだ。

「リーデンブロック叔父《おじ》さん！」

そして不安に駆《か》られながら待った。音速といえども限度がある。空気の密度《みつど》がいかに高くても、音の速度があがるわけではない。強さが増すだけだ。その後の数秒間が、数世紀にも感じられた。やがて闇《やみ》のむこうから、声が聞こえた。

「アクセル、アクセル！　おまえなのか？」

……………………………………………………

「そうです。ぼくです」

……………………………………………………

「おい、どこにいるんだ？」

……………………………………………………

「わかりません。迷ってしまったんです。あたりは真っ暗だし」

……………………………………………………

「電灯《でんとう》はどうした？」

……………………………………………………

「アクセル，アクセル！　おまえなのか？」

「壊《こわ》れて、つきません」

「小川は？」

「はぐれてしまいました」

「ああ、アクセル、かわいそうに。元気を出せ」

「ちょっと待って。もうへとへとなんです。答える力もありません。そっちから、話してください」

「がんばれ」と叔父《おじ》は続けた。「しゃべらなくていいから、よく聞け。わたしたちは何度も道をのぼりおりして、おまえを捜《さが》したんだ。けれども見つからなかった。胸《むね》がはり裂《さ》けそうだったとも。ともかく、おまえがまだハンス川沿《ぞ》いのどこかにいるのだろうと思って、銃《じゅう》を撃《う》ちながら下っていったんだ。ようやく声が届《とど》くようになったのは、音響《おんきょう》効果のおかげだ。まだ手を触《ふ》れ合《あ》うことはできないが、落胆《らくたん》するな、アクセル。話し合えるだけでも大きな前進だ」

……………………

そのあいだにも、ぼくはこれからどうすべきかを考えた。おぼろげながら、希望が胸《むね》によみがえってきた。まずはひとつ、どうしてもたしかめねばならないことがある。そこでぼくは壁《かべ》に口を近づけ、こう言った。

「叔父《おじ》さん」

……………………

「なんだ？」しばらくして声がした。

……………………

「まずはぼくたちがどれくらい離《はな》れているのか、はっきりさせましょう」

……………………

「たやすいことだ」

……………………

「精密時計《クロノメーター》はありますよね？」

……………………

「ああ」

……………………………………………………「それなら時計を見ながらぼくの名前を呼《よ》び、秒数をはかってください。声が聞こえたら、こちらもすぐに繰《く》り返《かえ》します。叔父《おじ》さんは、返事が届《とど》いた正確な時間を確認《かくにん》するんです」

……………………………………………………「よし、わたしが名前を呼《よ》んでから、おまえの返答が聞こえるまでの時間の半分が、声がおまえに届《とど》くのにかかる秒数というわけだな」

……………………………………………………「そういうことです、叔父《おじ》さん」

……………………………………………………「準備はいいか？」

……………………………………………………「はい」

……………………………………………………「じゃあ、よく聞け。名前を呼《よ》ぶぞ」

……………………………………………………

ぼくは壁《かべ》に耳を押《お》しあて、《アクセル》という声が聞こえると、間髪《かんはつ》をいれずに《アクセル》と繰《く》り返《かえ》し、叔父《おじ》の返答を待った。

…………………………

「四十秒だ」と叔父《おじ》が言った。「声が往復するのに四十秒かかったということは、片道《かたみち》二十秒。音の速さを秒速三百三十一メートルとして、六千六百二十メートル、六・六二キロというわけだ」

…………………………

「六キロ以上もあるんですか」ぼくはつぶやいた。

…………………………

「なに、乗《の》り越《こ》えられるさ、アクセル」

…………………………

「でも、のぼるんですか、それとも下るんですか？」

…………………………

「下るんだ。なぜかといえば、われわれ二人はたくさんの通路が通じている大きな空間に出た。おまえがたどった通路も、きっとここにつながっているはずだ。いま、われわれがいるこの巨大《きょだい》な洞窟《どうくつ》から、地下のありとあらゆる割《わ》れ目《め》、裂《さ》け目《め》が放射状《ほうしゃじょう》にのびているらしいからな。さあ、立って歩き出せ。這《は》ってでも前に進むんだ。必要とあらば、急な坂を滑《すべ》りおりてもいい。道の先には、おまえを迎《むか》えるわれわれの腕《うで》が待ってる。さあ、出発だ」

………………………………………

この言葉にぼくは力づけられた。

「さようなら、叔父《おじ》さん！」とぼくは叫《さけ》んだ。「もう行きます。この場を離《はな》れたら、もう声は通じ合わないでしょう。では、さようなら」

………………………………………

「また会おう、アクセル。また会おう」

………………………………………

それがぼくの耳に届《とど》いた、最後の言葉だった。

硬《かた》い岩盤《がんばん》の下で、何キロもの距離《きょり》を隔《へだ》てて交《か》わされたこの驚《おどろ》くべき会話は、希望を捨《す》てまいとするひと言でしめくくられた。ぼくは神に感謝の祈《いの》りをささげた。暗い広大な地下世界で、叔父《おじ》たちの声が聞こえる唯一《ゆいいつ》の場所に、ぼくをお導きくださったのだから。

実に絶妙《ぜつみょう》の音響《おんきょう》効果だったけれど、これは物理の法則で簡単《かんたん》に説明がつく。通路の形と、岩が音を伝える性質に由来しているのだ。途中《とちゅう》には聞こえない音が、ずっと先まで伝わる例はたくさんある。ぼくが覚えている限りでも、この現象《げんしょう》はロンドンのセント＝ポール寺院のドーム下の回廊《かいろう》や、シチリア島の不思議な洞窟《どうくつ》で体験できるという。シラクサの近くにあるこの洞窟《どうくつ》は、かつて牢屋《ろうや》として使われていたが、なかでもとりわけ驚異的《きょういてき》なものは《ディオニュシオスの耳》〔ディオニュシオスは古代のシラクサを支配した専制君主〕という名で知られている。

そんなことを思い出したら、納得《なっとく》がいった。叔父《おじ》の声がぼくのところまで届《とど》いたのだから、あいだにはなんの障壁《しょうへき》もないはずだ。音がたどった道を行けば、必然的にむこうに着く。歩く力が残っていればだが。

ぼくは立ちあがった。歩くというよりほとんど這《は》いつくばるようにして、急な坂道を滑《すべ》りおりた。

速度はずんずん増し、落ちているのと変わらなくなった。もう、自分の力ではとまれない。

突然《とつぜん》、足もとの地面が消え、井戸《いど》のような縦穴《たてあな》に転げ落ちた。でこぼこの突起《とっき》にあたって、体が跳《は》ねあがるのがわかった。尖《とが》った岩に頭をぶつけ、ぼくは気を失った。

29　生きている！

気がつくと、ぼくは分厚い毛布のうえに寝《ね》かされていた。あたりには、ぼんやりと光が射《さ》している。ぼくを心配そうにのぞきこむ叔父《おじ》の顔が見えた。命が絶えていないか、見守っているのだろう。ぼくがふっと息を吐《は》くと、叔父《おじ》は手を握《にぎ》りしめた。ぼくが目をあけたのに気づいて、叔父《おじ》は歓声《かんせい》をあげた。

「生きてるぞ、生きてるぞ」

「ええ」とぼくは弱々しい声で答えた。

「もうだいじょうぶだ、アクセル」叔父《おじ》はそう言うと、ぼくを胸《むね》に抱《だ》きしめた。

その口調《くちょう》や心づかいに、ぼくは大感激《だいかんげき》した。でもあんな恐《おそ》ろしい出来事がなければ、はたして叔父《おじ》は心情を吐露《とろ》したかどうか。

そのときハンスがやって来た。はっきり断言するけれど、叔父《おじ》がぼくの手を握《にぎ》っているのを見て、ハンスの目には満足げな表情が浮《う》かんでいた。

「ゴッド・ダーグ」と彼は言った。

「ああ、こんにちは、ハンス」ぼくはつぶやいた。「ところで叔父《おじ》さん、ここはどこなんですか？」

「話は明日だ、アクセル。明日にしよう。今日はまだ、本調子じゃないからな。頭の傷《きず》にあてたガーゼもそっとしておかないと。だから、まだ寝《ね》ておけ。明日になったら、説明してやるから」

「だったら」とぼくは言った。「せめて日付と時間だけでも教えてください」

「八月九日、日曜日の午後十一時だ。明日になるまでは、これ以上もうなにもたずねるな」

たしかにぼくはまだふらふらしていて、いつの間にか目も閉《と》じてしまった。ひと晩《ばん》、ゆっくり休んだほうがよさそうだ。なるほど、ぼくは三日間もひとりでさまよっていたのか。そう思いながら、ぼくはまどろみ始めた。

翌日《よくじつ》、目覚めると、ぼくは周囲を見まわした。寝床《ねどこ》は気持ちのいい洞窟《どうくつ》に、旅行用毛布を何枚《なんまい》も重ねて作られていた。みごとな石筍《せきじゅん》〔鍾乳洞の床にうえから落ちた水滴の石灰分が固まってたけのこ状になったもの〕がにょきにょきと立《た》ち並《なら》び、地面は細かな砂《すな》で覆《おお》われている。松明《たいまつ》も電灯《でんとう》も灯《とも》していないのに、洞窟《どうくつ》の狭《せま》い隙間《すきま》から不思議な光が射《さ》しこみ、うっすらと明るかった。岸辺に波が砕《くだ》けるような、かすかなざわめきも聞こえる。ときには、風がそよぐ音も。

ぼくは本当に目覚めているのだろうか？　それとも、まだ夢を見ているのだろうか？

寝床は気持ちのいい洞窟に作られていた

穴《あな》に落ちたときに頭をぶつけたせいで、幻聴《げんちょう》が起こっているのでは？　でも目や耳が、これほど変調をきたすとは思えない。

《岩の隙間《すきま》から入ってくるのは日光だ》とぼくは思った。《波の音やそよ風の音も聞こえる。もしかして、地上に戻《もど》ったのかもしれない。だとしたら、叔父《おじ》は探検《たんけん》をあきらめたんだ。いや、無事に終えたのかも》

答えが出ないまま、こんなふうにあれこれ自問していると、叔父《おじ》がやって来た。

「おはよう、アクセル」と叔父《おじ》は陽気な声で言った。「すっかりよくなったようだな」

「ええ、もちろん」ぼくは毛布のうえで体を起こしながら答えた。

「そりゃそうだろう。すやすや眠《ねむ》っていたからな。わたしとハンスで順番につき添《そ》っていたが、目に見えて回復しているぞ」

「たしかに、元気いっぱいですとも。それが証拠《しょうこ》に、お腹《なか》がぺこぺこです。さあ、朝食にしましょう」

「思うぞんぶん、食べるがいいぞ。熱はもう下がっている。ハンスが傷《きず》に薬を塗《ぬ》ってくれたからな。よくは知らないが、アイスランド人が秘密《ひみつ》にしている特別な軟膏《なんこう》らしい。おかげで傷《きず》は、あっという間にふさがった。たいした男だよ、ハンスは」

叔父《おじ》はこう言って、食事のしたくにかかった。そんなにあわてるなと注意されたけれど、ぼくはがつがつと貪《むさぼ》りながら、叔父《おじ》を質問ぜめにした。

叔父《おじ》の説明によると、ぼくはほとんどまっすぐな穴《あな》の底まで、うまく滑《すべ》り落《お》ちたということらしい。まわりには岩がたくさん散らばっていたが、もっとも小さな岩でもまともにぶつかったら、ぼくを押《お》しつぶしそうな大きさだった。つまり岩盤《がんばん》の一部が、いっしょに落下したのだと考えざるをえない。ぼくはそんな恐《おそ》ろしい乗り物で叔父《おじ》のもとへたどり着き、その腕《うで》にぐったりとした血だらけの体をあずけたのだった。

「いや、まったく驚《おどろ》きだな」と叔父《おじ》は言った。「よく死ななかったものだ。もう、離《はな》れ離《ばな》れにならないようにしよう。二度と再会できないかもしれないからな」

《もう、離《はな》れ離《ばな》れにならないようにしよう》だって！　それじゃあ、旅はまだ終わっていなかったのか？　ぼくはびっくりして目を見ひらいた。叔父《おじ》はそれに気づいて、こうたずねた。「どうかしたのか、アクセル？」

「ひとつたずねたいんですが。ぼくはすっかりよくなったんですよね？」

「おそらく」

「両手両足も無事だと？」

「たしかに」

「頭はだいじょうぶ？」

「少し打撲傷《だぼくしょう》はあるが、ちゃんと肩《かた》のうえにのってるぞ」

「でも、頭の中身が変調をきたしたのかも」

「変調をきたしたって？」

「ええ。だってぼくたちは、地上に戻《もど》ったんじゃないんですか？」

「まさか、そんなことあるものか」

「じゃあ、やっぱり頭がおかしくなってしまったんだ。日の光が見える、風が吹《ふ》く音、波が砕《くだ》ける音が聞こえるんだから」

「なんだ、そんなことか」

「そんなことですって？　だったら説明してください」

「そいつは無理だな。説明がつかない現象《げんしょう》なんだから。だが地質学がまだまだ発展途上《はってんとじょう》の学問だってことは、おまえにもわかるはずだ」

「ともかく、ここを出ましょう」とぼくは叫《さけ》んで、勢いよく立ちあがった。

「だめだ、アクセル。やめておけ。外の風にあたらんほうがいい」

「外の風？」

「ああ、強風が吹《ふ》いているからな。病《や》みあがりにはこたえるだろう」

「よくなったって、言ったじゃないですか」

「もう少し我慢《がまん》しろ。ぶり返したら面倒《めんどう》だ。時間を無駄《むだ》にできない。長い航海になりそうだし」

「航海？」

「そうとも。だから今日は休んで、明日船を出そう」

「船を出す？」

この言葉に、ぼくは飛びあがった。

どういうことなんだ、船を出すって？　それじゃあ目の前に、大河か湖、海があるっていうのか？　そしてどこか港に、船が泊《と》まっているのだろうか？

ぼくは猛烈《もうれつ》に好奇心《こうきしん》を掻《か》き立《た》てられた。いくら叔父《おじ》が止めてもむだだった。思いどおりにさせたほうが、我慢《がまん》させるよりいいとわかったのだろう、とうとう叔父《おじ》もうんと言ってくれた。

ぼくは急いで服を着がえた。さらに念のため、毛布を一枚《まい》かぶって、洞窟《どうくつ》の外に出た。

30　リーデンブロック海

最初はなにも見えなかった。光に慣れていなかったせいで、思わず目をつぶってしまった。再び瞼《まぶた》をあけたとき、ぼくは感嘆《かんたん》する以上に、ただひたすら驚《おどろ》きあきれていた。

「海だ!」とぼくは叫《さけ》んだ。

「そうとも」と叔父《おじ》は答えた。「リーデンブロック海だ。わたしより先にこの海を見つけた船乗りがいるとは思えないからな。したがって海にわが名をつけることに、誰《だれ》も異議《いぎ》を唱えやしないはずだ」

湖だろうか、海だろうか、見渡《みわた》す限りどこまでも水面《みなも》が広がっていた。大きくえぐられた岸辺に波が打ち寄せ、金色の細かな砂《すな》を洗《あら》っている。砂《すな》のあいだに散らばった貝殻《かいがら》は、初めてこの世に誕生《たんじょう》した生物たちのものだろう。砕《くだ》ける波は閉《と》ざされた広い空間特有の、鈍《にぶ》いこもったような音を響《ひび》かせた。わき立つ泡《あわ》が風に吹《ふ》きあげられ、波しぶきがぼくの顔にまでかかった。わずかに傾《かたむ》いた岸辺を水際から二百メートルほどのぼったところから、巨大《きょだい》な岩壁《がんぺき》がどこまでも高く、広がるようにそびえている。なかには岸辺を横ぎって鋭《するど》い切っ先を岬《みさき》のように突《つ》き出《だ》し、磯波《いそなみ》に浸食《しんしょく》されている岩もあった。はるかかなたに目をやれば、霧《きり》にかすむ水平線に大きな岩山がくっきり浮《う》かんでいるのも見えた。

まさしく大海原《おおうなばら》だった。曲がりくねった海岸線は、恐《おそ》ろしいほど荒涼《こうりょう》としている。この海を遠くまで見渡《みわた》せるのは、《特別な》光が隅々《すみずみ》まで照らしているからだった。それ

見渡す限りどこまでも水面が広がっていた

は明るい輝《かがや》きを放つ太陽光線でもなければ、太陽の光を反射《はんしゃ》しただけの冷たく青白い月光でもない。そう、光の強さや揺《ゆ》らめき、無機質な白い輝《かがや》き、かすかな暖《あたた》かみ、月光にまさる明るさから見て、光源《こうげん》は間違《まちが》いなく電気的なものだ。北極圏《ほっきょくけん》のオーロラのような天文現《げん》象《しょう》が、大洋をのみこむ巨大《きょだい》な地下洞窟《どうくつ》で連続的に起きているらしい。

頭上に広がる丸天井《まるてんじょう》は、空と言ってもいいほどだった。刻々《こっこく》と変化する水蒸気《すいじょうき》の雲は、凝結《ぎょうけつ》作用によって豪雨《ごうう》と化す日もあるだろう。気圧が高ければ、水は気化しにくいと思っていたのに、いかなる物理学上の理由からか、大きな雲が空を覆《おお》っていた。だからといって、曇《くも》り空《ぞら》というわけではない。高い雲の上方で、電気の層《そう》が驚《おどろ》くほど明々《めいめい》とした光を発している。下方に渦《うず》まく雲にいくつもの影《かげ》がくっきりと浮《う》かび、二層《そう》になった雲のあいだから、まぶしいくらい強い光がときおりぼくたちのところまで届《とど》いた。とはいえ、それは太陽ではない。いくら明るくても、暖《あたた》かみはほとんど感じられなかったから。もの悲しい、気が滅入《めい》るような光だ。あの雲のうえにあるのは星がまたたく大空ではなく、重くのしかかる花崗岩《かこうがん》の丸天井《まるてんじょう》だとよくわかった。いくら広大な空間だとはいえ、ほんの小さな衛星がめぐるにもこれで足りるわけがない。

そういえば、あるイギリス人学者がこんな説を唱えていた。彼によれば、地球の内部は空洞《くうどう》なのだという。そこでは気圧によって空気が発光し、プルートンとプロセルピナという二つの星が不思議な軌道《きどう》を描《えが》いているのだと。それじゃあ、彼が言っていたのは真実だったのか？

ぼくたちが閉《と》じこめられていたのは、たしかに巨大《きょだい》な空洞《くうどう》だった。どのくらいの幅《はば》と奥《おく》行《ゆ》きがあるのか、見当もつかない。海岸は見渡《みわた》す限り続き、海のかなたはぼんやりした水平線で区切られていたから。高さは一万メートルを超《こ》えているに違《ちが》いない。花崗岩《かこうがん》の岩山にのしかかる丸天井《まるてんじょう》がどのあたりなのか、肉眼《にくがん》ではたしかめようもなかった。けれども、雲は高度四千メートルあたりに浮《う》かんでいるようだ。地上の雲より上空にあるのは〔実際には地上の雲も、高度四千メートルを越えるものがある〕、空気の密度《みつど》が高いためだろう。

だから《洞窟《どうくつ》》という言葉では、この広大な空間を眺《なが》めたときの印象をとても言いあらわせない。そもそも地球の奥底《おくそこ》は、人間の言葉でとらえられる世界ではないのだ。

地底にこんな空洞《くうどう》があるなんて、地質学的にどう説明をつければいいんだ？　地球が冷えていったときにできたのだろうか？　世界の旅行記に登場する名高い洞窟《どうくつ》のことは、ぼくもよく知っているけれど、こんなに大きなものはほかに例がない。

ベネズエラのグアチャロ洞窟《どうくつ》は、フンボルトが深さ七百五十メートルまで調査をした。まだ全容が明らかになってはいないが、大きさはせいぜいそんなところだ。ケンタッキーのマンモス洞窟《どうくつ》は、かなりの規模《きぼ》を誇《ほこ》っている。丸天井《まるてんじょう》は底なしの湖から百五十メートルもの高さになり、内部を四十キロ以上にわたってめぐっても、行きどまりにはならなかったという。でも、それがなんだと言うんだ？　ぼくがいま目の前にしている洞窟《どうくつ》ときたら、空には雲がたなびき、電光が輝《かがや》き、大きな海を呑《の》みこんでいるのだから。ぼくの貧弱な想像力では、とてもとらえきれない巨大洞窟《きょだいどうくつ》だ。

ぼくはこの驚異《きょうい》を黙《だま》って見つめていた。そのときの気持ちは、とても言葉では表現できない。天王星だか海王星だか、どこか遠くの星で、地球の住人たるぼくには理解できない現象《げんしょう》を目の当《ま》たりにしているような気がした。いままでにない感覚をあらわすには、新たな言葉が必要だ。けれどもぼくにはそんなもの、とてもひねり出せやしない。ただ畏《おそ》れおののき呆気《あっけ》にとられ、必死に頭を働かせながら眺《なが》めるだけだった。

こんな思いがけない光景のおかげで、ぼくの顔色はぐっとよくなった。驚《おどろ》きのあまり、元気が出てきたらしい。新手《あらて》の治療法《ちりょうほう》が効を奏《そう》したというわけだ。それに空気の密度《みつど》が高いせいで、肺《はい》にたくさんの酸素が送りこまれ、体が活性化されたのだろう。

四十三日間も狭苦《せまくる》しいトンネルに閉《と》じこめられていたあとだけに、潮《しお》の香《かお》りがするそよ風に吹《ふ》かれて深呼吸《しんこきゅう》をするのがどんなに気持ちよかったか、わかってもらえるはずだ。だからぼくは、薄暗《うすぐら》い洞窟《どうくつ》を出たことを少しも後悔《こうかい》していなかった。叔父《おじ》はこの絶景にも慣れてしまったらしく、平然としていた。

「どうだ、少し歩く元気はあるか？」と叔父《おじ》はたずねた。

「ええ、だいじょうぶ」とぼくは答えた。「ぜひ、そうしたいです」

「だったら、アクセル、腕《うで》につかまれ。曲がりくねった海岸線をたどろう」

ぼくはいそいそと叔父《おじ》の腕《うで》を借り、新たな大洋の岸辺を歩き始めた。左側には切り立った岩山が積み重なるように高くそびえ、驚《おどろ》くべき景観を作り出している。その岩肌《いわはだ》に筋目《すじめ》をつける無数の滝《たき》は、轟音《ごうおん》を響《ひび》かせ清らかに流れ去った。岩のあいだからところどころ湯気があがっているのは、温泉《おんせん》が湧《わ》いている場所だ。心地《ここち》よい水音を立てながら坂のそここを流れる小川は、やがてひとつにまとまっていく。

そうした小川のなかには、ぼくたちの忠実《ちゅうじつ》な旅の道づれ、ハンス川もあった。ハンス川は、まるで天地創造《そうぞう》からずっとそうしてきたかのように、海へゆったり流れこんでいった。

「ああ、残念だな。これでハンス川ともお別れだなんて」ぼくはため息まじりに言った。

「いやなに、どの川だろうと、変わりはないさ」と叔父《おじ》は答えた。

命の恩人だっていうのに、それはちょっとつれないんじゃないだろうか。

ところがそのとき、ぼくは思いがけない光景に目を引きつけられた。五百歩ほど先の、高く突《つ》き出《で》た岬《みさき》の裏《うら》に、こんもりとした森があるではないか。整然と続く輪郭《りんかく》に沿《そ》って、パラソル型に枝を広げた木が並《なら》んでいる。高さは中くらいだけれど、葉がそよぐようすはなく、どっしりとかまえた巨大《きょだい》なヒマラヤ杉《すぎ》のように微動《びどう》だにしなかった。

ぼくは足早に近づいた。なんと呼《よ》んだらいいのだろう？　初めて見るような、奇妙《きみょう》な種類の木だった。いままで知られている二十万種の植物の、どれにも属《ぞく》していないようだ。となると、水辺の植物相《しょくぶつそう》に新種をもうけねばならないのでは？　ところが、そうではなかった。木の下に着くと、ぼくの驚《おどろ》きは感嘆《かんたん》へと変わった。

というのも目の前に生えているのは、見た目こそ地上にあるものと変わらないが、サイズがとてつもなく大きかったからだ。叔父《おじ》はすぐにその名を呼《よ》んだ。

「キノコの森というわけか」

たしかにそのとおりだった。高温多湿《たしつ》の環境《かんきょう》に適したこの植物が、大きく育ったさまを思《おも》い浮《う》かべて欲《ほ》しい。細菌《さいきん》学者のビュイヤールによれば、《オオホコリタケ》は傘《かさ》の円周が三メートル近くにもなるそうだ。ぼくだってそれくらい、知らないわけではなかったけれど、ただの白キノコが高さ、傘《かさ》の直径ともに十数メートルもの大きさになるなんて。そんな巨大《きょだい》キノコが無数に生えているのだ。アフリカの村に並《なら》ぶ丸屋根を思わせるドーム型の分厚い傘《かさ》の下は、光がさえぎられて真っ暗だった。

それでもぼくは、前へ進んでいった。肉づきのいい丸天井《まるてんじょう》から、震《ふる》えるような冷気が伝わってくる。ぼくたちはじめじめした闇《やみ》のなかを、三十分ほど歩きまわった。そのあと海

「キノコの森というわけか」

岸に戻《もど》ったときは、心底ほっとした。

けれども地下世界の植物は、キノコばかりではなかった。さらに先には、色のあせた葉をつけた別の木々も大量に群生《ぐんせい》していた。なんの木かはひと目でわかった。地上にもよく生えている低木類が巨大化《きょだいか》したものだ。高さ三十メートルにもなったヒカゲノカズラや巨《きょ》大《だい》な封印木《ふういんぼく》、高緯度《こういど》地方の樅《もみ》さながらに伸《の》びた木生シダもある。円筒状《えんとうじょう》の幹がふたつに分かれた鱗木《りんぼく》の先端《せんたん》には、剛毛《ごうもう》がびっしりと生えた細長く分厚い葉が茂《しげ》っていた。

「こいつはすごい、すばらしい。驚《おどろ》くべきことだ！」と叔父《おじ》は叫《さけ》んだ。「ここには天地創《そう》造《ぞう》の第二紀、古生代の植物相《しょくぶつそう》がすべてそろっているじゃないか。そこいらの庭に生えているつまらない植物も、大昔は堂々たる大木だったんだ。ほら、よく見ろ、アクセル。こんなに見事な光景は、どんな植物学者も目にしたことはないぞ」

「そのとおりですね、叔父《おじ》さん。学者たちが知恵《ちえ》を絞《しぼ》り、巧《たく》みに再現してみせた太古の植物が、神様の思《おぼ》し召《め》しでこの巨大《きょだい》な温室に保存《ほぞん》されたんです」

「おまえの言うとおり、まさにここは温室だ。ついでに動物園もつけ加えれば、さらにぴったりだが」

「動物園？」

「ああ、そうとも。足もとの砂《すな》を見てみろ。地面に散らばったこの骨《ほね》を」

「骨《ほね》ですって！」ぼくは叫《さけ》んだ。「たしかに大昔の動物の骨《ほね》だ」

ぼくは*風化しにくい鉱物でできた古い残骸《ざんがい》に駆《か》けよった。枯《か》れ木《き》の幹に似た巨大《きょだい》な骨《ほね》の名を、ぼくは迷わず挙げていった。

＊原注　リン酸石灰《せっかい》。

「これはマストドン〔デイノテリウムとともに絶滅した象の仲間〕の下あごだ。あっちはデイノテリウムの大臼歯《だいきゅうし》。あの大腿骨《だいたいこつ》はどう見ても、オオナマケモノのものです。この種の動物のうちでは、最大級のね。まさしくここは動物園ですね。だってこれらの骨《ほね》は、天変地異《てんぺんちい》によってここまで運ばれたわけじゃないでしょうから。こうした動物たちが、高木が生《お》い茂《しげ》る地底の海岸に住んでいたんです。ほら、完全な骨格《こっかく》もあります。でも……」

「でも？」と叔父《おじ》は聞き返した。

「腑《ふ》に落ちないんですよ。この花崗岩《かこうがん》の洞窟《どうくつ》に、こうした四足動物たちがいたってことが」

「どうして？」

「だって四足動物が地球上にあらわれるのは、中生代になってからですよ。沖積土《ちゅうせきど》によって堆積性《たいせきせい》の地面が作られ、古生代の熱い岩にとって代わったころです」

「いやなに、アクセル。おまえの疑問《ぎもん》には簡単《かんたん》に答えられるさ。つまりここは、堆積性《たいせきせい》の地層《ちそう》なんだ」

「なんですって？　だって、こんなに地下深くですよ」

「まあな。だがそれは、地質学的に説明がつけられる。ある時期まで地球の表面は柔《やわ》らかく、引力の作用で上下運動を繰《く》り返《かえ》していたのだろう。地盤沈下《じばんちんか》によって突然《とつぜん》大きな穴《あな》があき、堆積層《たいせきそう》がその底に引きずりこまれたのだ」

「なるほど、そうかもしれません。でも、もし太古の生物がこの地下世界に住んでいたのだとしたら、そんな怪獣《かいじゅう》たちの一頭が薄暗《うすぐら》い森の奥《おく》や、切り立った岩の裏《うら》にまだうろついていないとも限らないのでは？」

そう思ったらなんだか恐《おそ》ろしくなって、ぼくはあたりを見まわした。けれども海岸には、動物らしきものの影《かげ》はまったくなかった。

少し疲《つか》れてきたので、岬《みさき》のとっつきに腰《こし》かけることにした。波が大きな音をたて、岬《みさき》の下で砕《くだ》けている。ぼくのいる場所から、海岸線に囲まれた湾《わん》が見渡《みわた》せた。湾《わん》の奥《おく》は、ちょうど小さな港のようになっていた。両側にたつ三角岩が風を遮《さえぎ》っているのだろう、水面《みなも》は穏《おだ》やかだ。小さな帆船《はんせん》の二、三隻《せき》くらい、楽にとめられそうだ。帆《ほ》をいっぱいに張って港を出た船が、南風を受けて沖《おき》にむかうのが、いまにも見えるような気がした。

けれどもそんな想像は、すぐに消え去った。この地底世界に生きているのは、ぼくたちだけなんだ。ときおり風がおさまると、砂漠《さばく》よりも深い静寂《せいじゃく》が干《ひ》からびた岩を包み、大海原《おおうなばら》にのしかかった。ぼくは遠くの霧《きり》をうがち、謎《なぞ》めいた水平線の奥《おく》を覆《おお》うこのカーテンを切《き》り裂《さ》こうとした。さまざまな疑問《ぎもん》が口をついて出そうになった。この海はどこまで続くのだろう？　ぼくたちは対岸へ到達《とうたつ》できるのか？

叔父《おじ》はできると信じていたし、ぼくもそう願っていた。けれどもぼくは、同時に不安も感じていた。

こんなすばらしい光景を一時間ほど眺《なが》めたあと、海岸沿《ぞ》いの道を引き返して洞窟《どうくつ》に戻《もど》った。そしてぼくはなんとも奇妙《きみょう》な思いにかられながら、深い眠《ねむ》りについたのだった。

31　筏《いかだ》

翌朝《よくあさ》、目覚めたとき、体調はすっかりよくなっていた。水浴びをしたらさぞかし気持ちいいだろうと思い、ぼくは海辺に出かけた。そして《地中海》の水に何分か体をひたした。それにしても、地中海という名にこれほどぴったりの海もないだろう。

ぼくは《地中海》の水に体をひたした

ぼくはすきっ腹《ばら》をかかえて朝食にむかった。ハンスはなかなか料理上手だった。水も火も自由に使えるので、いつものメニューに少しばかり変化をつけることもできた。食後には、コーヒーも出してくれた。コーヒーは大好きだが、それがいつにも増しておいしく感じられた。

「さあ、そろそろ満潮《まんちょう》になる時間だ」と叔父《おじ》は言った。「この現象《げんしょう》を調べる絶好の機会を逃《のが》してなるものか」

「満潮《まんちょう》ですって？」ぼくは叫《さけ》んだ。

「ああ」

「それじゃあ、月や太陽の影響《えいきょう》はここまで及《およ》んでいるのですか？」

「もちろんだとも。どんな物体だろうと、万有引力《ばんゆういんりょく》に従《したが》っているはずだからな。この大海原《おおうなばら》だって、普遍的《ふへんてき》な法則から逃《のが》れられはせん。大西洋さながら、潮《しお》が満ちるのを拝《おが》めるぞ。いくら水面に高い気圧がかかっていようがな」

そのときぼくたちは、砂浜《すなはま》を歩いていた。波が少しずつ海岸のうえまで押《お》し寄《よ》せてくる。

「たしかに潮《しお》が満ち始めてます」とぼくは言った。

「そうさ、アクセル。泡《あわ》のぐあいから見て、海面は三メートルも高くなりそうだ」

「驚《おどろ》きですね」

「なに、自然ななりゆきだ」

「なかなかどうして、すごいことですよ。自分の目が信じられないくらいです。いったい誰《だれ》が想像したでしょう。地殻《ちかく》の下に本物の海があって、潮《しお》の満《み》ち干《ひ》が繰《く》り返《かえ》され、風も吹《ふ》けば嵐《あらし》も起きているなんて」

「ありえないことじゃないさ。物理学的になにか反論《はんろん》できるかね？」

「いやもう、わけがわかりません。地球の中心は高熱だという説だって、怪《あや》しくなってきたし」

「それじゃあ、いままでのところ、デイヴィの説が正しかったということだな？」

「ええ、たしかに。だったら、地球の内部に海や陸地があってもおかしくはないですね」

「そうとも。もっとも、生物はいないが」

「でもこの海に、未知の魚が潜《ひそ》んでいないとも限りませんよ」

「ともかく、まだ一匹《ぴき》も見かけておらんが」

「釣竿《つりざお》を作りましょう。もしかしたら、地上の海に劣《おと》らず獲物《えもの》がかかるかもしれません」

「やってみよう、アクセル。この新たな土地の秘密《ひみつ》を、徹底的《てっていてき》に探《さぐ》らにゃいかんからな」

「でも、ここはどこなんですか。そういや、まだうかがっていませんでしたが、叔父《おじ》さんのことだから、とっくに測定しているんでしょう？」

「アイスランドから水平に千四百キロのところだ」

「そんなに？」

「一キロの誤差《ごさ》もないはずだ」

「コンパスはやはり南東を指しているんですか？」

「ああ、偏角《へんかく》は地上とまったく同じで、西に十九度四十二分だ。ところが伏角《ふっかく》については、奇妙《きみょう》なことが起こってな。ずいぶん注意深く調べたんだが」

「奇妙《きみょう》なこと？」

「北半球ならば、コンパスの針《はり》は地底の極にむかって下に傾《かたむ》くが、それがここではうえに持ちあがっているんだ」

「つまり地磁気《ちじき》の極は、いまぼくたちがいる場所と地表とのあいだにあるってことですか？」

「まさしく。もしわれわれが極地《きょくち》へむかい、ジェームズ・ロス〔イギリスの探検家〕が北磁極《ほくじきょく》を発見した北緯《ほくい》七十度の地下に達したなら、コンパスの針《はり》はまっすぐうえに立つだろうよ。磁極《じきょく》という不思議なしろものは、さほど地下深くにあったわけじゃないのさ」

「なるほど、科学にとって予想外の事実ですね」

「科学なんて間違《まちが》いだらけだ。だが、間違《まちが》いを犯《おか》すのは決して悪いことじゃない。そうやって少しずつ、真実に近づいていくのだから」

「ところで、ここはどれくらいの深さなんですか?」

「百四十キロだ」

「それじゃあ」とぼくは地図をたしかめながら言った。「スコットランドの山岳《さんがく》地方が頭上にあるってことだ。そこでは雪を頂《いただ》いたグランピアン山脈が、目を見張るほど高くそびえているんですね」

「そのとおり」と叔父《おじ》は笑いながら答えた。「いささか重い荷だが、丸天井《まるてんじょう》はしっかりしている。この世界を作った大建築家は、いい材料を使っているからな。こんなに大規模《だいきぼ》な天井《てんじょう》は、とても人間の手に負えるものじゃない。なにしろここは、半径十二キロにもおよぶ大広間だから。大洋もあれば嵐《あらし》もぞんぶんに吹《ふ》き荒《あ》れている。橋のアーチや大聖堂《だいせいどう》の丸《まる》天井《てんじょう》などくらべものにならん」

「ぼくだって、空が頭上に落ちてくるとは思っちゃいませんよ。ところで、叔父《おじ》さん、これからの計画は?　地上に戻《もど》るつもりはないんですか?」

「戻《もど》るだって?　とんでもない。旅を続けるとも。ここまでは、すべて順調なんだから」

「でも、この大海原《おおうなばら》をどうやって渡《わた》るつもりですか?」

「頭から飛びこむつもりはないさ。だが海と言っても陸地に囲まれていれば、要は湖にすぎん。この海だって、周囲は花崗岩《かこうがん》の塊《かたまり》だろうが」

「そうですね」

「だったら対岸に、きっと新たな入り口があるはずだ」

「この海はどれくらいの奥行《おくゆ》きがあるんでしょう？」

「百二十キロから百六十キロというところだな」

「はあ」とぼくは答えたものの、ただのあてずっぽうだろうと思った。

「だからぐずぐずしてはおれん。明日早々に、海へ出るぞ」

ぼくは思わずあたりを見まわした。ぼくたちを運ぶ船なんて、どこにあるんだ？

「そうおっしゃいますが、いったいどの船で海へ出るんですか？」

「船ではなく、しっかりした立派《りっぱ》な筏《いかだ》に乗るんだ」

「筏《いかだ》ですって」とぼくは叫《さけ》んだ。「筏《いかだ》だろうが船だろうが、どのみち作るのは無理ですよ。だって……」

「わかっとらんな、アクセル。耳を澄《す》ませてみろ。おまえにも聞こえるはずだ」

「聞こえる？」

「そうさ、槌《つち》の音がするだろう。あれはハンスがもう、仕事にかかっている音だ」

「ハンスが筏《いかだ》を作っていると？」

「いかにも」

「驚《おどろ》いたな。じゃあ彼は、もう斧《おの》で木を切《き》り倒《たお》したんですか？」

「木はもう用意できている。さあ、ハンスの仕事ぶりを見に行こう」

十五分ほど歩いて岬《みさき》の反対側へまわると、小さな天然の港でハンスが作業していた。ぼくはさらに歩いて、彼のそばまで行った。驚《おどろ》いたことに、半ば完成した筏《いかだ》が砂浜《すなはま》に横たわっていた。筏《いかだ》は家の梁《はり》に使うような、太い丸太でできていた。地面には厚板や曲がった材木、さまざまな種類の肋骨材《ろっこつざい》が、文字どおり山と積まれている。これだけあれば、海軍がまるまる一隊作れるだろう。

「叔父《おじ》さん、これはなんの木ですか？」ぼくは大声でたずねた。

「松、樅《もみ》といった北国の針葉樹《しんようじゅ》、それに樺《かば》の木だ。それが海水の作用で石化したのさ」

「そんなことがあるんですか？」

「要は木の化石だな」

「だったら褐炭《かったん》と同じく、石みたいに固いんでしょうね。でも、水に浮《う》かばないのでは？」

「ものによってはな。本物の無煙炭《むえんたん》になってしまった木もあれば、ここに並《なら》んでいるもののように、まだ石化が始まったばかりの木もある。まあ、自分の目で見てみるがいい」

叔父《おじ》はそう言うと、海辺に打ち寄せられた木切れを一本、海に投げこんだ。

木切れはいったん沈《しず》んだあと、また海面に浮《う》かびあがり、波に揺《ゆ》られて上下した。

「これでわかったろう」叔父《おじ》は言った。

翌日《よくじつ》の晩《ばん》、ハンスは見事に筏《いかだ》を完成させた。縦《たて》三メートル、横一・五メートル。石化した丸太を頑丈《がんじょう》なロープで縛《しば》り合わせ、十分な広さが確保されている。にわかづくりの筏《いかだ》は進水するや、リーデンブロック海の水面《みなも》にゆったりと浮《う》かんだ。

32 航海《こうかい》のはじまり

八月十三日、ぼくたちは朝早く目覚めた。いよいよ、新たな方法で移動を始めるのだ。速く、楽に進める方法で。

マストはストックを二本、並《なら》べて作った。帆桁《ほげた》は三本目のストック、帆《ほ》は毛布を流用して、筏《いかだ》の準備完了だった。ロープはたっぷりあるし、すべてしっかりつなぎ合わされている。

六時、叔父《おじ》は乗船の合図をした。食糧《しょくりょう》や身のまわりの品、計器、武器、それに岩場から集めたおいしい水も大量に積みこまれていた。

ハンスはぬかりなく舵《かじ》まで作ってしまった。これで筏《いかだ》を操作《そうさ》することができる。彼が舵《かじ》柄《づか》を取ると、ぼくは筏《いかだ》を岸辺にもやっていた綱《つな》をほどいた。風のむきに帆《ほ》を合わせると、筏《いかだ》は快調に動き出した。

沖《おき》へむかい始めたとき、地名を定めるのが好きな叔父《おじ》は、あとにしたばかりの小さな港にも名前をつけようと思い立った。そして、ぼくの名前がいいと言ってくれた。

「でも、ぜひ提案したい名前がほかにあるんですが」とぼくは言った。

「どんな名前だ？」

「グラウベンです。グラウベン港。いい名前じゃないですか。地図にのせるのにぴったりだ」

「よし、グラウベン港にしよう」

かくしていとしいフィルラント娘《むすめ》の思い出が、この冒険旅行に結びついたのだった。

北東の風が吹《ふ》いていた。ぼくたちは追い風を受け、猛《もう》スピードで進んだ。空気の密度《みつど》が高いだけに、まるで強力な扇風機《せんぷうき》にあおられているみたいに順風満帆《じゅんぷうまんぱん》だった。

一時間後、叔父《おじ》はほぼ正確にスピードを計算することができた。

「この調子で突《つ》っ走《ぱし》れば、二十四時間で少なくとも百二十キロはかせげるぞ。ほどなくむこう岸に着けるだろう」

ぼくはなにも答えず、筏《いかだ》の船首に陣取《じんど》った。すでに北の岸は、水平線のむこうに消えようとしていた。左右の海岸線はぼくたちの船出を助けるため、両手を大きく広げているかのようだ。目の前には、洋々たる大海が続いている。大きな雲が海面に投げかける灰色《はいいろ》の影《かげ》は、暗い水にのしかかるようにしてすばやく動いていった。銀色の電光が水滴《すいてき》に反射《はんしゃ》し、筏《いかだ》に押《お》し寄《よ》せる波をきらきらと輝《かがや》かせた。やがて陸地はすべて姿《すがた》を消し、目印になるものはなにもなくなった。これで泡立《あわだ》つ航跡《こうせき》がひかれていなければ、筏《いかだ》はとまったままかと思うほどだった。

正午ごろ、巨大《きょだい》な海藻《かいそう》が波間に漂《ただよ》い始《はじ》めた。この植物が生命力旺盛《おうせい》なのは、ぼくもよく知っていた。四千メートル近い深海や、四百気圧のもとでも繁殖《はんしょく》し、ときには群生する海《かい》藻《そう》が船の運航《うんこう》を妨《さまた》げるほどだ。けれども、リーデンブロック海の海藻《かいそう》ほど大きく育った例はないだろう。

筏《いかだ》は何キロにもわたって続くヒバマタに沿《そ》って進んだ。まるで巨大《きょだい》な蛇《へび》が、はるか視界《しかい》のかなたまでうねっているかのようだ。無限にのびる長い帯を目で追っていると、心がはずんだ。そろそろ端《はし》に達するころだと思うのに、何時間たってもまだ続いているのだから驚《おどろ》きだ。

巨大な海藻が波間に漂い始めた

こんな植物を造り出す自然の力とは、なんてすごいんだ。地球ができてまだ間もないころ、草木は暑さと湿気《しっけ》のなかでわがもの顔にはびこっていたことだろう。

昨日から気づいていたけれど、夜になっても空の光は少しも弱まらなかった。どうやら持続的な発光現象《げんしょう》だと思っていいようだ。

夕食のあと、ぼくはマストの下に寝《ね》そべった。そしてぼんやり夢想にふけるうち、いつしか眠《ねむ》りに落ちた。

ハンスは筏《いかだ》が進むがままにまかせて、舵《かじ》の前でただじっとしている。追い風を受けて快調に走る筏《いかだ》は、操作《そうさ》するまでもなかった。

グラウベン港を出たとき、ぼくは航海日誌《にっし》をつけるようにと叔父《おじ》から言いつかった。目についたことを細大漏《さいだいも》らさず書き留め、興味深い現象《げんしょう》、風むき、最高速度、進んだ距離《きょり》など、要するにこの奇妙《きみょう》な船旅で起きる事件をすべて記録するのだ。

そこで毎日の出来事に即《そく》して書いたその日誌《にっし》を、ここにあげておこう。ぼくたちの航海がいかなるものだったか、より正確におわかりいただけるはずだ。

八月十四日(金)

北西の風。筏《いかだ》は一直線に進んでいる。海岸から百二十キロのところまで来た。水平線にはなにも見えない。光の強度も変化なし。天気は晴れ。つまり溶《と》けた銀のような白っぽい空の高みに、雲がうっすらとたなびいているだけだ。気温、摂氏《せっし》三十二度。

昼ごろ、ハンスが紐《ひも》の先に釣り針《つばり》をつけ、肉のかけらを餌《えさ》にして海に投げこんだ。二時間たっても、獲物《えもの》はなかった。それじゃあこの海に、生き物はいないのだろうか？　そう思ったとき、手ごたえがあった。ハンスが紐《ひも》を引きあげると、その先で魚がぴちぴちと跳《は》ねていた。

「魚がかかったぞ！」と叔父《おじ》が叫《さけ》んだ。

「チョウザメです！」とぼくも叫《さけ》んだ。「小型のチョウザメですよ」

教授は魚をじっくりと眺《なが》め、チョウザメではないと言った。頭部は扁平《へんぺい》でやや丸みをおび、体の前部は板状の皮骨《ひこつ》でおおわれている。歯は生えておらず、尾《お》のない胴体《どうたい》に発達した胸《むな》びれがついている。たしかにチョウザメと同じ目《もく》に属するように見えるが、基本的なところがいろいろと違《ちが》っていた。

叔父《おじ》はそれを見逃《みのが》さなかった。そしてすばやく確認《かくにん》すると、こう言った。

「こいつは大昔に絶滅《ぜつめつ》した種類の魚だな。いまではデボン紀の地層《ちそう》から、化石が見つかるだけだ」

「本当に？　それじゃあぼくたちは、太古の海に住んでいた魚を生捕《いけど》りにしたってわけですか？」

「そうとも」と叔父《おじ》はさらに観察を続けながら答えた。「そうした化石魚類は、現在生きている魚とはまったく違《ちが》う種類のものなんだ。そうした魚の一匹《ぴき》を生きたまま捕《つか》まえられるなんて、博物学者にとってはこたえられんな」

「なんという種類の魚なんですか？」

「骨甲目《こっこうもく》、ケファラスピス科、属名は……」

「属名は？」

「プテリクティス属だ。間違《まちが》いない。だが地底の海に生息しているだけに、変わった特《とく》徴《ちょう》があるが」

「どんな特徴《とくちょう》です？」

「目が見えない」

「なんですって？」

「単に盲目《もうもく》というんじゃなく、視覚器官《しかくきかん》がまったくないんだ」

もう一度よく魚を見てみると、たしかに叔父《おじ》の言うとおりだった。でも、この一匹《ぴき》だけが特別なのかもしれない。そこで釣《つ》り針《ばり》にまた餌《えさ》をつけ、海に放《ほう》りこんだ。どうやらここには魚がたくさんいるらしく、たった二時間でプテリクティスが何匹《なんびき》も釣《つ》れた。ほかにも絶滅種《ぜつめつしゅ》の魚が獲《と》れたけれど、属名までは叔父《おじ》にもわからなかった。どの魚にも、やはり視《し》覚器官《かくきかん》はなかった。思いがけない大漁のおかげで、ぼくたちは食糧《しょくりょう》をたっぷり蓄《たくわ》えることができた。

こうしてみると、この海には生きた化石ばかりが住んでいるようだ。化石種の生物は魚にせよ爬虫類《はちゅうるい》にせよ、生まれたのが古いだけに完璧《かんぺき》な形態をしている。

もしかしたら、科学者が骨《ほね》のかけらを集めて復元に成功した、あの恐竜にも出会えるのでは？

ぼくは望遠鏡をとって海を眺《なが》めたが、生物の気配はなかった。きっとまだ陸地に近すぎるのだろう。

ぼくは宙《ちゅう》にも目をやった。歴史に名を残す古生物学者キュヴィエが復元した原始時代の鳥たちが、この濃密《のうみつ》な大気のなかを羽ばたいているかもしれない。餌《えさ》なら魚がたっぷり獲《と》れるし。そう思ってじっと空を観察したけれど、海岸と同じように生き物の姿《すがた》はなかった。

それでも、もしや太古の生物たちが生きていまいかと、ぼくは想像をたくましくした。そしていつの間にか、白日夢にふけっていた。大亀《おおがめ》が浮島《うきしま》さながら、水面《みなも》を漂《ただよ》うのが目に浮《う》かぶ。薄暗《うすぐら》い岸辺にうごめく原初の大型哺乳類《ほにゅうるい》は、ブラジルの洞窟《どうくつ》で見つかったレプトテリウムや、凍《こお》ったシベリア地方に住んでいたメリコテリウムだ。遠くに目をやれば、厚

アクセルの夢

い皮で体が覆《おお》われた巨大《きょだい》なバク、ロフィオドンが岩陰《いわかげ》に身をひそめ、敵と獲物《えもの》を競《きそ》おうと身構えているではないか。対するアノプロテリウムはサイや馬、カバ、それにラクダにも似た奇妙《きみょう》な動物で、造化の神が大あわてのあまり、何種類もの動物をひとつにつなぎ合わせたかのようだった。巨大《きょだい》なマストドンが長い鼻をふりまわし、海岸の岩を牙《きば》で砕《くだ》いているかと思えば、オオナマケモノは太い足をふんばり、花崗岩《かこうがん》にうなり声を響《ひび》かせながら地面を掘《ほ》り返《かえ》している。高台では地上最初の猿《さる》であるプロトピテクスが、切り立った頂《いただき》へよじのぼっているところだ。そのうえでは翼手竜《よくしゅりゅう》が羽の生えた手を広げ、大きな蝙蝠《こうもり》のように濃密《のうみつ》な大気のなかを飛びまわっている。空のいちばん高いあたりでは、ヒクイドリよりも力強く、ダチョウよりも大きな鳥たちが、花崗岩《かこうがん》の丸天井《まるてんじょう》に激突《げきとつ》せんばかりに飛翔《ひしょう》していた。

ぼくの夢はこうした化石の世界を想像のなかによみがえらせ、人類が誕生《たんじょう》する前の、天地創造《そうぞう》の時代へとむかった。世界はまだ未完成で、人間が住めるようなものではなかった。生物があらわれる以前まで、夢想はさかのぼった。まず哺乳類《ほにゅうるい》が姿《すがた》を消し、鳥類、中生代の爬虫類《はちゅうるい》と続き、最後には魚類、甲殻類《こうかくるい》、軟体動物《なんたいどうぶつ》、体節動物《たいせつどうぶつ》もいなくなった。そして今度は、古生代の植虫類《しょくちゅうるい》も無に還《かえ》った。地上の生命すべてがぼくのなかに凝縮《ぎょうしゅく》され、からっぽの世界でぼくの心臓《しんぞう》だけが脈打っている。もはや季節もなければ気候もない。地熱はますます高まり、太陽の輝《かがや》きなどものの数ではなかった。一面、草木が生《お》い茂《しげ》っている。ぼくは虹色《にじいろ》に光る泥灰岩《でいかいがん》や色とりどりの砂岩《さがん》をおぼつかない足どりで踏《ふ》みながら、高く伸《の》びたシダ植物のあいだを影《かげ》のように歩いた。それから大きな針葉樹《しんようじゅ》の幹によりかかり、高さ三十メートルもあるシダの陰《かげ》に横たわった。

何百年、何千年が一瞬《いっしゅん》のうちにすぎ去っていく。ぼくは地球の変化をさらにさかのぼった。植物が消え、花崗岩《かこうがん》も溶《と》けだした。高熱のせいで、あたりは固体から液体へと変わった。地表を流れる水は沸騰《ふっとう》し、蒸気《じょうき》となって地球を覆《おお》った。それはもはや白熱するガスの塊《かたまり》でしかない。地球は太陽のように輝《かがや》く、巨大《きょだい》な火の玉だった。

地球の百四十万倍にも広がる混沌《こんとん》としたガスに呑《の》まれ、ぼくは宇宙《うちゅう》空間へと運ばれていった。体はどんどん小さくなり、やがては微細《びさい》な原子のように、無限のなかで炎《ほのお》の軌跡《きせき》を描《えが》く蒸気《じょうき》の渦《うず》と混ざり合った。

なんという夢だろう！　ぼくはどこに連れていかれるんだ？　夢に見た奇怪《きかい》な出来事を、熱っぽい手が紙に書きつける。もう、なにも覚えていなかった。叔父《おじ》のことも、ハンスのことも、筏《いかだ》のことも。頭のなかは幻覚《げんかく》でいっぱいだった……

「どうした？」と叔父《おじ》が訊《き》いた。

ぼくは目を見ひらき、ぼんやりと叔父《おじ》を眺《なが》めた。まだ半分、夢のなかだった。

「気をつけろ、アクセル。海に落ちるぞ」

その瞬間《しゅんかん》、ハンスががっちりとぼくをおさえた。彼がいなかったら、夢うつつのまま波に呑《の》まれていただろう。

「おい、大丈夫《だいじょうぶ》か？」叔父《おじ》が叫《さけ》んだ。

「ああ、どうしたんだろう？」ぼくはわれに返ると、ようやくそう言った。

「気分でも悪いのか？」

「いえ、ちょっと夢を見ていたんです。でも、もう目が覚めました。ところで、なにも異常《いじょう》はありませんか？」

「ああ、順風満帆《じゅんぷうまんぱん》さ。筏《いかだ》は快調に飛ばしている。わたしの計算が間違《まちが》いなければ、ほどなく岸に着くだろう」

それを聞いてぼくは立ちあがり、かなたを眺《なが》めた。けれども水平線は、あいかわらず雲に紛《まぎ》れたままだった。

33　怪物《かいぶつ》の戦い

八月十五日（土）

変わりばえのしない海が、どこまでも単調に続いている。陸地は見えない。むしろ水平線は、どんどん退いていくかのようだ。

おかしな夢の毒気《どっけ》にあてられたのか、まだ頭が重い。

叔父《おじ》は夢を見たわけでもないのに、機嫌《きげん》が悪かった。望遠鏡であちこち観察しては、恨《うら》めしそうな顔で腕《うで》を組んでいる。

リーデンブロック教授は、かつての気むずかし屋に戻《もど》りつつあるようだ。それも航海日《にっ》誌《し》に書きとめておこう。叔父《おじ》がわずかなりとも人間らしいところを見せたのは、ぼくが危《き》険《けん》な目に遭《あ》って、苦しんでいたからこそだった。ところがぼくが元気になったあとは、また本来の性格に逆戻《もど》りだ。でも、なにを怒《おこ》っているのだろう？　旅はとても順調に進んでいるではないか。筏《いかだ》はすいすいと進んでいるのでは？

「叔父《おじ》さん、心配事でも？」叔父《おじ》がしょっちゅう望遠鏡を目にあてているものだから、ぼくはたずねてみた。

「そんなもの、あるわけないさ」

「でも、いらいらしているみたいですが」

「そりゃまあ、いらいらもするさ」

「でも、スピードは出てますよ」

「だからどうした？ スピードが足りないんじゃない。海が大きすぎるんだ」

なるほど、そういえば叔父《おじ》は出港のとき、この海の奥行《おくゆ》きは百二十キロくらいだと言っていた。ところがぼくたちはもう、その三倍は進んでいるのに、南の岸はまだ姿《すがた》を見せない。

「われわれは、ちっとも地下にくだっていないじゃないか」と叔父《おじ》は続けた。「こんなもの、時間の無駄《むだ》だ。池で舟遊《ふなあそ》びをするために、はるばるやって来たわけじゃないからな」

叔父《おじ》に言わせればこの航海は舟遊《ふなあそ》びで、海は池ってことなんだ。

「でも、ぼくたちはサクヌッセンムが指示したルートをたどっているのだから……」

「そこが問題なんだ。われわれは本当に、正しい道を進んできたのだろうか？ サクヌッセンムもこの海に出会ったのか？ ここを渡《わた》ったのか？ 道しるべだと思ったあの小川に、惑《まど》わされてしまったのではないか？」

「いずれにせよ、ここまで来られたのはよかったじゃないですか。景色はすばらしいし……」

「物見遊山《ものみゆさん》に来たんじゃないぞ。わたしには目的があるんだ。それを達成しなければ。だから景色の話なんかするな」

ぼくはなにも言い返さず、叔父《おじ》が苛立《いらだ》たしそうに唇《くちびる》を噛《か》むにまかせた。夕方六時、ハンスが給金を請求《せいきゅう》し、三リクスダラーが支払《しはら》われた。

八月十六日(日)
目新しいことはなにもなし。空模様《そらもよう》も同じ。風はいくぶん強くなり始めた。ぼくは目を覚ますと、まずは光の強さをたしかめた。空の電気発光現象《げんしょう》が弱まり、やがては消えてしまわないかといつも心配だった。でも、大丈夫《だいじょうぶ》。筏《いかだ》の影《かげ》は海面にくっきりと映《うつ》っている。本当にこの海は果てしがない。地中海くらい大きそうだ。もしかしたら、大西洋にもひけをとらないかも。そうじゃないとは言いきれないぞ。
叔父《おじ》は何度も水深を調べた。ロープの先に重いつるはしをしばりつけ、海に沈《しず》めるのだ。ロープを三百五十メートル以上も繰《く》り出《だ》したけれど、海底には達しなかった。この手製の測鉛《そくえん》を引きあげるのはひと苦労だった。
つるはしを引きあげると、ハンスはその表面にくっきりと残った跡《あと》を指さした。まるで鉄のつるはしが、なにか固いものにはさまれたかのようだった。

ぼくはハンスを見つめた。

「テンデル」と彼は言った。

ぼくは意味がわからず、叔父《おじ》をふり返った。けれども叔父《おじ》は自分の考えに没頭《ぼっとう》するあまり、耳に入っていないらしい。ぼくは邪魔《じゃま》をすまいと、またハンスのほうを見た。ハンスは何度も口をあけ閉《し》めして、考えを伝えようとしている。

「歯か！」ぼくはびっくりしてそう叫《さけ》ぶと、鉄のつるはしをさらに注意深く観察した。

そう、たしかに歯型が金属に刻《きざ》みつけられている。してみると、驚異的《きょういてき》なあごの力だ。絶滅《ぜつめつ》したはずの怪物《かいぶつ》、サメよりも凶暴《きょうぼう》でクジラよりも恐《おそ》ろしい怪物《かいぶつ》が、深い海の底に生息しているのだろうか？　ぼくはかじられかけた鉄のつるはしから、目が離《はな》せなかった。おとといい見たあの夢が、現実になろうとしているのだろうか？

そう思うと、一日中心がざわついた。何時間かうとうとしたあいだも、ぼくは想像をたくましくしていた。

八月十七日（月）
軟体動物《なんたいどうぶつ》や甲殻類《こうかくるい》、魚類のあとを継《つ》ぎ、地上に哺乳類《ほにゅうるい》が出現する前の中生代に繁栄《はんえい》していた動物たち特有の習性はなんだったろう？　そのころ世界は爬虫類《はちゅうるい》のものだった。怪物《かいぶつ》たちはジュラ紀*の海を支配していた。彼らは完璧《かんぺき》な身体組織を、自然からさずかっていた。なんて大きな体だろう！　なんてものすごい力なんだ！　いま生きているトカゲたちは、ワニのようにもっとも大きく恐《おそ》ろしいものでも、太古の先祖たちに比べればちっぽけで弱々しい。

＊原注　中生代の海のこと。この海からジュラ山脈を形成する地層《ちそう》が作られた。

　そんな怪物《かいぶつ》を思《おも》い浮《う》かべて、ぼくは身震《みぶる》いした。その生きた姿《すがた》を目《ま》のあたりにした人間は、ひとりもいない。なにしろ人類よりもはるか以前に、この世に出現した動物なのだから。けれどもイギリス人学者がライアス統《とう》〔ジュラ紀の初期の地層〕と名づけた粘土質《ねんどしつ》の石灰岩《せっかいがん》地層《ちそう》から骨《ほね》の化石が見つかり、それをもとに骨格《こっかく》が再現されて、巨大《きょだい》な姿《すがた》を知ることができた。

　ぼくはハンブルク博物館で、体長十メートルもある恐竜の骨格《こっかく》を見たことがある。それじゃあ地上の住人たるこのぼくが、そんな太古の動物たちとここで対面するのだろうか？　いや、ありえない。でも鉄のつるはしには、力強い歯型がついていた。しかもそれはワニの歯のように、円錐形《えんすいけい》をしているのは間違《まちが》いなかった。

　ぼくは恐《おそ》れおののきながら、じっと海を見つめた。海底の洞窟《どうくつ》に住んでいる海獣《かいじゅう》が、いまにも飛び出してくるような気がした。

どうやらリーデンブロック教授も、同じことを考えているらしい(さすがに、ぼくほどびくついてはいないけれど)。というのも叔父《おじ》はつるはしを調べると、海を見まわしていたから。

《やれやれ》とぼくは内心思った。《水深を測ろうなんて、思わなければよかったのに。せっかく海底に潜《ひそ》んでいた動物を、刺激《しげき》してしまったぞ。途中《とちゅう》、攻撃《こうげき》されずにすめばいいが……》

ぼくは武器にちらりと目をやり、きちんと手入れされているのをたしかめた。叔父《おじ》はそんなぼくのようすを見て、大丈夫《だいじょうぶ》というようにうなずいた。

早くも海面が荒《あ》れ始めた。底のほうで、なにか不穏《ふおん》な動きがある証拠《しょうこ》だ。危険《きけん》が迫《せま》っている。警戒《けいかい》しなければ。

八月十八日(火)
夜になった。いや、むしろ、眠気《ねむけ》がまぶたを重くするときが訪《おとず》れたと言うべきだろう。この大洋に、夜はないのだから。執拗《しつよう》に射《さ》す強烈《きょうれつ》な光のせいで、目が疲《つか》れてしまった。まるで白夜《びゃくや》が続く北極地方《ほっきょくちほう》を航海しているかのようだ。ハンスは舵《かじ》をとっている。彼が当直のあいだに、ぼくは眠《ねむ》った。

二時間後、激《はげ》しい揺《ゆ》れで目を覚ました。ものすごい勢いで筏《いかだ》が宙《ちゅう》に浮《う》かび、四十メートル先まで飛ばされた。

「いったいなにごとだ？」と叔父《おじ》がたずねた。「衝突《しょうとつ》か？」

ハンスが海を指さした。四百メートルほどむこうで、黒い塊《かたまり》が浮《う》き沈《しず》みを繰《く》り返《かえ》している。それを見て、ぼくは叫《さけ》んだ。

「巨大《きょだい》なネズミイルカだ！」

「ふむ」と叔父《おじ》が応《こた》える。「ほら、今度はばかでかい海トカゲも」

「そのむこうには、ワニの化け物もいます。ほら、あの大きな口。牙《きば》がずらりと並《なら》んで。ああ、沈《しず》んでいく」

「クジラだ。クジラもいるぞ！」叔父《おじ》は叫《さけ》んだ。「特大のひれが見えた。噴気孔《ふんきこう》から、空気と水を噴《ふ》き出《だ》している」

なるほど、二本の水柱《みずばしら》が海上高くまで伸《の》びていた。ぼくたちは海獣《かいじゅう》の群れを前に、ただ茫然《ぼうぜん》と驚《おどろ》きあきれるばかりだった。怪物《かいぶつ》はみな、この世のものとは思えないほどの大きさだった。いちばん小さいものでも、ひと嚙《か》みで筏《いかだ》をばらばらにできそうだ。近づいては危《あぶ》ないと、ハンスは舵《かじ》を風上に切ろうとした。すると反対側にも、負《ま》けず劣《おと》らず恐《おそ》ろしい敵

筏が宙に浮かんだ

が控《ひか》えているではないか。横幅《よこはば》が十三メートルもあろうかという大亀《おおがめ》と、体長十メートルにもなる海蛇《うみへび》だ。海蛇《うみへび》は巨大《きょだい》な頭を波に打ちつけている。

挟《はさ》み撃《う》ちにされてしまった。海獣《かいじゅう》どもが近づいてくる。特急列車にも匹敵《ひってき》するスピードで、筏《いかだ》の周囲に同心円を描《えが》いてぐるぐるとまわり始めた。ぼくはカービン銃《じゅう》をつかんだ。でも固い鱗《うろこ》に覆《おお》われた体は、銃弾《じゅうだん》も撥《は》ね返《かえ》してしまうのでは？

ぼくたちは恐怖《きょうふ》のあまり声もなかった。海獣《かいじゅう》はもうそこまで来ている。かたやワニ。かたや海蛇《うみへび》。残りは姿《すがた》を消してしまった。ぼくが引き金を引こうとしたそのとき、ハンスがやめろと制止した。二匹《ひき》は筏《いかだ》から百メートルのところを通過して、互《たが》いにぶつかりあった。怒《いか》りのあまり、ぼくたちのことなど目に入っていないらしい。

筏《いかだ》から二百メートルのところで一騎打《いっきう》ちが始まった。二匹《ひき》の怪物《かいぶつ》が戦うさまがはっきりと見える。

ほかの海獣《かいじゅう》たちも、ちらちらと見《み》え隠《かく》れする。クジラ、トカゲ、亀《かめ》。みんな戦いに加わろうと、やって来たらしい。ぼくはハンスのほうを見て、海獣《かいじゅう》たちを指さした。けれどもハンスは首を横にふり、こう言った。

「トヴァ」

「なに？　二匹《ひき》？　海獣《かいじゅう》は二匹《ひき》だけだって言うのか……」

「そのとおり！」と叔父《おじ》が叫《さけ》んだ。眼鏡《めがね》はまだしっかりかけている。

「でも……」

「そうなんだ。一匹《ぴき》はネズミイルカの鼻づらとトカゲの頭、ワニの歯をしているので、見間違《みまちが》えてしまったが、太古の爬虫類《はちゅうるい》のなかでももっとも恐《おそ》ろしい、イクチオサウルスという生き物さ」

「それじゃあ、もう一匹《ぴき》は？」

「もう一匹《ぴき》はプレシオサウルス。亀《かめ》のような甲羅《こうら》を持った蛇《へび》で、イクチオサウルスの恐《おそ》ろしい敵だ」

ハンスの言ったとおりだった。二匹《ひき》の怪物《かいぶつ》が暴れただけで、あんなに海面が乱《みだ》れているのだ。いまぼくの目の前には、太古の海の爬虫類《はちゅうるい》がいる。イクチオサウルスの血走った目は、人間の頭くらい大きかった。自然が授《さず》けたこの強力な視覚器官《しかくきかん》は、海獣《かいじゅう》が住む深海の水圧にも耐《た》えることができる。この生き物がイクチオサウルス、つまりトカゲクジラと呼《よ》ばれたのもむべなるかな。そのすばしっこさと大きさを兼《か》ね備《そな》えているのだから。体長は三十メートルをくだらない。垂直《すいちょく》の尾《お》ひれを海上に持ちあげたとき、その大きさがはっきりとわかった。博物学者によれば、巨大《きょだい》な口には少なくとも百八十二本の歯が生えているという。

プレシオサウルスは円筒状《えんとうじょう》の胴《どう》に短い尾《お》がついた海蛇《うみへび》で、櫂《かい》の形をした手足がある。体はすべて甲羅《こうら》で覆《おお》われ、白鳥のように長いしなやかな首を伸《の》ばすと、海面から十メートル近くにまで達した。

二匹《ひき》の海獣《かいじゅう》は激《はげ》しい戦いを繰《く》り広《ひろ》げた。山のような大波が立って押《お》し寄《よ》せ、筏《いかだ》は危《あや》うく二十回も転覆《てんぷく》するところだった。耳を聾《ろう》する音が、ひゅうひゅうと鳴《な》り響《ひび》いている。二匹《ひき》は絡《から》み合《あ》い、どっちがどっちだかわからないほどだった。勝者が激昂《げきこう》のあまり、大暴れしないとも限らない。

一時間、二時間がすぎても、仮借《かしゃく》ない戦いは続いた。二匹《ひき》の海獣《かいじゅう》は筏《いかだ》に近づいては、また離《はな》れていった。ぼくたちはいつでも撃《う》てるように銃《じゅう》を構えて、じっとようすをうかがった。

突然《とつぜん》、イクチオサウルスとプレシオサウルスは波間に大きな渦巻《うずまき》を穿《うが》ちながら姿《すがた》を消し、そのまま何分かがすぎた。戦いの決着は、海底でつくことになるのだろうか？

巨大《きょだい》な頭部が、いきなり海中から飛び出した。プレシオサウルスの頭だ。怪物《かいぶつ》は深手《ふかで》を負っていた。大きな甲羅《こうら》もはがれ落ち、ただ長い首が持ちあがっては倒《たお》れを繰《く》り返《かえ》している。ぴんと伸《の》びたあと崩《くず》れ落《お》ちた首は、鞭《むち》のように波を打ち、切られた虫さながら身をよじらせた。水しぶきが遠くまで飛び散り、あたりが見えなくなるくらいだった。やがて海《かい》

二匹の海獣は激しい戦いを繰り広げた

獣《じゅう》の苦しみは終わりに近づいた。のたうちまわる体の動きが鈍《にぶ》くなり、ぐったりし始める。ずたずたになった大蛇《だいじゃ》は、静まった波間に力なく横たわった。

それじゃあイクチオサウルスのほうは、海底の洞窟《どうくつ》に戻《もど》ったのか？　それとも、また海上にあらわれるのだろうか？

34　巨大な水柱《みずばしら》

八月十九日(水)

さいわい強風のおかげで、海戦の舞台《ぶたい》からさっさと逃《に》げ出《だ》すことができた。ハンスはあい変らず舵《かじ》をとっている。それまでむっつりと考えこんでいた叔父《おじ》も、あの恐《おそ》ろしい戦いを目《ま》のあたりにしてしばらくは興奮気味《こうふんぎみ》だったけれど、再び忍耐強《にんたいづよ》く海を見つめ始めた。

航海はもとどおり単調なペースに戻《もど》ったけれど、ぼくは昨日のような危険《きけん》を冒《おか》してまで、それを破りたいとは思わなかった。

八月二十日(木)

かなり不規則な北北東の風。暑い。筏《いかだ》は時速十四キロで進んでいる。

昼ごろ、はるか遠くから音が聞こえた。なんの音なのかわからないけれど、とりあえずその事実だけは書きとめておこう。絶え間なく続く、ざわめきのような音だ。

「どこか遠くに岩礁《がんしょう》か小島があって、波が打ち寄せているんだろう」と叔父《おじ》は言った。

ハンスがマストのてっぺんによじのぼったけれど、岩礁《がんしょう》らしきものは見あたらないという。海は見わたす限りどこまでもまっ平らだった。

こうして三時間がすぎた。ざわめきは、遠くで水が落ちる音のようだった。

いくらぼくがそう言っても、叔父《おじ》は首を横にふるばかりだ。でも、ぼくには正しいという自信があった。筏《いかだ》は大きな滝《たき》にむかってまっしぐらに進み、深い淵《ふち》の底へ落ちようとしているのではないか？　叔父《おじ》ならそれも大歓迎《だいかんげい》だろう。地下へまっすぐおりたくて、たまらないんだから。でもぼくは、そんなことはごめんだ……

ともかく風下数十キロのところで、なにか騒《さわ》がしい現象《げんしょう》が起きているらしい。だってざわめきは、いっそう激《はげ》しさを増しているじゃないか。それは空から聞こえるのだろうか？　それとも海から？

ぼくは大気中に漂《ただよ》う霧《きり》の奥《おく》に目を凝《こ》らした。空は穏《おだ》やかだった。天高くへとのぼった雲は、輝《かがや》く光に紛《まぎ》れている。してみると、音は空から響《ひび》いてくるのではないようだ。

そこで今度は、霧《きり》の晴れたむこうにくっきりと浮《う》かぶ水平線をたしかめた。変わったところはなにもない。これは本当に水が落下する音、滝《たき》の音なのだろうか？　深い滝《たき》つぼに大量の海水が注ぎこむ音なのだろうか？　そうだとしたら、水の流れは勢いを増し、危険《きけん》を感じるほど速くなっているはずだ。ぼくは水面をじっと眺《なが》めたけど、それらしいようすはなにもない。空瓶《あきびん》を投げこんでみても、静かに浮《う》いたままだ。

四時ごろ、ハンスがすっくと立ちあがった。マストのてっぺんまでよじのぼり、筏《いかだ》の前に広がる海をぐるりと見まわすと、一点に目をとめる。驚《おどろ》きの表情はないものの、視線《しせん》は動かなかった。

「なにか見つけたようだな」と叔父《おじ》は言った。

「そのようです」

ハンスはマストから降《お》りると、南にむかって腕《うで》を伸《の》ばして言った。

「デル・ネーレ」

「むこうに？」と叔父《おじ》は訊《き》き返《かえ》し、望遠鏡をつかんで注意深く観察した。その一分間がぼくには一世紀にも感じられた。

「そうか、なるほど！」と叔父《おじ》は叫《さけ》んだ。

「なにが見えるんです？」

「波のうえに水が噴《ふ》きあがっているんだ」

「また海獣《かいじゅう》でしょうか?」

「そうかもしれん」

「だったら、舵《かじ》を西に切りましょう。太古の怪物《かいぶつ》と鉢合《はちあ》わせしたらどんなに危険《きけん》か、よくわかったじゃないですか」

「いや、このまま行こう」と叔父《おじ》は答えた。

ぼくはハンスをふり返った。けれどもハンスはしっかりと舵《かじ》を握《にぎ》って、一歩も譲《ゆず》るようすはない。

とはいえ海獣《かいじゅう》までの距離《きょり》は、少なくとも五十キロはあるだろう。噴《ふ》きあがる水柱《みずばしら》がそんなに遠くからも見えるなんて、よほど大きな生物に違《ちが》いない。常識的に考えれば逃《に》げるに越《こ》したことはないはずだが、そんな分別があったらそもそもここまで来てはいない。

というわけでぼくたちは、そのまま前進した。近づくにしたがって、噴水《ふんすい》はますます大きくなった。これほど大量の水を体内に溜《た》めこみ、それを間断《かんだん》なく放出できるなんて、いったいどんな怪物《かいぶつ》なんだ?

午後八時、怪物《かいぶつ》まであと八キロもない。でこぼこした黒い巨大《きょだい》な体が、小島のように浮《う》かんでいる。恐怖《きょうふ》による幻覚《げんかく》だろうか、その体長は二千メートルを超《こ》えているように見えた。いったい何者なんだ、このクジラは？　キュヴィエやブルーメンバッハ〔ドイツの動物学者〕のような生物学者だって、よもやこんな化け物が存在《そんざい》しようとは予想だにしなかったろう。怪《かい》物《ぶつ》は波に揺《ゆ》られることもなく、眠《ねむ》っているかのようにじっと動かない。脇腹《わきばら》に押《お》し寄《よ》せる波のほうが、砕《くだ》けてうねっているくらいだ。百五十メートルも噴《ふ》きあがった水柱《みずばしら》が、耳を聾《ろう》する音とともに降《ふ》り注《そそ》いでくる。一日にクジラ百頭を平らげても、こいつにはまだ足りないかもしれない。ぼくたちは無謀《むぼう》にも、そんな馬鹿《ばか》でかい海獣《かいじゅう》にむかっていった。

ぼくは恐《おそ》ろしくてたまらなかった。もうこれ以上、近づきたくない。いざとなったら帆《ほ》綱《づな》を切ってしまおう。だがぼくがいくら異《い》を唱《とな》えても、叔父《おじ》はとりあおうとしなかった。

突然《とつぜん》、ハンスが立ちあがり、怪物《かいぶつ》を指さして言った。

「ホルメ」

「島だって？」と叔父《おじ》が叫《さけ》ぶ。

「島なのか」ぼくも肩《かた》をすくめて言った。

「そりゃそうだ」叔父《おじ》は大笑いをした。

「でも、あの水柱《みずばしら》は？」

「ゲイサー」とハンスが答えた。

「ああ、たしかに間歇泉《＊ゲイサー》だろう」と叔父《おじ》は言った。「こんな間歇泉《ゲイサー》が、アイスランドにはいくつもあるんだ」

＊原注　ヘクラ山のふもとに、有名な間歇泉《かんけつせん》がある。

小島を海の怪物《かいぶつ》だと思いこんでいたのか。まさかそんな勘違《かんちが》いをしていたなんて。でも事実は事実、誤《あやま》りは素《す》直《なお》に認《みと》めねば。これはただの自然現象《げんしょう》なんだ。

近づくにつれ、水柱《みずばしら》はいっそう壮大《そうだい》になった。小島はほんとうにクジラそっくりだった。頭の部分は二十メートルの高さから、水面《みなも》を見おろしている。間歇泉《ゲイサー》はアイスランド語でゲイシールと発音し、もともと《激怒《げきど》》の意味だという。それが小島の先端《せんたん》から、おごそかに噴《ふ》きあげている。ときおり鈍《にぶ》い轟音《ごうおん》が鳴《な》り響《ひび》いたかと思うと、巨大《きょだい》な水柱《みずばしら》はさらに勢いを増して水蒸気《すいじょうき》の羽根飾《かざ》りを揺《ゆ》らし、雲のあたりまで高く伸《の》びるのだった。水柱《みずばしら》は一本だけだった。まわりには煙《けむり》も立っていなければ、温泉《おんせん》も湧《わ》いていない。火山の威力《いりょく》がすべて、ここに集まっているのだ。まばゆい水柱《みずばしら》に電光が注ぐと、水滴《すいてき》のひとつひとつが七色に染《そ》まった。

「筏《いかだ》をつけよう」と叔父《おじ》が言った。

けれども、水を含《ふく》んだ竜巻《たつまき》を注意深く避《さ》けねばならない。さもないと、筏《いかだ》は一瞬《いっしゅん》にして呑《の》みこまれてしまうだろう。ハンスは見事な舵《かじ》さばきで、小島の端《はし》に近づいた。

間歇泉がおごそかに噴きあげている

ぼくは岩に飛び乗った。叔父《おじ》もすばやくあとに続く。けれどもハンスはなにも驚《おどろ》くにはあたらないとばかりに、悠然《ゆうぜん》と持ち場にとどまった。

ぼくたちは珪質凝灰岩《けいしつぎょうかいがん》が混ざった花崗岩《かこうがん》の上を歩いた。熱い蒸気《じょうき》が渦《うず》まくボイラーみたいに、地面が足の下でかすかに震《ふる》えている。触《さわ》ってみると、地面は火傷《やけど》するほど熱かった。

間歇泉《かんけつせん》が噴出《ふんしゅつ》している小さな池が見えるあたりに着いた。沸騰《ふっとう》している水流に温度計を入れると、百六十三度もあった。

してみるとこのお湯は、地中の熱源《ねつげん》から来ているのだろう。リーデンブロック教授の説とは、大いに矛盾《むじゅん》することになる。ぼくはそう指摘《してき》せずにはおれなかった。

「ほう」と叔父《おじ》は言い返した。「それがなんの反証になるっていうんだ?」

「反証にはなりませんけどね」ぼくは素っ気ない口調《くちょう》で答えた。頑固《がんこ》な石頭相手では、話すだけ無駄《むだ》だ。

それでもここまでのところ、ぼくたちはとてもついていたと認《みと》めざるをえない。なぜかはわからないが、旅はことのほか恵《めぐ》まれた気温条件のもとで進んだ。けれどもいつかは地熱が限界を超《こ》え、温度計の目盛《めも》りを超《こ》えてしまう場所に着くのは明らかだろう。

まあ、いずれわかる。それが叔父《おじ》の言葉だった。叔父《おじ》は甥《おい》の名をとってこの火山島をアクセル島と命名し、乗船の合図をした。

ぼくはさらに何分か、間歇泉《かんけつせん》をじっと眺《なが》めた。そして、お湯が噴《ふ》き出《だ》すまでの時間が不規則なのに気づいた。ときおり勢いも衰《おとろ》えたかと思うと、また激《はげ》しく噴《ふ》き始《はじ》める。きっと地下に蓄積《ちくせき》された蒸気《じょうき》の圧力が変化するからだろう。

島でひと休みしているあいだにハンスは筏《いかだ》の整備をし、いよいよ出発となった。筏《いかだ》は南側の切り立った岩を避《さ》けながら沖《おき》へむかった。

ぼくはそのあいだに計器を調べ、航行距離《こうこうきょり》を計算した。それをここに書きとめておこう。筏《いかだ》はグラウベン港を出てから約千キロ進み、いまぼくたちはアイスランドから二千四百八十キロ、イギリスの下にいる。

35 嵐《あらし》

八月二十一日(金)

翌日《よくじつ》、巨大《きょだい》な間歇泉《かんけつせん》は姿《すがた》を消した。風が強まり、ぼくたちはアクセル島からぐんぐんと離《はな》れていった。轟《とどろ》きも徐々《じょじょ》に聞こえなくなった。

天気(と呼《よ》んでいいものならばだが)はほどなく変わりそうだ。塩水が気化したときに発生する電気が、水蒸気《すいじょうき》とともに運ばれ大気中に満ちている。手が触《ふ》れそうなほど低く垂《た》れこめた雲は、一面オリーブ色だった。電光をもさえぎる分厚い幕《まく》がおりた舞台《ぶたい》で、嵐《あらし》のドラマが始まろうとしている。

天変地異《てんぺんちい》が近づくと地上の動物たちがみなそうなるように、ぼくは気持ちがざわついてしかたなかった。南の空を埋《う》め尽《つ》くす積雲《＊せきうん》は、なにやら不吉《ふきつ》な感じがした。そういえば嵐《あらし》の前、雲はよくこんな《厳《きび》しい》表情を見せるものだ。空気は重苦しく、海は静かだった。

＊原注　丸い形の雲。

はるかかなたに浮《う》かぶ雲は、荒涼《こうりょう》とした景色のなかに大きな綿の球を山積みしたかのようだ。それらは徐々《じょじょ》にふくらみ、ひとつの大きな雲となった。あまりに重すぎるのか、水平線から離《はな》れることができない。それでも風が吹《ふ》き始《はじ》めると、雲は少しずつ広がり、空一面を暗く不気味に覆《おお》った。蒸気《じょうき》の塊《かたまり》が光を受け、灰色《はいいろ》の雲のうえできらきらと輝《かがや》くが、やがて不透明《ふとうめい》な塊《かたまり》のなかに消えていった。

大気には、ピリピリするような気配が満ちていた。それが体中にまといつき、発電装置《そうち》のわきにいるみたいに髪《かみ》の毛《け》が逆立った。いま、誰《だれ》かがぼくに触《ふ》れたら、激《はげ》しい電気ショックを受けるのではないか。

午前十時、嵐《あらし》の兆候《ちょうこう》はいっそう顕著《けんちょ》になった。風は力を蓄《たくわ》えるかのように、静まっている。空は渦《うず》まく風雨をつめこんだ巨大《きょだい》な革袋《かわぶくろ》だ。

ぼくは剣呑《けんのん》な空模様《そらもよう》など無視《むし》したかったけれど、思わずこう言ってしまった。

「天気が悪くなりそうですね」

叔父《おじ》は目の前に果てしなく広がる大海を、むっつりと眺《なが》めている。ぼくの言葉にも応《こた》えず、ただ肩《かた》をすくめただけだった。

「じきに嵐《あらし》が来ます」とぼくは言い、水平線にむけて腕《うで》を伸《の》ばした。「ほら、あの雲。あんなに低く垂《た》れこめて。まるで海を押《お》しつぶそうとしているかのようだ」

あたりは静まり返っている。自然は死人さながら、息をとめた。マストの先には、早くもセント・エルモの火〔嵐のとき、放電でマストの先などが光る現象〕が灯《とも》り出《だ》した。帆《ほ》は重くたるんで、ずりさがっている。筏《いかだ》は波ひとつない大海原《おおうなばら》の真ん中で、じっと動かなかった。ここで足止めを喰《く》らうなら、帆《ほ》をあげていても意味がない。ひとたび嵐《あらし》が始まったら、かえって危険《きけん》じゃないか。

「帆《ほ》をおろしましょう」とぼくは言った。「用心のため、マストも倒《たお》したほうが……」

「いや、いかん！」と叔父《おじ》は叫《さけ》んだ。「絶対にだめだ！　たとえ風に吹《ふ》き飛《と》ばされ、嵐《あらし》に流されようと、むこう岸へたどり着けるならそれでいい。筏《いかだ》など、ばらばらになってもかまわん」

その言葉が終わらないうちに、南の水平線が様相《ようそう》を変えた。凝結《ぎょうけつ》した水蒸気《すいじょうき》が雨粒《あまつぶ》となって降《ふ》りそそぐと、そうしてできた空隙《くうげき》に風が吹《ふ》きこんで嵐《あらし》となる。嵐《あらし》は洞穴《ほらあな》のいちばん奥《おく》からやって来た。あたりがいっそう暗くなり、走り書きのメモを取るのもやっとだ。筏《いかだ》が跳《は》ねあがって、宙《ちゅう》に浮《う》いた。その拍子《ひょうし》に、叔父《おじ》は床《ゆか》に投げ出された。ぼくはあわてて這《は》い進《すす》んだ。叔父《おじ》はロープの端《はし》にしがみつき、大自然の猛威《もうい》を嬉《うれ》しそうに眺《なが》めている。

ハンスはじっと動かない。強風にあおられた長い髪《かみ》がこわばった顔にかかり、異様《いよう》な形相《ぎょうそう》だった。というのも髪《かみ》の毛《け》一本一本の先端《せんたん》が逆立ち、かすかに光っていたから。不気味なその顔は、魚竜《ぎょりゅう》やオオナマケモノが生きていたころの、太古の人間のようだった。

マストはなんとか持ちこたえていた。帆《ほ》ははじける寸前《すんぜん》の泡《あわ》のように、ぴんと張っている。筏《いかだ》はものすごい勢いで進み続けた。けれども、筏《いかだ》の下を走《はし》り抜《ぬ》けるしぶきに比べればものの数ではない。その速さたるや、まっすぐな線に見えるほどだった。

「帆《ほ》を！　帆《ほ》を！」とぼくは叫《さけ》んで、帆《ほ》をおろす身ぶりをした。

「だめだ」叔父《おじ》は答えた。

「ネイ」とハンスも言って、ゆっくり首を横にふった。

そうこうするあいだにも、雨は轟《とどろ》く大滝《おおたき》となって水平線を覆《おお》った。ぼくたちは水平線にむかい、無我夢中《むがむちゅう》で突進《とっしん》した。けれども雨が到達《とうたつ》する前に、雲のベールが引《ひ》き裂《さ》かれた。

ハンスの髪が光っていた

海は沸騰《ふっとう》し、電光がきらめいた。空の高みで続く化学作用により、電気が発生したのだ。切れ切れの雷鳴《らいめい》に、稲光《いなびかり》が混じり合う。轟音《ごうおん》が響《ひび》くなかに、無数の光が行き交った。蒸気《じょうき》の塊《かたまり》は白熱し、光《ひか》り輝《かがや》く雹《ひょう》が道具や武器にばらばらとぶつかった。逆立つ大波は内部に炎《ほのお》をくすぶらせた小さな火山さながら、波頭《なみがしら》を燃えるように光らせている。

強烈《きょうれつ》な光が目をくらまし、雷《かみなり》の大音響《だいおんきょう》が耳をつんざく。ぼくは必死の思いでマストにしがみついた。けれどもマストは、嵐《あらし》に襲《おそ》われた葦《あし》のようにたわんだ。

……………………………………

〔航海日誌《にっし》はこの先、不完全なものになっている。とっさに目についたことを、いわば機械的に書きつけたにすぎない。けれども短くて不明瞭《ふめいりょう》なだけに、ぼくの動揺《どうよう》ぶりがよくわかり、記憶《きおく》にもとづいて書くよりも臨場感《りんじょうかん》があるだろう。〕

……………………………………

八月二十三日(日)

ここはどこだ? ぼくたちは驚異的《きょういてき》なスピードで運ばれてきた。

恐《おそ》ろしい一夜だった。嵐《あらし》はまだ続いている。あたりにはざわめきが続き、絶えず爆音《ばくおん》が響《ひび》いた。ぼくたちは耳から出血し、言葉を交《か》わすこともできない。

稲光《いなびかり》もやむ気配はない。ジグザグの光がきらめいたかと思ったら、今度は下から上へ戻《もど》って花崗岩《かこうがん》の丸天井《まるてんじょう》を直撃《ちょくげき》した。ああ、もし天井《てんじょう》が崩《くず》れたら! 稲妻《いなずま》は二股《ふたまた》に分かれたり、爆弾《ばくだん》のように輝《かがや》く火の玉となって降《ふ》りそそいだりした。だからといって、騒音《そうおん》は変わらない。人間の耳が知覚できる限度を、とっくに超《こ》えてしまったのだ。たとえ世界中の火薬庫がここでいっせいに爆発《ばくはつ》しても、《いま以上の音は聞こえないだろう》。

雲の表面にも、絶えず光が走った。電気を帯びた物質が、雲の分子から放出されるのだ。空気の成分は、あきらかに変質していた。無数の水柱《みずばしら》が天にあがっては、泡立《あわだ》ちながら落ちてくる。

ぼくたちはどこへむかっているのだろう? 叔父《おじ》は筏《いかだ》の端《はし》に、長々と寝《ね》そべっていた。

八月二十四日(月)

ひどく暑い。温度計を見ると……(数字は消えてしまった)

嵐《あらし》はやみそうにない。こんなに濃密《のうみつ》な大気だから、いったん変化するともとに戻《もど》らないのだろう。

ぼくたちは、もうへとへとだった。けれどもハンスはいつもどおりだ。筏《いかだ》はあいかわらず南東にむかって進んでいる。アクセル島から、もう八百キロ以上来てしまった。

正午になると、嵐《あらし》の勢いはさらに増した。積み荷はすべて、しっかり縛《しば》りつけておかねばならない。ぼくたち自身もだ。波が頭上を飛んでいく。

ぼくたちは三日前から、ひと言も言葉を交《か》わせなかった。いくら口をひらき唇《くちびる》を動かしても、声が相手に届《とど》かない。耳もとで叫《さけ》んでも、やはり声は聞こえなかった。

叔父《おじ》がぼくに近寄り、なにか言葉を発した。「もうだめだ」と言ったような気がするけれど、はっきりとはわからない。

ぼくは意を決し、筆談で「帆《ほ》をおろしましょう」と書いた。

叔父《おじ》はわかったというようにうなずいた。

叔父《おじ》が顔をあげる間もなく、筏《いかだ》の端《はし》に火の玉があらわれた。マストと帆《ほ》がひとかたまりになってはずれ、天高く飛んでいくのが見えた。まるで太古に生きていた不思議な鳥、翼《よく》手竜《しゅりゅう》のようだ。

ぼくたちは恐怖《きょうふ》で凍《こお》りついた。半分白く、半分青い火の玉は直径三十センチほど。ちょうど爆弾《ばくだん》くらいの大きさだ。それが強風に吹《ふ》かれて猛《もう》スピードで回転しながら、ゆっくりと漂《ただよ》っている。筏《いかだ》の丸太に乗ったかと思うと、食糧《しょくりょう》の袋《ふくろ》に飛び移り、ゆっくりとおりて火薬ケースの脇《わき》をかすめる。危《あぶ》ない！　吹き飛《と》ぶぞ！　いや、大丈夫《だいじょうぶ》。まぶしい火の玉は離《はな》れていった。今度はハンスに近づいていく。ハンスはそれをじっと見つめた。次は叔父《おじ》だ。叔父《おじ》は這《は》いつくばって逃《に》げまわった。そしてとうとう、ぼくのほうにもやって来る。ぼくはその光と熱に気《け》おされ、真っ青になって震《ふる》えるばかりだった。足もとで旋回《せんかい》する火の玉を、ぼくは必死に避《さ》けようとした。ところが、どうしても足が動かない。

硝酸《しょうさん》ガスの臭《にお》いがあたりに立ちこめた。それが喉《のど》や肺《はい》にまで入りこんで、息ができない。

なんで足を引っこめられないんだ？　筏《いかだ》に張りついてしまったのだろうか？　そうか、帯電《たいでん》した火の玉が落ちてきたせいで、船上の鉄がすべて磁化《じか》したんだ。計器、道具、武器、すべてかちゃかちゃと音をたてながら、ぶつかり合っている。ぼくの靴《くつ》の釘《くぎ》も、筏《いかだ》に張った鉄板にくっついてしまった。これでは足が動くわけがない。

火の玉はくるくると回転しながら足に近づいた。その瞬間《しゅんかん》、ぼくは必死の努力で床《ゆか》から足を引《ひ》き離《はな》した。危《あや》ういところで、巻《ま》きこまれるところだった……

ああ、なんて強烈《きょうれつ》な光なんだ。火の玉が破裂《はれつ》し、ぼくたちは噴出《ふんしゅつ》する光に包まれた。

そしてすべてが消え去った。最後の瞬間《しゅんかん》、筏《いかだ》に横たわる叔父《おじ》が見えた。ハンスは舵《かじ》を握《にぎ》

火の玉がゆっくりと漂っている

ったまま、電流に貫《つらぬ》かれて《火を吐《は》いている》。
ぼくたちはどこへ行くんだ？　どこへ？

……………………………………

八月二十五日（火）
長いこと気を失っていたらしい。気がつくと、嵐《あらし》はまだ続いていた。大気に放たれた蛇《へび》の群れのように、稲妻《いなずま》が空を切《き》り裂《さ》いている。
ぼくたちはまだ、海の上なのか？　そう、ものすごいスピードで運ばれていく。とっくにイギリスの下を通りすぎてしまっただろう。英仏海峡《かいきょう》を越《こ》えてフランスを抜《ぬ》け、きっとヨーロッパもあとにしたことだろう。

……………………………………

新たな音が聞こえる。あれは波が岩に砕《くだ》ける音だ。だとしたら……

36 漂《ひょう》着《ちゃく》

ぼくが《航海日誌《にっし》》と呼《よ》ぶものはここで終わる。筏《いかだ》が遭難《そうなん》しても日誌《にっし》はさいわい失《な》くさずにすんだが、このあとはまた前と同じように話を進めよう。

筏《いかだ》が岸辺の岩礁《がんしょう》に激突《げきとつ》したとき、いったいなにが起きたのか、はっきりとしたことはわからない。ぼくは海に投げ出されるのを感じた。それでも九死に一生を得、尖《とが》った岩にぶつかってずたずたにならずにすんだのは、ハンスが力強い腕《うで》で深淵《しんえん》から引きあげてくれたからだった。

勇敢《ゆうかん》なアイスランド人はぼくを波から救い出し、熱い砂浜《すなはま》に叔父《おじ》と並《なら》べて寝《ね》かせた。

それからハンスは、荒波《あらなみ》が砕《くだ》ける岩場に戻《もど》り、難破船《なんぱせん》の漂着物《ひょうちゃくぶつ》を回収《かいしゅう》した。ぼくは口をきく力もなかった。不安と疲労《ひろう》でもうくたくただ。元気を取《と》り戻《もど》すには、たっぷり一時間かかった。

そのあいだも、大雨は降《ふ》り続《つづ》いていた。こんなに雨が激《はげ》しくなるのは、嵐《あらし》の終わりが近い証拠《しょうこ》だ。頭上に積み重なった岩が、空からそそぐ激流《げきりゅう》から身を守る隠《かく》れ家代《が》わりになった。ハンスが食事のしたくをしたけれど、ぼくは口をつけられなかった。三日間の徹夜《てつや》で疲《つか》れきり、みんな眠《ねむ》くてたまらなかった。

翌日《よくじつ》はすばらしい天気だった。空も海も申し合わせたように穏《おだ》やかだ。嵐《あらし》はあとかたもなく姿《すがた》を消していた。ぼくの目ざめを迎《むか》えたのは、叔父《おじ》の陽気な声だった。びっくりするほど上機嫌《じょうきげん》だ。

「はてさて、アクセル！」と叔父《おじ》は叫《さけ》んだ。「よく眠《ねむ》れたかね？」

まるでケーニッヒ通りの家にいるかのようじゃないか。ぼくは悠然《ゆうぜん》と朝食におりてきたところで、まさにその日、かわいいグラウベンとの結婚式《けっこんしき》が行われるかのような。

ああ、嵐《あらし》があともう少し筏《いかだ》を東にむかわせていたならば、ぼくたちはドイツの下を通っていただろう。懐《なつ》かしいハンブルクの町の下を、愛するものすべてがある通りの下を。そうしたら、ぼくらを隔《へだ》てる距離《きょり》はほんの百六十キロだったのに。けれどもそこには分厚い岩盤《がんばん》がある。花崗岩《かこうがん》の壁《かべ》が百六十キロにわたり頭上に立ちふさがっていて、実際には四千キロ以上の道のりを越《こ》えてゆかねばならない。

そんなつらい思いが一瞬《いっしゅんのうり》脳裏をかすめ、叔父《おじ》に返事をしそこねてしまった。

「どうした」と叔父《おじ》は続けた。「よく眠《ねむ》れたかどうかも、答えたくないっていうのか？」

「よく眠《ねむ》れましたよ。まだ疲《つか》れているけど、大丈夫《だいじょうぶ》です」

「大丈夫《だいじょうぶ》に決まっとる。ちょっと疲《つか》れているくらい、どうということないさ」

「それにしても、今朝はずいぶんご機嫌《きげん》ですね、叔父《おじ》さん」

「ああ、そうとも、大満足さ。やっとたどり着いたのだから」

「探検《たんけん》の目的地に？」

「いや、果てしなく続いた海のむこう岸にだ。これからはまた陸路をたどり、いよいよ地球の奥底《おくそこ》をめざして突《つ》き進《すす》むぞ」

「でも叔父《おじ》さん、ひとつうかがってもいいですか？」

「なんだね、アクセル」

「帰りはどうするんです？」

「帰りだって？　まだ先が長いというのに、おまえは帰りの心配をしているのか？」

「いえ、ただ、どうやって帰るのかと思って」

「別に簡単《かんたん》な話さ。地球の中心まで達したら、地上に出る新たな口を見つけるか、来た道をそのまま引き返すかだ。帰り道がふさがってしまうとは思えないからな」

「だったら、筏《いかだ》をきちんと整備しておかないと」

「まさしく」

「でも、食糧《しょくりょう》は残っているんですか？　そんな大仕事を達成しようというのに」

「ああ、充分《じゅうぶん》だ。ハンスは抜《ぬ》け目《め》がないからな。積み荷はほとんど無事なはずだ。ともかく、たしかめに行こう」

ぼくたちは風通しのいい洞窟《どうくつ》を出た。ぼくの胸《むね》には、期待と不安がない交ぜになっていた。筏《いかだ》はあんなに激《はげ》しく岩場にぶつかったんだから、積み荷も甚大《じんだい》な被害《ひがい》をこうむったはずだ。ところが、そう思ったのは間違《まちが》いだった。海岸に着くと、整然と並《なら》べられた荷物に囲まれ、ハンスが待っているではないか。叔父《おじ》は感謝の気持ちをこめて、その手を握《にぎ》った。いやまったく、類《たぐい》まれなる忠誠心《ちゅうせいしん》の持ち主だ。彼はぼくたちが眠《ねむ》っているあいだにも仕事の手を休めず、大事な荷物を命がけで守ったのだった。いちじるしい損害《そんがい》がなかったわけではない。例えば武器は流されてしまったが、それはなしですますこともできる。予備の火薬は嵐《あらし》のあいだに危《あや》うく爆発《ばくはつ》しかけたけれど、どうにかことなきをえた。

「やれやれ」と叔父《おじ》は言った。「銃《じゅう》がなければ、狩《か》りはあきらめねば」

「それはともかく、計器は？」

「ほらここに、圧力計《マノメーター》が。なにものにも代えがたい、いちばん大事な品だ。こいつさえあれば、どれくらいの深さか測定できるし、いつごろ中心に達するかもわかる。さもなければ中心を通りすぎ、地球の反対側に突《つ》き抜《ぬ》けてしまうかも」

叔父《おじ》はやけに陽気だった。

「でも、コンパスは？」ぼくはたずねた。

「あるとも、あの岩のうえに。どこも壊《こわ》れてない。精密時計《クロノメーター》や温度計《サーモメーター》もだ。ああ、ハンスはまったくすごい男だ」

たしかにそれは認《みと》めねばならないだろう。計器はなにひとつなくなっていない。道具類は砂浜《すなはま》に散らばっていた。縄梯子《なわばしご》、ロープ、ピッケル、つるはしなどだ。

しかし食糧《しょくりょう》の問題を、はっきりさせておかなくては。

「それで、食べ物は？」とぼくはたずねた。

「たしかめてみよう」叔父《おじ》は答えた。

食糧《しょくりょう》をおさめた箱が海岸に並《なら》んでいた。保存《ほぞん》状態は完璧《かんぺき》で、荒海《あらうみ》の被害《ひがい》はほとんど受けていない。ビスケット、塩漬《しおづ》け肉《にく》、ジン、干《ほ》し魚《うお》、全部合わせてまだ四か月は持ちそうだ。

「四か月か！」と叔父《おじ》は叫《さけ》んだ。「それだけあれば、往復するのに充分《じゅうぶん》だ。余った食糧《しょくりょう》で、ヨハネウム学院の同僚《どうりょう》に豪勢《ごうせい》な夕食をふるまうことだってできるぞ」

叔父《おじ》の気質にはとっくに慣れていたはずなのに、ぼくにはまだまだ驚《おどろ》くことばかりだった。

「それじゃあ」と叔父《おじ》は言った。「水の補給《ほきゅう》もしておこう。花崗岩《かこうがん》のくぼみに溜《た》まった嵐《あらし》の雨水で。そうすれば、渇《かわ》きに苦しめられる恐《おそ》れもないぞ。筏《いかだ》はきちんと修理をしておくよう、ハンスに言っておく。もう使う必要もないだろうがな」

「どういうことなんです？」ぼくは叫《さけ》んだ。

「ひとつ、考えがあるんだ。入ってきたところから、また出ることにはならんだろう」

ぼくは疑《うたが》わしげに叔父《おじ》を眺《なが》めた。もしかして、頭がおかしくなったのでは？　けれども今思えば、叔父《おじ》は自分でも気づかずに真実を言いあてていたのだった。

「さあ、朝食にしよう」と叔父《おじ》は続け、ハンスに指示を与《あた》えた。

ぼくは叔父《おじ》のあとについて、小高い岬《みさき》にむかった。干し肉《ほにく》とビスケットにお茶までついた、すばらしい朝食だった。正直言って、こんなにおいしい食事ははじめてだ。空腹《くうふく》、野外の空気、嵐《あらし》が過ぎ去ったあとの静けさのおかげで、大いに食欲《しょくよく》が刺激《しげき》されたのだろう。

朝食をとりながら、いまどこにいるのか叔父《おじ》にたずねてみた。

「計算するのは難《むずか》しそうですが」とぼくは言った。

「たしかに、正確に計算するのはな」と叔父《おじ》は答えた。「不可能と言ってもいいくらいだ。嵐《あらし》のあいだ三日は、筏《いかだ》の速度も進行方向も記録できなかったのだから。しかし、おおよその状況《じょうきょう》は推測《すいそく》できる」

「最後に観測したのは、間歇泉《かんけつせん》の島でしたね……」

「ああ、アクセル島だ。地球の真ん中で見つかった最初の島に自分の名前がつけられるという栄誉《えいよ》を、ありがたく受けておけ」

「はい。それじゃあそのアクセル島で、ぼくたちはすでに海を千八十キロほど渡《わた》り、アイスランドからおよそ二千四百キロのところまで来ていました」

「よし、そこから始めよう。そのあと嵐《あらし》の四日間、筏《いかだ》は一日三百キロ以上進んだはずだ」

「そうですね。するとプラス千二百キロだ」

「よし。するとリーデンブロック海は端《はし》から端《はし》まで、約二千三百キロということになる。わかるか、アクセル、これは地中海にも劣《おと》らん大きさだぞ」

「ええ、もし縦《たて》に渡《わた》ったのだとすれば、横はもっと大きいでしょうね」

「その可能性もあるな」

「でも、不思議ですね」とぼくはつけ加えた。「計算が正しければ、いままさにその地中海が、頭上にあるはずなんです」

「本当か？」

「間違《まちが》いありません。だってぼくたちは、レイキャヴィックから三千六百キロのところまで来たんですから」

「なかなかな道のりじゃないか。しかしそれは、方向がずれていなければの話だ。さもないと地中海ではなく、トルコか大西洋の下に出てしまったかもしれん」

「大丈夫《だいじょうぶ》、風向きは変わりませんでした。ですからこの浜《はま》は、グラウベン港の南東に位置するはずです」

「なるほど。コンパスをたしかめれば、すぐにわかることだ。さあ、見てみよう」

叔父《おじ》はハンスが計器を並《なら》べておいた岩にむかった。両手をこすり合わせたり、もったいぶったポーズを取ってみたり、実に陽気で楽しげで、まるで若者《わかもの》のようだ。ぼくは自分の計算が間違《まちが》っていないか早く知りたくて、叔父《おじ》のあとを追った。

岩の前に着くと、叔父《おじ》はコンパスを取って水平に置き、針《はり》を見つめた。針《はり》はゆらゆら揺《ゆ》れたあと、磁力《じりょく》の作用で一点にとまった。

叔父《おじ》はそれを見て目をこすり、しばらくまた凝視《ぎょうし》していたが、びっくりしたようにぼくをふり返った。

「どうかしたんですか?」とぼくはたずねた。

コンパスを見てみろと、叔父《おじ》は身ぶりでうながした。ぼくは驚《おどろ》きのあまり、あっと叫《さけ》んだ。コンパスの針《はり》が指している北は、ぼくたちが南だと思っていた方向だった。針《はり》は海のほうではなく、浜辺《はまべ》のほうにむいていたのだ。

ぼくはコンパスを揺《ゆ》らし、たしかめた。壊《こわ》れているようすはない。いくら位置を変えてみても、針《はり》は決まって予想外の方角を指した。

こうなるともう、疑《うたが》いの余地はない。嵐《あらし》のあいだ、ぼくたちが気づかないうちに風むきが急変し、筏《いかだ》は最初に出発した浜《はま》のほうへとあと戻《もど》りしてしまったのだ。

37　骨の大平原

そのあとリーデンブロック教授をつぎつぎに襲《おそ》った感情の波は、とうてい描《えが》き出《だ》せそうにない。驚愕《きょうがく》、疑念《ぎねん》、そして最後は怒《いか》り。はじめは狼狽《ろうばい》していた人間が、やがてはこんなに激昂《げきこう》し始めるなんて、いまだかつて目にしたことがない。骨《ほね》の折れる航海、危険《きけん》の数々を、すべていちからやりなおさねばならないなんて。ぼくたちは前進するのではなく、後退していたんだ。

けれども叔父《おじ》はすぐに立ちなおり、こう叫《さけ》んだ。

「ああ、運命はかくもこの身を翻弄《ほんろう》するのか！　大自然が力を合わせ、わたしを陥《おとしい》れようとしている。大気や火、水が手を組んで、行く手をはばもうとしているんだ。やれるものならやってみろ！　わが意志の強さを思い知らせてやる。負けるものか。一歩も引かないぞ。勝つのは人間か自然か、いまにわかるぞ」

怒《いか》りに燃えたオットー・リーデンブロック教授は、ギリシャ神話の英雄《えいゆう》アイアースさながら岩のうえで仁王《におう》立ちになり、神々に挑戦《ちょうせん》しているかのようだった。ここらでぼくが割《わ》って入り、叔父《おじ》の度《ど》はずれた激情《げきじょう》にブレーキをかけたほうがよさそうだ。

「まあ、聞いてください」ぼくは語気を強めて言った。「この世では、どんな野望にも限界があります。不可能に挑戦《ちょうせん》してもだめなんです。海を渡《わた》るには、装備《そうび》が不十分だ。丸太を寄せ集め、毛布を帆《ほ》の代わりに、ストックをマストにした筏《いかだ》で、暴風雨に逆らって二千キロを横断するなんてできやしません。まともな操縦《そうじゅう》もできず、嵐《あらし》のおもちゃになるだけです。そんな不可能な航海をもう一度やろうなんて、正気の沙汰《さた》じゃありません」

こんな反論《はんろん》の余地のない理屈《りくつ》を、ぼくは十分間にわたりとうとうと述べた。途中《とちゅう》、一度もさえぎられなかったけれど、それは叔父《おじ》がうわの空で、ぼくの話などひと言も聞いていなかったからだ。

「さあ、筏《いかだ》へ！」と叔父《おじ》は叫《さけ》んだ。

それが答えだった。ぼくがなにをしても無駄《むだ》なんだ。いくら懇願《こんがん》しようが、怒《おこ》ろうが、花崗岩《かこうがん》よりも固い意志にぶつかるだけだった。

そのときハンスは、筏《いかだ》の修理を終えるところだった。この変わり者は、叔父《おじ》の計画を見《み》抜《ぬ》いているかのようだった。筏《いかだ》は化石化した木で補強《ほきょう》されていた。すでに帆《ほ》も張られ、風にはたはたとはためいている。

叔父《おじ》が二言、三言話しかけると、ハンスはすぐに荷物を積みこみ、出発の準備を始めた。大気は澄《す》みきり、北西の風が吹《ふ》いていた。

ぼくになにができるだろう？　一対二では勝ち目はない。もしもハンスがぼくに味方してくれたら？　いや、だめだ。このアイスランド人は個人的な意思を捨《す》て、ひたすら自己《じこ》犠牲《ぎせい》の誓《ちか》いを立てているらしい。かくもご主人様に忠実《ちゅうじつ》なしもべには、協力なんて期待できそうもない。やはり、前進するしかないんだ。

ぼくが筏《いかだ》に乗り、いつもの位置に着こうとすると、叔父《おじ》が手をふって引きとめた。「出発は明日にしよう」と叔父《おじ》は言った。

ぼくはあきらめきったかのように、うなずいた。

「なにごともなおざりにはできん」と叔父《おじ》は続けた。「運命のめぐり合わせでこの浜《はま》に流れ着いたのだから、出発前にひととおり調べておこう」

この指摘《してき》はもっともだ。北の海岸に戻《もど》ってしまったけれど、出発点とは別の場所だったから。グラウベン港はもっと西に位置するはずだ。新たな上陸地点の周辺を注意深く調べるのは、しごく当然のことだろう。

「調査に出かけましょう」とぼくは言った。

ハンスはここで作業を続けることにして、ぼくたちは出発した。砂浜《すなはま》と岩壁《がんぺき》のあいだには、広い空間があった。岩壁《がんぺき》までは、歩いて三十分ほどかかりそうだ。ぼくたちは、形や大きさもさまざまな無数の貝殻《かいがら》を踏《ふ》みしめた。その殻《から》のなかで、原始時代の貝が生きていたのだ。直径五メートルもあろうかという甲羅《こうら》も目についた。鮮新世《せんしんせい》の巨大《きょだい》なグリプトドンの甲羅《こうら》だ。いま生きている亀《かめ》は、その縮小模型《しゅくしょうもけい》にすぎない。地面には、ほかにも無数の砂利《じゃり》が散らばっていた。波に洗《あら》われて丸くなった小石が、何本も筋状《すじじょう》に並《なら》んでいる。してみると、このあたりはかつて海だったらしい。いまでは海岸から遠くにある岩にも、波に浸食《しんしょく》された跡《あと》がくっきりと残っている。

地下百四十キロのところにこんな大洋が存在《そんざい》しているわけも、これである程度は説明がつきそうだ。思うにこの海は、地球の内部に少しずつ吸収《きゅうしゅう》されているのだろう。もともとこの水は、海水がどこかの裂《さ》け目《め》から流れこんできたものなのだ。けれどもその裂《さ》け目《め》は、すでに塞《ふさ》がれてしまったに違《ちが》いない。さもなければこの洞窟《どうくつ》、というか巨大《きょだい》な貯水槽《ちょすいそう》は、たちまちいっぱいになってしまったはずだから。水は地下の炎《ほのお》に熱せられ、一部が蒸発《じょうはつ》した。それによって、いまぼくたちの頭上にかかっている雲ができ、やがては電気が発生して地底に嵐《あらし》をもたらしたのだ。

ぼくたちがこれまで目にしてきた現象《げんしょう》は、こうした理屈《りくつ》で充分《じゅうぶん》に納得《なっとく》がいく。自然の驚異《きょうい》がいかに大きくとも、物理学によって常に説明できるのだ。

というわけでぼくたちが歩いているのは、水によって運ばれた一種の堆積層《たいせきそう》のうえだった。この時期の同じような地層《ちそう》が、地表近くにもひろく分布している。叔父《おじ》は地面の隙間《すきま》をひとつひとつ、注意深く調べていった。開口部があれば、次はその深さを測らねばならない。リーデンブロック海の岸沿《きしぞ》いに一マイルほど歩くと、地面のようすが急に一変した。地層《ちそう》が下から激《はげ》しく持ちあがったため、ねじくれ、ひっくり返ったかのようだ。あちこちで陥没《かんぼつ》や隆起《りゅうき》が起き、大地が激《はげ》しく揺《ゆ》れ動《うご》いたことがわかる。

ぼくたちはこうした断層《だんそう》のうえを、悪戦苦闘《あくせんくとう》しながら進んだ。花崗岩《かこうがん》のなかには、燧石《すいせき》や石英《せきえい》、沖積土《ちゅうせきど》の堆積物《たいせきぶつ》が混ざっている。すると突然《とつぜん》、目の前に、骨《ほね》の野原が、というか大平原があらわれた。まるでそれはいく世代もの人々が、何十世紀にもわたって遺骸《いがい》を捨《す》て続《つづ》けた巨大《きょだい》な墓地のようだった。骨《ほね》の山が地平線のかなたまで波打つようにえんえんと連なり、霧《きり》のなかに消えている。三平方マイルはありそうなこの平原に、動物たちの全歴史が積み重なっているのだ。人間が住む新しい地表の世界には、ほとんど残されていない歴史が。

ぼくたちは好奇心《こうきしん》を掻《か》き立《た》てられ、先へと進んだ。先史時代の動物の骨《ほね》や、大都市の博物館がこぞって欲《ほ》しがる珍《めずら》しい化石が、乾《かわ》いた音をたてて足の下で砕《くだ》けた。この壮大《そうだい》な骸《がい》骨《こつ》の山に眠《ねむ》る動物たちの骨格《こっかく》を復元するには、キュヴィエのような生物学者が千人かかっ

骨の大平原があらわれた

ても足りないだろう。

ぼくはひたすら呆気《あっけ》に取られていた。叔父《おじ》は分厚い丸天井《まるてんじょう》の空にむかって、両手をかかげた。あんぐりとひらいた口、眼鏡《めがね》の奥《おく》で輝《かがや》く目、上下左右に揺《ゆ》れる頭。その姿《すがた》すべてが、果てしない驚《おどろ》きを示している。なにしろ貴重《きちょう》きわまりない骨《ほね》のコレクションが、すぐそこにあるのだ。レプトテリウム、メリコテリウム、ロフィオドン、アノプロテリウム、オオナマケモノ、マストドン、プロトピテクス、プテロダクティルスなどなど、太古のあらゆる怪獣《かいじゅう》たちの骨《ほね》を、ひとりで思うぞんぶん調べられる。ウマル〔イスラム共同体の指導者でエジプトやシリアなどを征服した〕によって焼《や》き尽《つ》くされた有名なアレキサンドリアの図書館〔ウマルの征服で焼失したというのは俗説〕が、灰《はい》のなかから奇《き》跡的《せきてき》によみがえってくるのを目《ま》のあたりにした熱烈《ねつれつ》な愛書家が、いったいどんな顔をするか想像して欲《ほ》しい。わが叔父《おじ》リーデンブロック教授の顔が、まさにそれだった。

けれども、また別の感嘆《かんたん》が叔父《おじ》をとらえた。彼は骨《ほね》の山を走りまわると、むき出しの頭《ず》蓋骨《がいこつ》をひとつひろい、震《ふる》える声でこう叫《さけ》んだ。

「アクセル、おい、アクセル、人間の頭だ！」

「人間の頭ですって？　叔父《おじ》さん」ぼくも劣《おと》らずびっくりして答えた。

「そうとも。ああ、ミルヌ＝エドワール君よ。ああ、カトルファージュ君〔フランスの博物学者〕よ。きみたちがこのわたし、オットー・リーデンブロックとともに、いまここにいてくれたなら！」

38　太古の人間

これら二人の高名なフランス人学者の名を、どうして叔父《おじ》があげたのかを理解するには、ぼくたちが探検《たんけん》旅行に出るしばらく前に、古生物学上とても重要な出来事が起きたことを知らねばならない。

一八六三年三月二十八日、フランスのソンム県アブヴィル近郊《きんこう》のムーラン＝キニョン採石場で、ブーシェ・ド・ペルト氏〔フランスの古生物学者〕監督《かんとく》のもとに発掘《はっくつ》作業をしていた人々が、地下四メートル半のところから人間の顎《あご》の骨《ほね》を見つけた。この種の化石が発見されたのは、これが初めてだった。骨《ほね》の近くには、一様に古びた石斧《いしおの》や加工された火打ち石もあった。

この発見はフランスのみならず、イギリスやドイツでも大評判になった。フランス学士院の学者たち、とりわけミルヌ＝エドワール氏とカトルファージュ氏はこの出来事に大いに関心を示し、問題の骨《ほね》が疑《うたが》いなく本物だと主張して、イギリス人たちの言う《顎骨裁判《がっこつさいばん》》のもっとも熱心な弁護人を買って出たのである。

骨《ほね》の信憑性《しんぴょうせい》を支持するイギリス人地質学者のファルコナー氏、バスク氏、カーペンター氏らの仲間に、ドイツ人学者も加わった。その第一線に立つ、もっとも熱心で急進的なひとりがわが叔父《おじ》リーデンブロック教授だった。

第四紀における人間の化石が本物だということは、こうして議論《ぎろん》の余地なく認《みと》められたかに思われた。

なるほどエリー・ド・ボーモン氏のように、この説を断固否定《ひてい》する学者もいる。彼はきわめて権威《けんい》ある地質学者で、ムーラン゠キニョンの地層《ちそう》は《第四紀洪積層《こうせきそう》》のものではなく、もっと新しいものだと主張した。その点ではキュヴィエと同じく、人類が第四紀の動物たちと同じ時代に暮《く》らしていたことを認《みと》めようとしなかったのである。わが叔父《おじ》リーデンブロック教授は大多数の地質学者とともに論陣《ろんじん》を張って闘《たたか》い、エリー・ド・ボーモン氏はほとんど孤立無援《こりつむえん》となったのだった。

ぼくたちは事件のこうした詳細《しょうさい》をよく知っていたけれど、出発のあとこの問題がどんな新たな展開《てんかい》を見せたのかはわからない。ただ、タイプや人種は多種多様ながら、ほかにも同じような顎《あご》の骨《ほね》が、フランス、スイス、ベルギーの洞窟《どうくつ》の、灰色《はいいろ》の柔《やわ》らかな土のなかから発見されていたのだ。武器や道具類も見つかったし、子供《こども》や若者《わかもの》、大人、老人の骨《ほね》もあった。第四紀に人類が生きていたことは、こうして日々確かなものとなっていった。

それだけではない。第三紀鮮新世《せんしんせい》の地層《ちそう》からも新たな遺物《いぶつ》が発掘《はっくつ》され、より大胆《だいたん》な学者たちは、人類がもっと昔から生きていたと主張したのだった。もっともこの遺物《いぶつ》は人間の骨《ほね》ではなく、人間が作った道具にすぎなかったけれど。例えば化石動物の脛骨《けいこつ》や大腿骨《だいたいこつ》に、削《けず》ったり規則的な縞模様《しまもよう》を入れたりと、人間が加工したあとが残っていたのである。こうして人間は時の階段《かいだん》をいっきに遡《さかのぼ》り、マストドンよりももっと昔の象である《エレファス・メリディオナリス》と同時代になった。つまり人類が地上に誕生《たんじょう》して、十万年になるわけだ。というのも、もっとも高名な地質学者たちによれば、鮮新世《せんしんせい》の地層《ちそう》が形成されたのはその時期なのだから。

当時、古生物学界は、ざっとそんな状況《じょうきょう》だった。ぼくたちが出発前に知っていたことからだけでも、リーデンブロック海の骨《ほね》の山を前にした胸《むね》のうちは説明がつくだろう。だから叔父《おじ》の驚《おどろ》きと喜びも、よくわかってもらえるはずだ。さらに二十歩ほど先で、第四紀の人間らしき遺体《いたい》とまさしく対面したのだから、感激《かんげき》もひとしおだった。

人間の体だと、ひと目ではっきりとわかった。ボルドーのサン・ミシェル墓地のような土の特殊《とくしゅ》な性質のおかげで、長年ずっと腐《くさ》らずにいたのだろうか？　ぼくにはなんとも言えないけれど、遺体《いたい》の皮膚《ひふ》は羊皮紙《ようひし》のようにつっぱり、手足は（少なくとも見たところ）柔《やわ》らかそうだった。歯もちゃんと残っているし、髪《かみ》の毛《け》はふさふさしている。手足の爪《つめ》は恐《おそ》ろしく伸《の》びていて、生きていたころの姿《すがた》がうかがいしれた。

太古の亡霊《ぼうれい》を前にして、ぼくは言葉を失った。いつもはあんなに饒舌《じょうぜつ》で、熱弁をふるう叔父《おじ》も黙《だま》りこんでいる。ぼくたちはこの遺体《いたい》を抱《だ》き起《お》こし、立ちあがらせた。遺体《いたい》はぽっかりとあいた眼窩《がんか》で、こちらを見つめていた。胸《むね》を叩《たた》くと、うつろな音がした。

しばらく沈黙《ちんもく》が続いたあと、叔父《おじ》のなかにいつものオットー・リーデンブロック教授が戻《もど》ってきた。生来の気質が導くままに、旅の状況《じょうきょう》やいま置かれている環境《かんきょう》、ぼくたちを包みこむ巨大《きょだい》な洞窟《どうくつ》のことも、頭から吹《ふ》き飛《と》んでしまったようだ。どうやらヨハネウム学院の教師として、学生たちを前にしているつもりなのだろう。架空《かくう》の聴衆《ちょうしゅう》にむかい、学者然とした口調《くちょう》で話し始めたのだから。

「みなさん、今日は第四紀の人間をつつしんでご紹介《しょうかい》いたしましょう。大学者たちのなかには、その存在《そんざい》を否《ひ》定《てい》する者もおりましたが、彼らに劣《おと》らぬ大学者たちのなかには、それを認《みと》める者もいたのです。古生物学界における聖《せい》トマス〔十二使徒の一人で初めはイエスの復活を信じようとしなかった〕とでも言うべき疑《うたぐ》り深《ぶか》い人々がここにおられるなら、ぜひともその指で触《さわ》ってみるといい。さすれば自らの間違《まちが》いを認《みと》めざるをえないでしょう。この種の発見に対し科学が慎重《しんちょう》にならねばならないのは、わたしもよくわかっています。バーナム〔アメリカの興行師〕のごときペテン師たちが、化石人間と称《しょう》するいかがわしい見世物で金もうけをしたことも、知らないわけではありま

人間の体だと，ひと目でわかった

せん。アイアースの膝蓋骨《しつがいこつ》やスパルタ人が見つけたというオレステス〔ギリシャ神話の英雄〕の遺体《いたい》、パウサニアス〔ギリシャの旅行家、地理学者〕が語っている、五メートルにもなるアステリウスの体の話も知っています。十四世紀に発見され、ギリシャ神話に登場する一つ目の巨人《きょじん》ポリュフェモスのものだと言われているトラパニの骸骨《がいこつ》に関する報告書や、十六世紀にパレルモ近郊《きんこう》で掘《ほ》り出《だ》された巨人《きょじん》の記録も読んでいます。有名な医師フェリックス・プラッターが身長六メートルもある巨人《きょじん》のものだとした巨大《きょだい》な骨《ほね》について、一五七七年にスイスのルツェルンで行われた調査のことを、みなさんはわたしに劣《おと》らずよくご存《ぞん》じでしょう。わたしはカッサニオンの概論《がいろん》をむさぼり読みましたし、一六一三年にドーフィネ地方の砂利《じゃり》採取場で発掘《はっくつ》された、ガリアの侵略者《しんりゃくしゃ》キンブリ族の王テウトボクスの遺骨《いこつ》についても、出版された論文《ろんぶん》、パンフレット、研究発表や反論《はんろん》にいたるまですべて目をとおしました。もしいまが十八世紀なら、ショイヒツァー〔スイスの博物学者〕の言うアダム以前の人間の存在《そんざい》について、ピエール・カンペル〔オランダの解剖学者〕とともに戦ったでしょう。かつて手に取った著作《ちょさく》には、題名がギガンス……」

　叔父《おじ》の持って生まれた欠陥《けっかん》が、ここであらわれてしまった。聴衆《ちょうしゅう》の前では、難《むずか》しい言葉が発音できなくなってしまうのだ。

「題名がギガンス……」と叔父《おじ》は繰《く》り返《かえ》した。

ところがその先が続かない。

「ギガンテオ……」

だめだ！　言葉は意地を張ったかのように、口から出ようとしない。ここがヨハネウム学院だったら、みんなが大笑いするところだ。

「巨人学《ギガントステオロギー》」とリーデンブロック教授は罵声《ばせい》を発したあと、ようやく最後まで言い終えた。

それからいっそう熱っぽく、生き生きと続けるのだった。

「そうです、みなさん。こうしたことを、わたしはすべて知っています。これらの骨《ほね》がマンモスや、そのほか第四紀の動物の骨《ほね》にすぎないと、キュヴィエやブルーメンバッハが認《みと》めたことも知っています。しかし今回は、疑《うたが》うだけでも科学に対する冒瀆《ぼうとく》となるでしょう。死骸《しがい》はちゃんとここにある。自分の目で見、手で触《ふ》れることができる。しかも骸骨《がいこつ》ではなく、もとのままの体にです。これはまさしく人類学のために保存《ほぞん》された、完璧《かんぺき》な人体なのです」

ぼくはこうした主張にも、異《い》を唱《とな》えるつもりはなかった。

「もしこの遺体《いたい》を硫酸溶液《りゅうさんようえき》で洗浄《せんじょう》することができるなら」と叔父《おじ》はさらに続けた。「こびりついた土や、皮膚《ひふ》に食いこんだ光る貝殻《かいがら》をすべて取《と》り除《のぞ》くことができるでしょう。けれどもその貴重《きちょう》な溶解剤《ようかいざい》が、ここにはありません。しかしいまのままでも、遺体《いたい》はその来歴を雄弁《ゆうべん》に語ってくれるはずです」

ここで叔父《おじ》は化石化した遺骸《いがい》を抱《だ》きかかえ、見世物師かと思うほど器用にそれを操《あやつ》った。

「見てください」と叔父《おじ》は続けた。「この遺体《いたい》は身長二メートルもありません。いわゆる巨人《きょじん》とはほど遠い人間です。属《ぞく》している人種は明らかにコーカサス系《けい》、われわれと同じ白人です。頭蓋骨《ずがいこつ》はきれいな卵型《たまご》で、頬骨《ほおぼね》も隆起《りゅうき》していなければ、下顎《したあご》も突《つ》き出《で》ておらず、*顔面角《がんめんかく》を変化させるような突顎《とつがく》の特徴《とくちょう》はまったく示していません。この角度を測ってみてください。ほぼ直角です。けれども、さらに推論《すいろん》を先へと進めることにしましょう。この人体標本は、インドから西ヨーロッパの端《はし》にかけて分布しているヤペテ族に属《ぞく》していると、あえて申しあげましょう。いや、笑わないでください、みなさん」

＊原注　顔面角《がんめんかく》とは、額《ひたい》と門歯《もんし》に接する垂直《すいちょく》な面と、耳道《じどう》の開口部と鼻の下部を通る水平面とによって作られる角である。顔面角《がんめんかく》を変化させる下顎《かがく》の突出を、人類学用語で突顎《とつがく》と呼んでいる。

もちろん、誰《だれ》も笑ってなどいない。けれども叔父《おじ》は専門的《せんもんてき》な講義《こうぎ》のあいだ、聴衆《ちょうしゅう》が大笑いする顔を見慣れていたので、ついそう言ってしまったのだろう。

「そう」と叔父《おじ》は、再び活気づいて言葉を続けた。「これは化石人類。この大教室にも骨《ほね》がずらりと並《なら》んでいるマストドンと同じ時代に生きていた人間です。しかしどういう経路でここまでたどりついたのか、彼が埋《う》まっていた地層《ちそう》がいかにして地球の広大な空洞《くうどう》のなかに滑《すべ》り落《お》ちてきたのか、はっきりとしたことはわかりません。第四紀、地殻《ちかく》にはまだ激《はげ》しい変動が起きていたことでしょう。地球が絶えず冷え続けたため、裂《さ》け目《め》や割《わ》れ目《め》、断《だん》層《そう》が生じ、上部の地層《ちそう》が部分的に沈下《ちんか》したのかもしれません。わたしの意見はさておき、ともかく彼はここにいるのです。斧《おの》や打製の火打ち石など、自らの手で作った石器時代の道具類に囲まれて。彼がわたしと同じく旅人として、科学の開拓者《かいたくしゃ》としてやって来たのでなければ、まさしく原始時代の人間だということは疑《うたが》いえません」

教授が言葉を切ると、ぼくはひとりで満場の拍手《はくしゅ》をした。叔父《おじ》の言うとおりだ。甥《おい》たるぼく以上の大学者でも、異論《いろん》を唱えることは難《むずか》しいだろう。

証拠《しょうこ》はほかにもある。どこまでも続く骨《ほね》の山に、化石化した人体はひとつだけではなかった。骨《ほね》のあいだを一歩あるくごとに、また別の遺骸《いがい》が見つかった。そうした標本のうちいちばん完全なものを選んで、疑《うたぐ》り深《ぶか》い相手をいくらでも説《と》き伏《ふ》せることができる。

実際、いく世代にもわたる人間や動物たちが、この墓地に混ざり合っている光景は驚《おどろ》くべきものだった。しかしながら、解決できない重大な問題があった。これらの生き物たちはすでに骨《ほね》と化してから、地殻《ちかく》の変動によってリーデンブロック海の岸辺に滑《すべ》り落《お》ちてきたのか？　それともここ、この地下世界で暮《く》らしていたのか？　地上の生物たちと同じく、まがいものの空の下で生まれ、死んでいったのか？　これまでのところ、生きたままの姿《すがた》を見せたのは海の怪物《かいぶつ》と魚だけだ。もしかすると地底人が、人気《ひとけ》のないこの海岸をまだ歩いているのではないか？

39　地下世界のプロテウス

　さらに三十分ほど、ぼくたちは積もった骨《ほね》のうえを踏《ふ》みしめていった。激《はげ》しい好奇心《こうきしん》に駆《か》られて、ひたすら前進した。この地下世界にはほかにもどんな驚異《きょうい》が、科学に寄与《きよ》するどんな宝《たから》が隠《かく》されているのだろう？　ぼくはそれらをなにひとつ見逃《みのが》すまいと目を凝《こ》らし、想像をめぐらせた。

　海岸はもうずっと前から、骨《ほね》の丘《おか》の背後《はいご》に姿《すがた》を消していた。怖《こわ》いもの知らずの叔父《おじ》は道に迷うことなどおかまいなく、先へ先へとぼくを引っぱっていった。ぼくたちは波打つ電光を浴びながら、黙《だま》って歩き続けた。いかなる現象《げんしょう》によるものなのか、光はあらゆる方向に拡散《かくさん》し、物のさまざまな面を一様に照らしている。光源《こうげん》が空間のあちこちにあるため、影《かげ》ができないのだ。赤道直下の国で、真夏の正午、太陽の光を頭上からまっすぐ受けているようなものだ。雲はすっかり晴れていた。等しく降《ふ》りそそぐ光を受け、岩や遠くの山なみ、ぼんやりとかすむ森が奇妙《きみょう》な光景を描《えが》いている。まるでぼくたちはホフマン〔ドイツの作家〕の幻想《げんそう》小説に出てくる、影《かげ》を失った男のようだった。

一マイルほど歩くと、大きな森が見えた。けれども、グラウベン港の近くにあったキノコの森ではなかった。

それはこんもりと生《お》い茂《しげ》った第三紀の植物だった。今日《こんにち》では絶滅《ぜつめつ》している巨大《きょだい》なヤシ、すばらしい古代シュロ、松、イチイ、糸杉《いとすぎ》、クロベといった針葉樹《しんようじゅ》の仲間たちに、もつれた蔓植物《つるしょくぶつ》が絡《から》みついている。地面は苔《こけ》の絨毯《じゅうたん》で覆《おお》われ、木陰《こかげ》には小川がさらさらと流れていた。もっとも影《かげ》ができないのだから、木陰《こかげ》とは呼《よ》べないかもしれないが。川岸には、地上の温室にもある木生シダが茂《しげ》っていた。けれども太陽の熱が欠けているせいで、草木の色は薄《うす》かった。色あせたような、茶色っぽい色調に、一面混ざり合っている。葉は緑色とは言いがたい。第三紀にあらわれたたくさんの花も色や香《かお》りを失い、風雨にさらされて色あせた紙の造花《ぞうか》のようだった。

わが叔父《おじ》リーデンブロック教授は、この巨大《きょだい》な雑木林の奥《おく》へとずんずん進んでいった。

ぼくはそのあとを、おっかなびっくりついていった。食べ物になる植物が豊富にあるのだから、恐《おそ》ろしい哺乳類《ほにゅうるい》に出くわさないとも限らないじゃないか。長年のうちに木々が腐《くさ》ってたおれたあとの広い空き地には、どんな時代でも反芻《はんすう》動物が好きそうなマメ科、カエデ科、アカネ科の植物を始め、無数の食用灌木《かんぼく》が茂《しげ》っていた。さらに先へ行くと、地上では異《こと》なる地方で見られる木々が、混ざり合って生えている場所に出た。ヤシの隣《となり》にナラが伸《の》び、オーストラリアのユーカリがノルウェーの樅《もみ》に寄りかかり、北国の白樺《しらかば》がニュージーランドのカウリマツと枝を絡《から》ませている。地上の植物学に誰《だれ》より詳《くわ》しい分類学者でも、わけがわからないだろう。

突然《とつぜん》、ぼくは立ちどまり、片手《かたて》で叔父《おじ》を引きとめた。

散乱《さんらん》した光のおかげで、雑木林の奥《おく》までよく見とおせた。ちらりと視界《しかい》をよぎったような気がした……いや、たしかにぼくの目は、木の下で大きなものが動くのをはっきりととらえていた。あれはたしかに巨大《きょだい》動物マストドンの群れだ。一八〇一年、オハイオの沼地《ぬまち》で骨《ほね》が見つかったのとよく似たマストドンが、化石ではなく生きたままあらわれたのだ。巨象たちが木々の下で鼻をゆらしているさまは、まるで大蛇《だいじゃ》の群れがうごめいているかのようだ。長い牙《きば》で古木の幹をえぐる音も聞こえた。木の枝はみしみしと折れ、怪物《かいぶつ》は大きな口で引きちぎられた大量の葉を飲みこんだ。

こんもりと生い茂った第三紀の植物

それじゃあ先史時代、第三紀、第四紀の世界がよみがえる夢が、ついに現実のものになろうとしているのか！　ぼくたちは地球の体内で、獰猛《どうもう》な怪物《かいぶつ》たちを相手に孤軍奮闘《こぐんふんとう》しなければならないんだ。

叔父《おじ》はじっと見つめていたが、突然《とつぜん》ぼくの腕《うで》をつかんで叫《さけ》んだ。

「さあ、行こう！　前進あるのみだ」

「だめです！」とぼくも叫《さけ》んだ。「やめましょう。武器もないのにあんな巨獣《きょじゅう》の群れに囲まれて、なにができるというんです？　逃《に》げましょう、叔父《おじ》さん。どんな人間だろうと、怪物《かいぶつ》の怒《いか》りに立ちむかったら無傷《むきず》でいられやしません」

「どんな人間だろうと、だって？」と叔父《おじ》は声を低めて答えた。「おまえは間違《まちが》ってるぞ、アクセル。見てみろ、あそこを。いたような気がするぞ。われわれに似た生き物が。人間がいたんだ」

そんなこと信じられるものかとばかりにぼくは肩《かた》をすくめ、叔父《おじ》が指し示すほうに目をやった。ところがいくら信じまいとしても、明らかな事実は認《みと》めねばならなかった。

はたして四百メートルも離《はな》れていないところで、ネプチューン〔ギリシャ神話の海の神〕の新たな息子《むすこ》たる地下世界のプロテウス〔ギリシャ神話のネプチューンの息子。海獣の見張り番〕が大きなカウリマツの幹によりかかり、マストドンの大群を見張っていたのだ。

恐《おそ》ろしき獣《けもの》の番人にして、その姿《すがた》はさらに恐《おそ》ろしい。

そう、ヴェルギリウスも歌っているじゃないか。番人の姿《すがた》はさらに恐《おそ》ろしいと。目の前にいるのはぼくたちが骨《ほね》の山で遺体《いたい》を抱《だ》きあげた化石人類ではなく、怪物《かいぶつ》たちの群れを率いることのできる巨人《きょじん》だった。身《み》の丈《たけ》は四メートル近い。頭は水牛のように大きく、ぼさぼさの蓬髪《ほうはつ》に隠《かく》れている。それは原始時代の象さながら、まるで本物のたてがみだった。片手《かたて》で振《ふ》りまわす大きな枝は、太古の牧人《ぼくじん》が持つ杖《つえ》にふさわしかった。ぼくたちは茫然《ぼうぜん》と立ちすくんでいた。でも、もしかしたら気づかれたかもしれない。早く逃《に》げなくては。

「さあ、こっちへ！」ぼくは叔父《おじ》を引っぱりながら叫《さけ》んだ。叔父《おじ》もこのときばかりは、されるがままだった。

十五分後、ぼくたちは恐《おそ》るべき敵の視界《しかい》から逃《のが》れた。

あの奇怪《きかい》で不可思議な出会いから何か月もすぎたいま、心を落ちつかせ冷静に考えてみると、いったいなにを信じたらいいのか、わけがわからなくなってくる。いや、ありえない。ぼくたちは神経過敏《かびん》になるあまり、ありもしないものを見てしまったのだ。あの地下世界に人間が存在《そんざい》するわけがない。何世代にもわたって地底の空洞《くうどう》に人間が住みつき、地

地下世界のプロテウス

上の住人のことなど気にせず、接触《せっしょく》もなしにいたはずはないんだ。馬鹿《ばか》げてる。まったくもって馬鹿《ばか》げてる。

　体形が人間とよく似た動物ならば、たしかに存在《そんざい》するだろう。原始時代の猿《さる》、プロトピテクスか、サンサン〔フランス南西部の村〕の化石採集場でラルテ氏〔フランスの考古学者〕が発見したメソピテクスのような生物ならば。けれどもあのとき目にしたものの背丈《せたけ》は、現代の古生物学で知られている大きさを越《こ》えていた。それがどうした！　あれは猿《さる》だ。いくら信じがたかろうと、猿《さる》なんだ。生きた人間が、仲間たちと地底にこもっているなんて、いくらなんでもあり得ない。

　ぼくたちは明るく輝《かがや》く森を離《はな》れた。驚《おどろ》きのあまり言葉もなく、頭もろくに働かないほどだった。自分の意思とは関係なく、ひたすら走り続けた。悪夢のなかで、なにか恐《おそ》ろしいものから逃《のが》れようとするかのように。ぼくたちは無意識のうちに、リーデンブロック海に引き返していた。余計なことを考えず、逃《に》げることに専念《せんねん》していなければ、どんなとりとめのない妄想《もうそう》にとらわれていたかわからない。

　そこはたしかに初めて足を踏《ふ》み入《い》れる土地だったけれど、岩礁《がんしょう》のかたちにはグラウベン港を彷彿《ほうふつ》とさせるものがあった。ということはコンパスが示していたように、ぼくたちはいつのまにかリーデンブロック海の北側に戻《もど》ってしまったのだ。本当にグラウベン港なのではと思うほどだった。張り出した無数の岩から、小川や滝《たき》が流れ落ちている。化石木の層《そう》や忠実《ちゅうじつ》なハンス川、ぼくが一命を取りとめた洞窟《どうくつ》が、いまにも見えるのではないか。けれどもさらに先へ行くと、岩壁《がんぺき》の位置や小川の流れ具合、奇岩《きがん》の形状から、やはり違《ちが》う場所らしいと思えてきた。

そんな疑念《ぎねん》を伝えると、叔父《おじ》も迷っているようだった。似たような景色ばかりで、どこにいるのかわからない。

「そりゃまあ」とぼくは言った。「筏《いかだ》は出発点にそのまま着いたわけではありません。嵐《あらし》のせいで、少し南に流されたのでしょう。海岸沿《ぞ》いに移動すれば、きっとグラウベン港が見つかります」

「だとしたら」と叔父《おじ》は答えた。「これ以上、調査を続けても無駄《むだ》だ。筏《いかだ》に戻《もど》ったほうがいい。だが、たしかなんだろうな、アクセル？」

「はっきりとは言えません。なにしろ、岩はどれもよく似ていますから。でも、ハンスが筏《いかだ》を作ったのは、あの岬《みさき》の下では？　グラウベン港はここじゃないにせよ、近くにあるはずです」ぼくは見覚えのある入《い》り江《え》を眺《なが》めながらつけ加えた。

「いや、アクセル。だとしたら、自分たちの足跡《あしあと》くらい見つかるはずだ。だがなにも見あたらんじゃないか……」

「おや、あそこに！」とぼくは叫《さけ》んで、砂《すな》のうえで光るものに駆《か》けよった。

「なんだ、それは？」

「ほらこれ」

ぼくはそう言って、拾いあげた錆《さび》だらけの短刀を叔父《おじ》に見せた。

「ほう、おまえはこんな武器を持っていたのか」叔父《おじ》は言った。

「ぼくが？　とんでもない。叔父《おじ》さんが……」

「いや、覚えがないな。わたしの持ち物じゃないぞ」

「それは妙《みょう》ですね」

「なに、簡単《かんたん》な話さ、アクセル。アイスランド人はよくこの種の武器を持っているから、ハンスが自分の短刀を落としたんだろう……」

ぼくは首を横にふった。ハンスがこんな短刀を持っているところなど、一度も見たことがない。

「もしかしたら、大昔の戦士が残した武器なのでは？」とぼくは叫《さけ》んだ。「それとも生きている人間、あの巨人《きょじん》の仲間のものかも。いや、違《ちが》う。これは石器時代の道具じゃない。青銅器時代でもない。刃《は》は鉄なのだから……」

叔父《おじ》はぼくがまたとりとめのない妄想《もうそう》に入りかけるのを引きとめ、冷静な口調《くちょう》でこう言った。

「落ちつけ、アクセル。理性的に考えろ。これはもともと十六世紀、スペインで使われていた短刀で、貴族《きぞく》が敵にとどめの一撃《いちげき》を加えるため、ベルトに差していたものだ。だからわたしやおまえのものでも、ハンスのものでもない。それに地下世界に暮《く》らしている人間たちのものでも……」

「だとしたら、どういう……」

「見てみろ。人間の喉《のど》に突《つ》き刺《さ》したくらいでは、こんなに刃《は》こぼれしないだろう。刃《は》は錆《さび》だらけだが、一朝一夕《いっちょういっせき》ではこんなふうにならん。一年、いや一世紀でも」

叔父《おじ》はいつものようにどんどんと想像をふくらませて、興奮《こうふん》し始めた。

「アクセル」と叔父《おじ》は続けた。「われわれの先には、大発見が待ち受けているぞ。この短刀は百年、二百年、三百年前から、この砂浜《すなはま》に打《う》ち捨《す》てられてあったんだ。それにこの刃《は》こぼれは、地下の海の岩を削《けず》ったときのものだ」

「でも短刀がひとりでやって来るわけはありません！」とぼくは叫《さけ》んだ。「勝手に刃《は》こぼれするわけもないし。誰《だれ》か、ぼくたちより前に、ここへやって来た者がいるんだ」

「そう、ひとりの男が」

「その男は？」

「その男はこの短刀で、自分の名前を刻《きざ》んだ。その男はまたしても自らの手で、地球の中心へむかう道を示そうとした。探《さが》そう、探《さが》すんだ」

ぼくたちは大いに興奮《こうふん》し、高い岩壁《がんぺき》に沿《そ》って目を凝《こ》らして、どこか割《わ》れ目《め》の奥《おく》が通路になっていないか細かく調べた。

こうして、浜辺《はまべ》が狭《せば》まった場所まで来た。岩壁《がんぺき》のほとんどすぐ下まで海が迫《せま》り、歩ける幅《はば》はせいぜい二メートルほどしかない。突《つ》き出《で》た二つの岩のあいだに、暗いトンネルの入り口が見えた。

平らな花崗岩《かこうがん》のうえに、なかば消えかかった不思議な文字が二つ書かれていた。大胆《だいたん》で途方《とほう》もない旅人の名を示す頭文字《かしらもじ》が。

「A.S.だ!」と叔父《おじ》は叫《さけ》んだ。「アルネ・サクヌッセンム! やはりアルネ・サクヌッセンムがここに来たんだ!」

40　さらに奥深《おくふか》くへ

　この冒険旅行が始まったときから、ぼくにとっては驚《おどろ》くことばかりだった。だからもう慣れっこになっていて、どんなに驚嘆《きょうたん》すべきできごとがあろうと平然としていられるつもりだった。けれども三百年前に刻《きざ》まれたこの二文字を目にしたときは、馬鹿《ばか》みたいにただ呆然《ぼうぜん》としていた。博識な錬金術師《れんきんじゅつし》の署名《しょめい》が岩のうえに読み取れたのみならず、それを刻《きざ》んだ短刀までがこの手にあるのだ。よほどのへそ曲がりでないかぎり、この旅人が実在し、たしかに地底の冒険旅行をおこなったことを疑《うたが》いえないだろう。

　ぼくの脳裏《のうり》にそんな考えが渦《うず》まいているあいだに、リーデンブロック教授の胸《むね》にはアルネ・サクヌッセンムに対するいささか大仰《おおぎょう》な賞賛《しょうさん》の念が押《お》し寄《よ》せていた。

「驚異《きょうい》の天才よ！」と叔父《おじ》は叫《さけ》んだ。「あなたはほかの人間たちが地の底へむかう道をたどれるよう、準備万端《ばんたん》ととのえてくれた。おかげでいま、後人《こうじん》たちは、あなたが三百年前、薄暗《うすぐら》い地下の奥底《おくそこ》に残した足跡《あしあと》をたどることができるのです。自分だけでなくほかの者も、この驚異《きょうい》を眺《なが》められるようにしておいてくれた。行く先々に刻《きざ》まれたあなたの名が、あとに続く大胆《だいたん》な旅人が目的地へ一直線に進めるよう導いてくれるのです。われらが惑星《わくせい》の中心にも、あなた自身の手でその名が刻《きざ》まれていることでしょう。だからわたしもまた、花崗岩《こうがん》の最終ページに、わが名を刻《きざ》みに行きましょう。しかし、いまここで、あなたが発見した海の近くであなたが眺《なが》めたこの岬《みさき》に、サクヌッセンムの名を与《あた》えることにいたします」

おおよそこんな長広舌《ちょうこうぜつ》が聞こえ、その言葉が喚起《かんき》する熱狂《ねっきょう》にぼくもとらえられるのがわかった。胸《むね》のなかで炎《ほのお》が燃えあがり、ぼくはすべてを忘《わす》れた。旅の危険《きけん》も、帰途《きと》に待ち受けている苦難《くなん》も。ほかの人がやり遂《と》げたことなら、自分でもしてみたかった。同じ人間じゃないか。ぼくにできないはずはない。

「さあ、前進あるのみです！」

ぼくがそう叫《さけ》んで暗い通路に飛びこもうとしたとき、いつも激情《げきじょう》のままに突《つ》き進《すす》む叔父《おじ》が引きとめ、ちょっと待て、冷静に考えたほうがいい、と言った。

「まずはハンスのところへ戻《もど》ろう」と叔父《おじ》は言った。「そして筏《いかだ》をここへ運んでくるんだ」

ぼくはいやいや命令にしたがい、海岸の岩場をすばやく抜《ぬ》けていった。

「叔父《おじ》さん」ぼくは歩きながら言った。「ここまでずいぶん幸運続きでしたよね」

「そう思うかね、アクセル」

「ええ、あの嵐《あらし》だって、結局ぼくたちを正しい道に導いてくれたわけですから。嵐《あらし》に感謝です。おかげでこの浜《はま》に戻《もど》ってきたけれど、天気がよかったらどんどん遠ざかってしまったんですよ。船首(筏《いかだ》なのに船首と言っていいものやら)をリーデンブロック海の南岸に着けていたら、ぼくたちはどうなっていたでしょう？　サクヌッセンムの名前を見つけることもなく、いまごろは出口のない浜辺《はまべ》に取り残されていたでしょう」

「そうだな、アクセル。これは神のお導きかもしれない。南にむかって船を出したのに北に連《つ》れ戻《もど》され、サクヌッセンム岬《みさき》に着いたのだから。こいつは驚《おどろ》きなんていうものじゃない。まさに説明のつかない出来事だ」

「でもまあ、いいじゃないですか。説明なんかいりません。起きたことをせいぜい役立てるんです」

「そうかもしれんが……」

「ともかく、これからは北へむかいましょう。アフリカの砂漠《さばく》や大西洋の波の下を進むのではなく、スウェーデンのような北欧《ほくおう》の国々やシベリアの下を通っていくんです。それ以上のことは、わからなくてもかまいません」

「ああ、アクセル。おまえの言うとおりだ。それに越《こ》したことはない。海から離《はな》れるのがいちばんだ。水平な海をいくら進んでも、なんの足しにもならん。われわれは下るんだ。

どこまでも、ずんずん下っていくんだ。いいか、地球の中心にたどり着くには、あとたった六千キロ地下に下るだけなんだぞ」

「ええ、もちろん！」とぼくも叫《さけ》んだ。「そんなこと言うまでもありません。さあ、出発です」

こんな奇妙奇天烈《きみょうきてれつ》な会話が、ハンスのところへ戻《もど》るまで続いた。すぐにでも出発できるよう、準備万端《ばんたん》ととのっていた。荷物もひとつ残らず積みこまれている。ぼくたちは筏《いかだ》に乗りこんだ。ハンスは帆《ほ》をあげると、サクヌッセンム岬《みさき》にむかって筏《いかだ》を進めた。

風にのるのがむずかしいこの種の小舟《こぶね》にとって、あまりいい天候ではなかった。だからところどころ、鉄のストックを竿《さお》代わりにしなければならなかった。海面すれすれに並《なら》んでいる岩礁《がんしょう》をよけるため、大きく迂回《うかい》しなければならないこともあった。三時間ほどかかって午後六時ごろ、ようやく上陸に適した場所に着いた。

ぼくは陸地に飛びおりた。そのあとに叔父《おじ》とハンスが続く。航海のあいだにも、ぼくの興奮《こうふん》はおさまっていなかった。それどころではない。退路を断《た》つために、《われらが艦隊《かんたい》》を焼きはらおうなどと力説するほどだった。叔父《おじ》が反対したけれど、そんなことでは生ぬるいぞとぼくは思った。

「だったら」とぼくは言った。「せめて時間を無駄《むだ》にせず、すぐに出発しましょう」

「いいだろう。だがその前に、縄梯子《なわばしご》を用意しなくていいかどうか、新たな通路を検分《けんぶん》してみよう」

叔父《おじ》はルームコルフ照明器を灯《とも》した。筏《いかだ》は海岸にもやって、残しておくことにした。それに通路の入り口まで、ほんの二十歩もない。小さな一隊はぼくを先頭にして、さっそく通路へむかった。

開口部はほとんど円形で、直径は一メートル半ほどだった。薄暗《うすぐら》いトンネルが、むきだしの岩にうがたれている。かつてそこを通った噴火物《ふんかぶつ》によって、穴《あな》は大きく広がっていた。下部は地面とほぼ同じ高さだったので、難《なん》なくなかに入ることができた。

ほとんど水平に通路を進んでいくと、大きな岩に行く手をはばまれた。

「いまいましい岩だ」ぼくは乗り越《のこ》えがたい障害《しょうがい》にいきなり邪魔《じゃま》をされ、罵声《ばせい》を発した。

上下左右を調べてみたけれど無駄《むだ》だった。抜《ぬ》け穴《あな》もなければ分かれ道もない。ぼくはひどく落胆《らくたん》した。障害物《しょうがいぶつ》があるという現実を認《みと》めたくなかった。身をかがめて岩の下を調べたけれど、隙間《すきま》はまったくない。上を見ても、花崗岩《かこうがん》の障壁《しょうへき》が立ちふさがっている。ハンスは内壁《ないへき》に、ランプの光をくまなくあてた。しかし裂《さ》け目《め》ひとつなかった。通《とお》り抜《ぬ》けることは、あきらめるしかなかった。

ぼくは地面にすわりこんだ。叔父《おじ》はせかせかと通路を歩きまわっている。

大きな岩に行く手をはばまれた

「でも、サクヌッセンムは？」とぼくは叫《さけ》んだ。

「そうだ」と叔父《おじ》は言った。「サクヌッセンムもこの岩に道を遮《さえぎ》られたのだろうか？」

「いや、違《ちが》います」とぼくは勢いこんで答えた。「この岩の塊《かたまり》はなにかの衝撃《しょうげき》か、地殻《ちかく》の変動を引き起こした磁気現象《じきげんしょう》のせいで、突然《とつぜん》通路をふさいだんです。サクヌッセンムが帰ったあと何十年、何百年もたってから、落ちてきたのでしょう。ここがかつて溶岩《ようがん》の通り道だったのは明らかじゃないですか。そのころは噴火物《ふんかぶつ》が、ここを自由に通っていたんです。ほら、あそこ、花崗岩《かこうがん》の天井《てんじょう》に最近できた裂《さ》け目《め》がいくつも走っていますよね。この天井《てんじょう》は、巨大《きょだい》な岩塊《がんかい》が集まってできているんです。まるで基礎《きそ》工事に巨人《きょじん》が手を貸したかのように。ところがある日、うえからの圧力が大きくなりすぎて、丸天井《まるてんじょう》の要石《かなめいし》が抜《ぬ》け落《お》ちるみたいに地面に落下し、通路をふさいでしまったのです。これはサクヌッセンムが遭《そう》遇《ぐう》しなかった、偶然《ぐうぜん》の障害物《しょうがいぶつ》なんです。でもこれくらい押《お》しのけられないようでは、地球の中心へ達する資格なんかありませんよ」

ぼくはこんなふうに、一席《いっせき》ぶったのだった。リーデンブロック教授の魂《たましい》がのりうつったかのように。《大発見の精霊《せいれい》》に心を奪《うば》われ、過去を忘《わす》れて未来を無視《むし》した。こんなに地下深く入りこんでしまったんだ。もうぼくにとって、地上のものなど存在《そんざい》しないも同然だった。都会も田舎《いなか》も、ハンブルクもケーニッヒ通りも、かわいいグラウベンさえも。かわいそうに、彼女はぼくが地球の奥底《おくそこ》で行方《ゆくえ》不明になってしまったと思っていることだろう。

「それじゃあ」と叔父《おじ》は言った。「ピッケルかつるはしで道をひらこう。この壁《かべ》を打《う》ち倒《たお》すんだ」

「硬《かた》すぎてピッケルでは歯が立ちません」

「だったら、つるはしだ」

「つるはしでは時間がかかりすぎます」

「だが……」

「火薬ですよ。爆薬《ばくやく》をしかけて、岩を吹《ふ》き飛《と》ばすんです」

「火薬だって?」

「ええ、それだったら、岩の端《はし》っこを少し砕《くだ》けばいいだけです」

「ハンス、仕事にかかってくれ!」と叔父《おじ》は叫《さけ》んだ。

ハンスは筏《いかだ》に引き返すと、つるはしを持ってすぐに戻《もど》ってきた。そして岩に爆薬《ばくやく》をしかける穴《あな》を掘《ほ》り始《はじ》めた。それは簡単《かんたん》な作業ではなかった。大砲用《たいほうよう》の火薬より四倍も爆発力《ばくはつりょく》のある綿火薬《めんかやく》が二十五キロも入る穴《あな》を穿《うが》たねばならないのだ。

ぼくは極度の興奮《こうふん》状態だった。ハンスが作業をしているあいだ熱心に叔父《おじ》を手伝い、濡《ぬ》らした火薬を布の細長い袋《ふくろ》につめて、長い導火線の準備をした。

「行くぞ。断固、通《とお》り抜《ぬ》けるぞ」とぼくは言った。

「通《とお》り抜《ぬ》けるぞ」と叔父《おじ》が繰《く》り返《かえ》す。

午前零時《れいじ》になって、爆破《ばくは》の準備作業はすべて終わった。装薬孔《そうやくこう》に綿火薬《めんかやく》がつめられ、導火線は通路を抜《ぬ》けて外まで伸《の》びている。

あとはちょっと火をつけさえすれば、爆破《ばくは》装置《そうち》が作動する。

「明日にしよう」と叔父《おじ》が言った。

しかたなく、ぼくはたっぷり六時間も待たねばならなかった。

41　爆《ばく》発《はつ》

翌日《よくじつ》、八月二十七日木曜日は、地底旅行のなかでも特別な一日となった。この日のことを思い出すたび、激《はげ》しい恐怖《きょうふ》で心臓《しんぞう》が高鳴らずにはおらない。あの瞬間《しゅんかん》から、ぼくたちの理性や判断力、機転はすべて鳴りをひそめ、地球のさまざまな現象《げんしょう》にもてあそばれるがままになったのだった。

朝六時、ぼくたちはすでに起きていた。爆薬《ばくやく》で花崗岩《かこうがん》の障壁《しょうへき》を破り、道をひらくときが迫《せま》っている。

ぼくは導火線に火をつける役をつつしんで願い出た。火をつけたら、まだ荷おろしをしていない筏《いかだ》で待機している仲間のもとにすぐさま駆《か》けつけ、爆発《ばくはつ》の危険《きけん》を避《さ》けるため沖《おき》にむかうという計画だった。爆破《ばくは》の威力《いりょく》が、岩山の内側に集中するとは限らないからだ。

計算によれば導火線が燃えて装薬孔《そうやくこう》の爆薬《ばくやく》に引火するまで、十分かかるはずだった。だからぼくが筏《いかだ》に戻《もど》る時間は充分《じゅうぶん》ある。

大役を果たすべく準備をしながらも、心の高ぶりを覚えずにはおれなかった。

急いで食事をすますと、叔父《おじ》とハンスは筏《いかだ》に乗りこみ、ぼくは海岸に残った。導火線に火をつけるため、灯《とも》したランタンを用意しておいた。

「さあ、行け」と叔父《おじ》は言った。「すぐに戻《もど》ってこいよ」

ぼくは通路の入り口にむかった。ランタンの扉《とびら》をあけ、導火線の端《はし》をつかむ。

叔父《おじ》が精密時計片手《クロノメーターかたて》に大声で言った。

「準備はいいか?」

「大丈夫《だいじょうぶ》です」

「よし、点火しろ」

導火線をすばやく炎《ほのお》にかざした。導火線に火がつき、パチパチいい始めると、ぼくは海岸めざして走った。

「そら、乗れ。沖《おき》に出るぞ」と叔父《おじ》が言った。

ハンスの力強いひと押《お》しで、ぼくたちはたちまち岸から四十メートルほど離《はな》れた。

それはどきどきするような一瞬《いっしゅん》だった。叔父《おじ》は精密時計《クロノメーター》の針《はり》を目で追いながら言った。

「あと五分……あと四分。三分」

ぼくの胸《むね》は早鐘《はやがね》を打つように高鳴った。

「あと二分！　一分……砕《くだ》け散《ち》れ、花崗岩《かこうがん》の山よ！」

そのとき、なにが起きたのだろう？　爆発音《ばくはつおん》は聞こえなかったような気がする。けれども目の前で、突然《とつぜん》岩山が形を変えた。まるでカーテンを引くように、ぱっかりと口をあけたのだ。海岸の真ん中に、底なしの深淵《しんえん》が穿《うが》たれる。海はめまいに襲《おそ》われ、ひとつの巨大《きょだい》な大波と化した。筏《いかだ》はその波頭《なみがしら》にのって、真上に放《ほう》り出《だ》された。

ぼくたちは三人ともひっくり返った。一瞬《いっしゅん》のうちに光が消え、深い闇《やみ》があたりを包む。しっかりとした支えが、いきなりなくなるのを感じた。足もとの支えでなく、筏《いかだ》の支えが。筏《いかだ》が沈《しず》んでいくような気がしたが、そうではなかった。叔父《おじ》に話しかけようとしたけれど、ごうごうと轟《とどろ》く水の音で、声は届《とど》きそうもない。

闇《やみ》と轟音《ごうおん》、驚《おどろ》きと不安に襲《おそ》われながらも、ぼくにはなにが起きたのかわかった。

「砕け散れ，花崗岩の山よ！」

吹《ふ》き飛《と》んだ岩のむこうに、大きな深い穴《あな》があったのだ。爆発《ばくはつ》のせいで地震《じしん》が起き、いくつも亀裂《きれつ》が走っていた大地が割《わ》れて深淵《しんえん》が口をあけた。そして海が激流《げきりゅう》と化し、ぼくたちもろともそこへ流れこんでいったというわけだ。

もうだめだ。

一時間か二時間かはわからないが、こうして時がすぎた。ぼくたちは身を寄せ合い、筏《いかだ》から投げ出されないよう手を握《にぎ》り合《あ》った。筏《いかだ》がたまたま岩壁《がんぺき》にぶつかると、激《はげ》しい衝撃《しょうげき》が襲《おそ》った。けれどもそれは、めったに起きなかった。してみると、通路はよほど広いのだろう。サクヌッセンムがここをくだっていったのは間違《まち》いない。けれどもぼくたちはくだるのではなく、力まかせにやりすぎて海ごと呑《の》みこまれてしまったのだ。

もちろんこうした考えは、そのとき漠然《ばくぜん》と脳裏《のうり》に浮《う》かんだだけだった。真っ逆さまに墜《つい》落《らく》するみたいに頭がくらくらして、とてもまともな思考力など働かない。顔にあたる風の具合からして、特急列車の速度も超《こ》えていたに違《ちが》いない。こんな状況《じょうきょう》では松明《たいまつ》も燃やせやしないし、最後に残っていたルームコルフ照明器も爆発《ばくはつ》のときに壊《こわ》れてしまった。

だから突然《とつぜん》、すぐ近くで明かりが灯《とも》ったときは、とてもびっくりした。ハンスの穏《おだ》やかな顔が、光に照らされている。この器用な狩人《かりゅうど》は、うまいことランタンに火をつけたのだ。炎《ほのお》は揺《ゆ》れて、いまにも消えそうだったけれど、恐《おそ》ろしい闇《やみ》をほのかに照らしている。

ぼくが思っていたとおり、通路は広かった。ランタンのかすかな光では、両側の内壁《ないへき》をいっぺんにたしかめることはできなかった。ぼくたちを運んでいく水は、アメリカでもっとも急な激流《げきりゅう》の斜面《しゃめん》よりも険《けわ》しい坂を流れ落ちていった。水面は、力いっぱい射《い》た水の矢でできているかのようだ。あのときの印象を、これ以上的確にあらわす比喩《ひゆ》もない。筏《いかだ》はときおり渦《うず》に巻《ま》きこまれ、くるくるとまわった。通路の内壁《ないへき》に近づいたとき、ランタンの光をあててみた。突《つ》き出《で》た岩の列が一直線につながり、まるでうごめく網《あみ》のなかにいるような気がした。スピードは時速百二十キロに達していただろう。

ぼくと叔父《おじ》は、爆発《ばくはつ》のときにぽっきり折れてしまったマストの残骸《ざんがい》にしがみつきながら、血走った目であたりを眺《なが》めていた。ぼくたちは風に背《せ》をむけていた。人間の力ではとうてい抑《おさ》えられないスピードのせいで、窒息《ちっそく》しかねなかったから。

こうして時はすぎていった。状況《じょうきょう》は変わらなかったけれど、ある出来事によりさらに混迷《こんめい》をきわめることとなった。

積み荷を少し整理しようとしてみたところ、爆発《ばくはつ》の衝撃《しょうげき》で勢いよく海に呑《の》まれかけたとき、荷物の大部分が失われたことに気づいたのだ。状況《じょうきょう》を正確につかみたいと思い、ランタン片手《かたて》に調べ始めた。計器類は、コンパスと精密時計《クロノメーター》しか残っていなかった。縄梯子《なわばしご》やロープはずたずたになって、マストの残骸《ざんがい》に切《き》れ端《はし》が絡《から》みついているだけだった。つるはしもピッケルもハンマーも、すっかりなくなっている。しかもなんとも困《こま》ったことに、食《しょく》糧《りょう》があと一日分しか残っていなかった。

ぼくは丸太の隙間《すきま》や細かな接合部、板の継《つ》ぎ目《め》を調べた。しかしなにも見つからない。残っている食糧《しょくりょう》は干《ほ》し肉《にく》ひときれと、ビスケット数枚《すうまい》だけだった。

ぼくは茫然《ぼうぜん》と眺《なが》めていた。この事態を認《みと》めたくなかった。でもよくよく考えれば、どんな危険《きけん》があるっていうんだ？　たとえ食べ物が数か月分、数年分残っていたところで、こんな激流《げきりゅう》に呑《の》まれて、深淵《しんえん》の底まで落ちてしまったら、どうやって抜《ぬ》け出《だ》せるというんだ？　ほかにもいろいろな形で死が迫《せま》っているときに、飢《う》えの苦しみを恐《おそ》れてなんになる？　ゆっくり餓死《がし》する時間なんか、もうないかもしれないんだ。

それでも想像力というのは、説明しがたい奇妙《きみょう》なはたらきをする。そのせいでぼくは目の前の危険《きけん》を忘《わす》れ、先々のことが恐《おそ》ろしくてたまらなくなった。もしかしたら激流《げきりゅう》の手を逃《のが》れ、地上に戻《もど》れるかもしれない。どうやってかはわからないし、どこへだろうとかまわない。千にひとつのチャンスだろうと、ともかく可能性はある。しかし飢《う》え死《じ》にとなると、ほんのわずかな希望すら残されていない。

叔父《おじ》にすべてを話し、どれほど窮地《きゅうち》に立たされているのかを説明しようか。ぼくたちはあとどれくらい生きられるのかを、正確に計算するんだ。けれども叔父《おじ》が取《と》り乱《みだ》さないようにと、ぼくは気丈《きじょう》にも黙《だま》っていた。

とそのとき、ランタンの光が少しずつ弱まり、とうとう完全に消えてしまった。灯心《とうしん》が燃《も》え尽《つ》きたのだ。あたりはまた、真っ暗になった。漆黒《しっこく》の闇《やみ》を払《はら》うことはもうできない。松明《たいまつ》が一本残っていたけれど、火をつけてもすぐに消えてしまうだろう。だからこの暗闇《くらやみ》が見えないよう、子供《こども》のように目をつぶった。

長い時間がすぎ、筏《いかだ》のスピードはいっそう速くなった。顔にあたる風のごうごうという音で、それがわかった。水の傾斜《けいしゃ》は信じられないほどだった。これはもう滑《すべ》り落《お》ちるというより、落下しているといったほうがいい。ほとんど垂直《すいちょく》に落ちていく感じだった。叔父《おじ》とハンスの手がぼくの腕《うで》をつかみ、がっちりとささえてくれた。

どれくらいたっただろうか、いきなり衝撃《しょうげき》を感じた。筏《いかだ》がなにか固いものにぶつかったのではなく、落下が急に止まったのだ。巨大《きょだい》な水柱《みずばしら》のように、どしゃぶりの雨が襲《おそ》いかかってきた。ぼくは息が詰《つ》まり、溺《おぼ》れ死《じ》にそうだった……

しかし突然《とつぜん》の大洪水《だいこうずい》は、長くは続かなかった。ほどなくあたりに空気が満ち、ぼくは胸《むね》いっぱい深呼吸《しんこきゅう》した。叔父《おじ》とハンスは、ぼくの腕《うで》を砕《くだ》けそうなほど強く握《にぎ》っている。三人とも、まだしっかり筏《いかだ》に乗っていた。

42 上《じょう》昇《しょう》

おそらく、午後十時ごろだったろう。最後の衝撃《しょうげき》のあと、まず戻《もど》ってきたのは聴覚《ちょうかく》だった。通路を包む静寂《せいじゃく》を、すぐさま耳は感じ取った。何時間も耳を聾《ろう》していた轟音《ごうおん》に続く静けさが、ぼくには文字どおり聞こえていた。それから、つぶやくような叔父《おじ》の声がした。

「のぼってるぞ」

「なんですって?」

「そう、のぼってる。のぼってるんだ」

手を伸《の》ばして岩壁《がんぺき》に触《ふ》れると、たちまち皮がすりむけた。たしかにぼくたちは、ものすごい速度で上昇《じょうしょう》している。

「松明《たいまつ》をつけろ! 松明《たいまつ》を」と叔父《おじ》が叫《さけ》ぶ。

ハンスはどうにか松明《たいまつ》に火を灯《とも》した。筏《いかだ》は上へ上へと動いていたけれど、炎《ほのお》は大きく燃えあがり、まわりの光景を照らし出した。

「思っていたとおりだ」と叔父《おじ》は言った。「ここは直径八メートルもない、狭《せま》い井戸《いど》のなかだ。水は穴《あな》の底まで達したあと、ふたたび水位をあげ、いっしょに筏《いかだ》を運びあげている

松明はまわりの光景を照らし出した

んだ」

「でも、どこへむかって？」

「それはわからんが、なにがあってもいいように、準備しておかねばならないぞ。思うに上昇《じょうしょう》速度は秒速四メートル、分速二百四十メートル、時速でいえば約十四キロだ。この調子でいけば、ずんずん進めるぞ」

「ええ、なにも遮《さえぎ》るものがなく、井戸《いど》の出口がひらいているならば。でも、もし出口がふさがれていたら、水柱《みずばしら》に押《お》されて空気が少しずつ圧縮《あっしゅく》され、ぼくたちは押《お》しつぶされてしまいます」

「アクセル」と叔父《おじ》は落ちつきはらって答えた。「たしかにほとんど絶望的な状況《じょうきょう》だが、助かるチャンスはわずかながらある。わたしはそれを検討《けんとう》しているんだ。いつなんどき死ぬかもしれないが、いつなんどき助からないとも限らない。だから、ささいな機会でもうまく生かせるようにしよう」

「でも、どうすればいいんですか？」

「なにか食べて、力をつけることだな」

その言葉を聞いて、ぼくは取《と》り乱《みだ》した目で叔父《おじ》を見た。打ち明けたくなかったことを、ついに口にせねばならない。

「食べるですって?」ぼくは繰《く》り返《かえ》した。

「ああ、すぐにでも」

叔父《おじ》はデンマーク語で二言、三言つけ加えた。ハンスが首を横にふる。

「なんだって?」と叔父《おじ》は叫《さけ》んだ。「食糧《しょくりょう》がなくなった?」

「ええ、残りの食糧《しょくりょう》はこれだけです。ぼくたち三人で、干《ほ》し肉《にく》ひときれ」

叔父《おじ》はぼくの言葉を理解したくないかのように、じっとこちらを見つめた。

「どうです。これでもまだ、助かるかもしれないと思いますか?」

叔父《おじ》はなにも答えなかった。

一時間がすぎた。ぼくは激《はげ》しい空腹《くうふく》を感じ始めた。叔父《おじ》とハンスも苦しんでいるようだ。けれども誰《だれ》ひとり、わずかに残った食糧《しょくりょう》に手をつけようとしなかった。

そのあいだにも、筏《いかだ》は猛《もう》スピードで上昇《じょうしょう》を続けた。風が顔にあたって、ときおり息がつまった。上昇《じょうしょう》速度が速すぎる気球にのっているようなものだ。しかし気球なら、大気中をのぼるにつれて寒さを感じるようになるけれど、ぼくたちは正反対の結果をこうむることになった。不安なくらい気温があがり始めたのだ。そのころにはもう、四十度に達していただろう。

この変化はなにを意味しているのだろう? これまでのところ地底の温度は、デイヴィとリーデンブロック教授の説を裏《うら》づけるものだった。でもそれは、いままでずっと岩が熱を遮断《しゃだん》していたり、電気や磁気《じき》の特殊《とくしゅ》な状況《じょうきょう》により、自然の一般《いっぱん》法則に反して穏《おだ》やかな温度が保たれていたからだろう。地球の中心では火が燃《も》え盛《さか》っているという説が、ぼくにはやはりたったひとつの正しい、合理的な考え方だと思えた。だとすると、ここに来て現象《げんしょう》が本来の理屈《りくつ》どおりに働く環境《かんきょう》に戻《もど》ろうとしているのだろうか？ 高熱により岩がどろどろに溶《と》けるような環境《かんきょう》に。ぼくは不安な胸《むね》のうちを叔父《おじ》に打ち明けた。

「たとえ溺死《できし》や圧死《あっし》、飢《う》え死《じ》にはまぬがれても、焼け死ぬ可能性がまだ残っているのでは？」

叔父《おじ》は肩《かた》をすくめただけで、またじっと考えこんだ。

こうして一時間がすぎた。気温が少しあがったほかは、状況《じょうきょう》にまったく変化はない。ようやく叔父《おじ》が沈黙《ちんもく》をやぶった。

「よし、意を決しよう」

「意を決するですって？」とぼくは聞き返した。

「そうとも。力をつけなければ。何時間か長く生きのびようとして、残りの食糧《しょくりょう》をとっておいたところで、弱った体で最期《さいご》をむかえるだけだ」

「ええ、最期《さいご》をむかえるのは、そう遠いことじゃないでしょうね」

「まあな。だが助かるチャンスが訪《おとず》れ、行動をおこさねばならないときが来ても、腹《はら》がへってふらついていたら、どうやってその力を発揮《はっき》させるんだ?」

「そうは言っても、叔父《おじ》さん、なけなしの肉を食べてしまったら、なにが残るんですか?」

「なにも残らんさ、アクセル。しかし、ただ見ているだけでは腹《はら》の足しにはならんぞ。おまえは無気力で意気地《いくじ》なしの理屈《りくつ》をこねているだけだ」

「だったら叔父《おじ》さんは、まだあきらめていないんですか?」ぼくはむっとしてたずねた。

「あきらめるものか」叔父《おじ》はきっぱりと答えた。

「それじゃあ、まだ助かるチャンスがあると?」

「もちろん、あるとも。心臓《しんぞう》が脈打ち、肉体が滅《ほろ》びないかぎり、意志ある人間が絶望に屈《くっ》するなんて認《みと》められんぞ」

なんという言葉だろう。ここまで追いつめられても、まだこんなふうに言えるなんて、たしかに並《なみ》はずれた意志の持ち主だ。

「それじゃあ」とぼくはたずねた。「どうしようっていうんです?」

「残っている食糧《しょくりょう》を最後のひとかけらまで食べつくし、失われた体力を回復させるんだ。これが最後の食事になるだろうが、疲《つか》れてただへたりこむのではなく、少なくとも人間らしさを取《と》り戻《もど》せる」

「そうだ、食べましょう！」ぼくは叫《さけ》んだ。

叔父《おじ》は肉のかけらと流されずに残っていたビスケット数枚《すうまい》を手に取り、三等分してぼくたちに配った。ひとり五百グラムほどの食糧《しょくりょう》だった。叔父《おじ》はそれを熱にうかされたようにがつがつと食べた。ぼくはお腹《なか》がすいていたのに、なんの喜びもなく、ほとんどいやいや口に突《つ》っこんだ。ハンスは控《ひか》えめに、ただ黙々《もくもく》と食べた。先のことなどなにも心配していないかのように、ひと口ひと口静かに味わっている。彼はあちこち探《さが》しまわって、ジンが半分ほど入った水筒《すいとう》を見つけ出し、ぼくたちにふるまった。このおいしいお酒のおかげで、ぼくは少し元気が出た。

「フェルトラフリイ！」ハンスもぐいっとあおって言った。

「うまい」と叔父《おじ》が応じる。

少し希望が出てきたけれど、最後の食事はもう終わってしまった。午前五時のことだった。

人間なんてそんなものだ。ささいなことで、体調も左右される。いったん食欲《しょくよく》が満たされると、飢《う》えの恐怖《きょうふ》を想像するのは難《むずか》しい。実際に感じていなければ、わからないのだ。だから長い絶食《ぜっしょく》を終え、ビスケットと肉をいくらか食べただけで、それまでの苦痛《くつう》はきれいさっぱり消えてしまった。

食事が終わると、それぞれもの思いにふけった。ハンスはなにを考えているのだろう？　西洋のさいはてに暮《く》らし、運命に逆らうまいとする東洋的な精神に満ちたこの男は。ぼくはといえば、ただ思い出にふけってばかりいた。地上の世界が記憶《きおく》によみがえる。あそこを離《はな》れるべきじゃなかったんだ。ケーニッヒ通りの家やかわいいグラウベン、家政婦のマルテが幻《まぼろし》のように、目の前をとおりすぎていく。岩のむこうから聞こえる不気味な轟《とどろ》きにも、町の喧騒《けんそう》が混ざっているような気がした。

《つねに仕事熱心な》叔父《おじ》は岩壁《がんぺき》に手をあて、注意深く地質を調べている。重なり合った地層《ちそう》を観察して、状況《じょうきょう》を把握《はあく》しようというのだ。こうした予想というか推定《すいてい》は、きわめておおざっぱなものでしかない。けれども冷静ささえ失わなければ、学者はやはり素人《しろうと》とは違《ちが》う。そして間違《まちが》いなくリーデンブロック教授は、人なみすぐれた学者だった。

叔父《おじ》が地質学用語をつぶやく声が聞こえた。なるほど、そういうことか。ぼくはこのすばらしい研究に思わず耳を傾《かたむ》けた。

「火山性花崗岩《かこうがん》か」と叔父《おじ》は言った。「まだここは、原生代の層《そう》だな。だが、どんどんのぼっているからな。まだわからんぞ」

まだわからないだって？　やはり希望を捨《す》てていないのか。叔父《おじ》は垂直《すいちょく》の内壁《ないへき》を手でさぐり、しばらくしてからこう言葉を続けた。

「今度は片麻岩《へんまがん》。次は雲母片岩《うんもへんがん》だ。よし、じきに古生代の地層《ちそう》になる。そのあと……」

どういう意味だろう？　ぼくたちの頭上に立ちふさがる地殻《ちかく》の厚さを、推《お》し量《はか》ろうというのか？　そんな計算をする術《すべ》を、なにか持ち合わせているんだろうか？　いや、圧力計《マノメーター》はなくなってしまった。ただのあてずっぽうでは、圧力計《マノメーター》の代わりにはならない。

そのあいだにも気温はずんずん上昇《じょうしょう》し、あたりは焼けつくような熱気に包まれた。溶《と》けた鉄が流れ出ている溶鉱炉《ようこうろ》の熱気、と言えばぴったりだろう。ぼくも叔父《おじ》もハンスも、上着やベストを次々に脱《ぬ》がずにはおれなかった。服を一枚《まい》着ているだけで、苦しいとまでは言わないまでも、うっとうしかった。

「真っ赤に燃えた溶岩《ようがん》の炉《ろ》にむかって、のぼっているんじゃないでしょうか？」熱さがさらに増すと、ぼくは大声でたずねた。

「いや、そんなはずはない。ありえないことだ」と叔父《おじ》は答えた。

「でも」とぼくは岩壁《がんぺき》を手探《てさぐ》りしながら言った。「この壁《かべ》はものすごい熱さですよ」とそのとき、ぼくは水面に軽く触《ふ》れた手をあわてて引っこめた。

「熱湯になってますよ！」とぼくは叫《さけ》んだ。

叔父《おじ》は返事がわりに、怒《おこ》ったような身ぶりをしただけだった。

上着やベストを次々に脱がずにはおれなかった

ぼくはあらがい難《がた》い恐怖《きょうふ》に襲《おそ》われた。いったん脳裏《のうり》にとりついた恐怖《きょうふ》は、そのまま離《はな》れようとしなかった。なんだか、もうすぐ大変な事態になりそうな気がする。どんなにとっぴょうしもない想像をめぐらせても、思いつかないような事態に。最初は漠然《ばくぜん》とした、不確かな考えだったものが、やがて心のなかで確信に変わった。いくら追《お》い払《はら》おうとしても、しつこくまた戻《もど》ってくる。あえてはっきりと言葉にしなかったけれど、いやでも目に入ってくる周囲の状況《じょうきょう》から、思っているとおりだとわかった。松明《たいまつ》のぼんやりした光に照らされ、花崗岩《かこうがん》の層《そう》が不規則に揺《ゆ》れている。なにかとてつもない現象《げんしょう》が、起ころうとしているのだ。それには電気も一役買っているらしい。おまけにこの異常《いじょう》な暑さ、火傷《やけど》しそうな熱湯……ぼくはコンパスをたしかめようとした。

するとどうだ。コンパスはでたらめな方向を指していた。

43　噴《ふん》　火《か》

そう、でたらめな方向だった。針《はり》はいっぽうの極からもういっぽうの極へと激《はげ》しく振《ふ》れ、まるでめまいでも起こしているかのように文字盤《もじばん》のうえをくるくるとまわった。

広く認《みと》められている理論によれば、地殻《ちかく》は完全に静止しているわけではないと、ぼくだってよくわかっていた。地上の人間は気づいていないが、地球内部の物質が変質したり、液体の流動によって揺《ゆ》れ動《うご》いたり、磁気《じき》の作用を受けたりして、地殻《ちかく》は絶えず変動している。だからそうした現象《げんしょう》だけなら、ぼくだって特に怯《おび》えたりしなかっただろう。少なくとも、ぼくの心にあんな恐《おそ》ろしい考えが浮《う》かぶことはなかったはずだ。

しかしほかにもさまざまな事実、ある種特別な現象《げんしょう》も見られるとなると、もはや間違《まちが》いなさそうだ。耳をつんざく爆発音《ばくはつおん》も、次々に聞こえてくる。石畳《いしだたみ》の道で、何十台、何百台もの荷車を猛《もう》スピードで引いていく音としか言いようがない。まさに鳴り続ける雷鳴《らいめい》だ。

それに、でたらめなコンパスのこともある。電気現象《げんしょう》に揺《ゆ》り動《うご》かされた針《はり》は、ぼくの考えを裏《うら》づけている。地殻《ちかく》が砕《くだ》けようとしているのだ。花崗岩《かこうがん》の塊《かたまり》が結合し、裂《さ》け目《め》が閉《と》じられて、空洞《くうどう》が埋《う》められる。そして哀《あわ》れな原子たるぼくたちは、その途方《とほう》もない抱擁《ほうよう》のなかで押《お》しつぶされてしまうだろう。

「叔父《おじ》さん！」とぼくは叫《さけ》んだ。「もうおしまいです」

「なにをまた、怖気《おじけ》づいているんだ？」叔父《おじ》は驚《おどろ》くほど落ちついて答えた。「どうした？」

「どうしたですって？　見てください。岩壁《がんぺき》がこんなに揺《ゆ》れています。ほら、いまにも崩《くず》れそうだ。それにものすごい暑さ、沸騰《ふっとう》するお湯、立ちこめる蒸気《じょうき》、でたらめなコンパス。どれも地震《じしん》の前兆じゃないですか」

叔父《おじ》はゆっくり首を横にふって、こう言った。

「地震《じしん》だって？」

「ええ」

「それは間違《まちが》いだ、アクセル」

「だってほら、わかりませんか、この兆候《ちょうこう》」

「これが地震《じしん》の兆候《ちょうこう》だと？　いや、もっといいものさ」

「どういうことです？」

「噴火《ふんか》だよ、アクセル」

「噴火《ふんか》？」とぼくは言った。「それじゃあぼくたちは、活動している火山の火道にいるんですか？」

「おそらくな」と叔父《おじ》は笑いながら言った。「だとすれば、もっけのさいわいということだ」

もっけのさいわいだって？　叔父《おじ》は頭がおかしくなってしまったんだろうか？　どういう意味なんだ？

「なんですって？」とぼくは言った。「運命のいたずらにより、ぼくたちは溶岩《ようがん》の通り道に投げこまれてしまったと？　燃えあがる岩石、煮《に》えたつお湯、ありとあらゆる噴出物《ふんしゅつぶつ》の通り道に？　だとしたら炎《ほのお》の渦《うず》に巻《ま》かれながら、岩の塊《かたまり》や岩滓《がんさい》、降《ふ》りそそぐ灰《はい》もろとも上方へと押《お》しやられ、いっきに宙《ちゅう》へ吐《は》き出《だ》されるんですよ。それがもっけのさいわいなんですか？」

「そうとも」と叔父《おじ》は眼鏡《めがね》ごしにぼくを見つめて言った。「地上に戻《もど》るチャンスは、それしかないじゃないか」

さまざまな思いが脳裏《のうり》に交錯《こうさく》したけれど、それについては触《ふ》れないでおこう。ともかく叔父《おじ》の言うとおりだ。それはもう間違《まちが》いない。このときほど叔父《おじ》が勇敢《ゆうかん》で、頼《たの》もしく思えたことはなかった。彼は噴火《ふんか》のチャンスを冷静にうかがっていたのだ。

そのあいだにも上昇《じょうしょう》は続いていた。ひたすら上へ上へとむかいながら、夜がすぎた。あたりの轟音《ごうおん》がいっそう激《はげ》しくなる。ぼくはほとんど息もできなかった。いよいよ最期《さいご》の時が近づいているような気がした。それでも人間の想像力とは不思議なもので、ぼくは無邪《むじゃ》気《き》な探求心《たんきゅうしん》にかられていた。ただ思《おも》い浮《う》かぶまま、とりとめもなく考えていただけだけれど。

ぼくたちが噴火物《ふんかぶつ》に押《お》しあげられているのは明らかだった。筏《いかだ》の下には沸騰《ふっとう》したお湯があり、さらにその下にはどろどろの溶岩《ようがん》や岩石が続き、やがては火口から噴《ふ》き出《だ》して四方八方に散るのだろう。つまりぼくたちは、火山道にいるのだ。その点は疑《うたが》いようがない。けれども今回はスネッフェルス山のような休火山ではなく、活動真《ま》っ盛《さか》りの火山だ。それじゃあ、いったいどの地域《ちいき》の山から飛び出すことになるのだろう？

北部には違《ちが》いない。コンパスが壊《こわ》れる前まで、進行方向を示す針《はり》はずっと北を指していたのだから。サクヌッセンム岬《みさき》を出発してから何百キロも、まっすぐ北にむかっていたはずだ。だとしたら、アイスランドの下に戻《もど》ってきたのでは？　ヘクラ山か、ほかにも島に七つある火山の口から飛び出すことになるのだろうか？　西へ半径二千キロメートル以内の同じ緯度《いど》では、アメリカ大陸の北西岸にあまり知られていない火山がいくつかあるだけだ。東側の北緯《ほくい》八十度には、スピッツベルゲン島からほど近いヤン・マイエン島のエスク山しかない。たしかに火山には事欠かないし、大軍勢を吐《は》き出《だ》せるくらい火口も広々しているけれど、いったいどれがぼくたちの出口となるのか、それをなんとかつきとめたかった。

朝になると、上昇《じょうしょう》速度がさらに増した。地表に近づいているのに温度がさがるどころか、逆にあがっていくのは、火山の熱による局地的《きょくちてき》な現象《げんしょう》だろう。こんなふうにつきあげられているのは、もう疑問《ぎもん》の余地がない。なにかものすごい力が、地下に溜《た》まった蒸気《じょうき》が生み出す何百気圧もの力が、いやおうもなく筏《いかだ》を押《お》しているのだ。だとしたら、ぼくたちはどんなに恐《おそ》ろしい危険《きけん》にさらされていることか！

やがて褐色《かっしょく》の光が、少しずつ広がる垂直《すいちょく》の坑道《こうどう》に射《さ》しこんだ。左右に目をやると、トンネルのような深い横穴《よこあな》がいくつも口をあけ、白く濁《にご》った水蒸気《すいじょうき》を吐《は》き出《だ》している。真っ赤な炎《ほのお》は、ちろちろと内壁《ないへき》をなめる舌のようだ。

「ほら、叔父《おじ》さん、見てください！」とぼくは叫《さけ》んだ。

「なるほど。あれは硫黄《いおう》が燃えているんだな。噴火《ふんか》の際にはよくあることだ」

「でも、炎《ほのお》にまかれてしまうのでは？」

「そんなことはない」

「じゃあ、窒息《ちっそく》するかも」

「窒息《ちっそく》もせん。坑道《こうどう》は広がっているし、いざとなったら筏《いかだ》を捨《す》てて、どこかの裂《さ》け目《め》に避難《ひなん》すればいい」

「水は？　水が満ちてくるかも」

「水はもうないさ、アクセル。どろどろの溶岩《ようがん》が火口までいっしょに、われわれを押《お》しあげてくれる」

たしかに水柱《みずばしら》は姿《すがた》を消し、その代わりに煮《に》え立《た》つ溶岩《ようがん》物質が見える。暑さはもう、耐《た》えがたいほどだった。温度計で気温を測ったら、七十度以上にもなっただろう。ぼくはもう、全身汗《あせ》だくだった。あんなに勢いよく上昇《じょうしょう》していなければ、息もできなかったに違《ちが》いない。

とはいえ叔父《おじ》はありがたいことに、筏《いかだ》を捨《す》てるという考えを実行に移しはしなかった。丸太を何本か集めただけのものだが、それでもしっかりした足場代わりになっている。これは大事にしなければ。ぼくたちがよりどころにできる場所は、ほかにどこにもないのだから。

午前八時ごろ、いままでにない新たな事態が発生した。上昇《じょうしょう》運動がいきなりやみ、筏《いかだ》はぴくりとも動かなくなったのだ。

「どうしたんでしょう?」ぼくは突然《とつぜん》の停止に動揺《どうよう》してたずねた。

「小休止だな」叔父《おじ》が答える。

「噴火《ふんか》がおさまったのですか?」

「そうじゃなければいいんだが」

ぼくは立ちあがり、あたりを見まわした。筏《いかだ》は岩のでっぱりにでも引っかかって、突《つ》きあげる溶岩《ようがん》の力に一時的に抗《こう》しているのかもしれない。だとしたら、いっこくも早くはずさなければ。

しかし、そういうことではなかった。灰《はい》や岩滓《がんさい》、石ころの渦《うず》は動きをとめてしまったのだ。

「噴火《ふんか》がおさまったのでしょうか?」とぼくはたずねた。

「ほう、心配なのか?」と叔父《おじ》は歯を食いしばって言った。「安心しろ。休止時間は長くは続かん。すでに五分たっている。すぐにまた、火口にむかってのぼり始めるだろう」

その間も、叔父《おじ》は精密時計《クロノメーター》から目を離《はな》さなかった。叔父《おじ》の予想はまたしても的中し、ほどなく筏《いかだ》は不規則に急上昇《きゅうじょうしょう》し始めた。しかしそれも二分ほど続いただけで、再びとまってしまった。

「大丈夫《だいじょうぶ》」と叔父《おじ》は時計をたしかめながら言った。「十分後には、また動きだすから」

「十分後?」

「そうとも、これは間歇的《かんけつてき》な噴火《ふんか》をする火山なんだ。われわれにも、ひと休みさせてくれてるってわけさ」

その言葉に間違《まちが》いはなかった。叔父《おじ》が言ったとおりの時間に、筏《いかだ》はふたたび猛《もう》スピードで上へのぼり始めた。外にふり落とされないよう、丸太にしがみついていなければならなかった。そしてまた、筏《いかだ》はとまった。

この奇妙《きみょう》な現象《げんしょう》についてあれこれ考えてみたけれど、満足のいく答えは見つからなかった。とはいえ、ぼくたちがいるのは中心の火山道ではなく、噴火《ふんか》の余波《よは》が及《およ》んでいるわき

筏は溶岩の波に揺られた

道の一本なのは間違《まちが》いなさそうだ。

こんな状態が何度繰《く》り返《かえ》されただろう。そのたびに押《お》しあげる力が大きくなり、砲弾《ほうだん》のように飛びあがるかと思うほどだったことだけは、はっきり断言できる。とまっているあいだは息苦しかった。ぐんぐん上にのぼっていくあいだは、燃えるような熱風に吹《ふ》かれて息が詰《つ》まった。零下《れいか》三十度の極北地方にひとっ飛びできたらどんなにか気持ちいいだろうという思いが、一瞬脳裏《いっしゅんのうり》をかすめた。ぼくはひたすら想像をたくましくして、北極圏《ほっきょくけん》の雪原を歩いた。ああ、一瞬《いっしゅん》でもいいから、極地《きょくち》の凍《こお》った絨毯《じゅうたん》のうえを転げまわれたら。何度も頭をぶつけたせいで、おかしくなりかけているのかもしれない。ハンスがおさえてくれなかったら、一度ならず花崗岩《かこうがん》の岩壁《がんぺき》に脳天《のうてん》を激突《げきとつ》させていただろう。

そんなわけで、続く数時間のあいだになにが起きたのか、まったく覚えていない。ただ爆発音《ばくはつおん》が続いて岩が震《ふる》え、筏《いかだ》がくるくるまわっていたような気がするだけだ。灰《はい》の雨が降《ふ》り散るなか、筏《いかだ》は溶岩《ようがん》の波に揺《ゆ》られ、劫火《ごうか》に包まれた。巨大《きょだい》な送風機から送られてくるかのような強風が、地下の火を掻《か》き立《た》てている。最後にもう一度、炎《ほのお》の真っ赤な照り返しのなかにハンスの顔が浮《う》かんだかと思うと、あとはもう激《はげ》しい恐怖《きょうふ》に打《う》ち震《ふる》えるばかりだった。大砲《たいほう》の口に縛《しば》りつけられ、飛び出す砲弾《ほうだん》で手足を引きちぎられる死刑囚《しけいしゅう》が感じるような恐怖《きょうふ》に。

44　ここはどこだ

ふたたび目をあけると、ハンスの力強い手がぼくの腰《こし》をおさえつけていた。彼はもういっぽうの手で、叔父《おじ》もおさえていた。大した怪我《けが》はしていなかったけれど、体じゅうがきしむように痛《いた》かった。ぼくは山の斜面《しゃめん》に横たわっていた。すぐわきは深い淵《ふち》で、ちょっと動いただけでも落っこちてしまいそうだ。火口から転がり落ちそうになったぼくを、ハンスがすんでのところで救ってくれたんだ。

「ここはどこだ」と叔父《おじ》が言った。地上に戻《もど》ってきたのが、どうやらお気《き》に召《め》さないらしい。

わからないと言うように、ハンスは肩《かた》をすくめた。

「アイスランドでは?」とぼくは言った。

「ネイ」とハンスが答える。

「なに、違《ちが》うって?」叔父《おじ》が叫《さけ》んだ。

「ハンスの勘違《かんちが》いですよ」ぼくは体を起こしながら言った。

この旅ではこれまでも数えきれないほどの驚《おどろ》きがあったけれど、まだもうひとつ、驚愕《きょうがく》すべきことが残されていた。てっきりぼくは、万年雪を頂《いただ》いた山が見えるものと思っていた。あたりは北国の荒涼《こうりょう》とした平原で、頭上には薄《うす》ぼんやりとした光が射《さ》す極地《きょくち》の空が広がっているものだと。ところがあにはからんや、ぼくと叔父《おじ》、ハンスの三人は、灼熱《しゃくねつ》の太陽に焼かれた山の中腹《ちゅうふく》に横たわっていたのだった。

ぼくはわが目が信じられなかった。しかし全身がひりひりするように熱いのだから、これはもう疑《うたが》いようがない。火口から半裸姿《はんらすがた》で飛び出したぼくたちに、この二か月すっかりご無沙汰《ぶさた》だった太陽は光と熱を気前よく浴びせ、すばらしい輝《かがや》きを降《ふ》りそそいでいた。しばらくぶりの陽光にようやく目が慣れると、自分の間違《まちが》いを正そうとあたりを見まわした。少なくとも、スピッツベルゲン島あたりではないか。そう簡単《かんたん》に、あきらめる気にはなれない。

最初に口をひらいたのは叔父《おじ》だった。

「たしかに、アイスランドらしくはないな」

「だったら、ヤン・マイエン島では?」とぼくは言った。

「なおさら違《ちが》う。北の火山なら、あたりに花崗岩《かこうがん》の丘《おか》が広がり、山頂《さんちょう》が万年雪に覆《おお》われているはずだ」

「でも……」

「見てみろ、アクセル。ほら、あそこ」

ぼくたちの頭上百五十メートルほどのところにひらいた火口から、十五分おきに激《はげ》しい爆発音《ばくはつおん》が響《ひび》いては高い火柱《ひばしら》があがり、軽石《かるいし》や灰《はい》、溶岩《ようがん》が噴《ふ》き出《だ》した。山が大きく揺《ゆ》れている。まるでクジラのように息をして、ときおりその巨大《きょだい》な鼻孔《びこう》から炎《ほのお》と熱風を噴《ふ》き出《だ》しているのだ。下方には険《けわ》しい斜面《しゃめん》が続き、二百数十メートルにわたって溶岩《ようがん》が広がっていた。火山の高さは、全体で六百メートルくらいだ。ふもとには緑の木々がこんもりと茂《しげ》り、オリーヴやイチジク、真っ赤な房《ふさ》をつけたブドウの木などが見てとれる。

北極圏《ほっきょくけん》の風景でないことは、認《みと》めざるをえなそうだ。

緑が広がる先には、すばらしい海か湖があった。どうやらこの魔法《まほう》の土地は、幅《はば》がせいぜい十数キロの島らしい。東には小さな港と、数軒《すうけん》の家が見えた。港には奇妙《きみょう》な形をした船が、紺碧《こんぺき》の波に揺《ゆ》られている。沖《おき》には小島がいくつも集まって、海原《うなばら》から頭を出していた。そのようすは、まるで蟻《あり》の群れのようだ。西に目をやると、遥《はる》か水平線のかなたに海岸が続いている。カーブを描《えが》く海岸のうえには、調和のとれた青い山なみがくっきりと浮《う》かび、さらにむこうには切り立った山々が突《つ》き出《で》て、頂上《ちょうじょう》から羽根飾《かざ》りのような煙《けむり》をのぼらせていた。北側に広がる水面《みなも》は陽光を受けてきらきらと輝《かがや》き、そこかしこにマストの先《せん》

思ってもみなかった光景

端《たん》や風にふくらむ帆《ほ》があった。

思ってもみなかった光景だけに、そのすばらしい美しさはいっそう際立《きわだ》って見えた。

「いったいここはどこなんだ？　いま、どこにいるんだ？」ぼくは小声でつぶやいた。

ハンスは無関心そうに目をつぶっている。叔父《おじ》はわけがわからず、きょろきょろとあたりを見まわした。

「これがどこの山だろうと」とようやく叔父《おじ》は言った。「ここはちょっと暑いな。噴火《ふんか》は続いたままだし、頭に岩でもあたったら、せっかく火口から脱出したかいがない。ともかく下におりよう。そうすれば状況《じょうきょう》もわかるだろう。だいいち、飢《う》えと渇《かわ》きで死にそうだ」

叔父《おじ》はいつまでももの思いにふけっているような人間ではなかった。ぼくはと言えば、空《くう》腹《ふく》も疲《つか》れも忘《わす》れて、まだ何時間もここにとどまっていたかったけれど、叔父《おじ》とハンスのあとについていくしかなかった。

火山の斜面《しゃめん》は険《けわ》しかった。燃えあがる蛇《へび》のようにくねくねと続く溶岩流《ようがんりゅう》をよけながら、火山灰《かざんばい》が積もっているなかを滑《すべ》りおりた。その道々、ぼくはしゃべりまくった。頭のなかが想像であふれかえり、言葉を吐《は》き出《だ》さずにはおれなかったのだ。

「ここはきっとアジアですよ！」ぼくは叫《さけ》んだ。「インドの海岸かマレー諸島《しょとう》か、それともオセアニアの真ん中かも。地球の半分を突《つ》っ切《き》って、ヨーロッパの反対側まで来てしまったんだ」

「だが、コンパスのことは？」叔父《おじ》が応じる。

「ああ、そうですよね」ぼくは困《こま》ったように言った。「コンパスを信じるなら、ぼくたちはずっと北にむかって進んでいたはずなのに」

「コンパスが嘘《うそ》をついていたと？」

「嘘《うそ》だなんて、そんな」

「だったら、ここが北極だとでも？」

「まさか、北極なんて」

たしかに説明しがたいことだ。いろいろと想像してみるしかない。

そうこうするうちにも、目を楽しませる緑の森に近づいた。ぼくは飢《う》えと渇《かわ》きに苦しめられていたけれど、さいわい二時間ほど歩くと、美しい平野が見えてきた。あたり一面に生《お》い茂《しげ》っているオリーヴやザクロ、ブドウは、誰《だれ》が食べてもよさそうだ。そもそもぼくたちのような窮迫《きゅうはく》した状況《じょうきょう》では、手近にあるもので満足しなければならない。おいしい果物にかぶりつき、赤いブドウの房《ふさ》を口いっぱいにほおばるのは、なんという喜びだっただろう。そこからほど近い草地のさわやかな木陰《こかげ》に、冷たい水が湧《わ》き出《で》る泉《いずみ》も見つかった。そこに顔や手をひたすのは、無上の喜びだった。

こんなふうにして、ぼくたちがそれぞれ心地《ここち》いい休息を楽しんでいると、オリーヴの茂《しげ》みから少年が顔を出した。

「ああ」とぼくは叫《さけ》んだ。「この幸福な国の住人か」

それは貧しい家の子供《こども》らしく、服もぼろぼろなら体もひ弱そうだ。ぼくたちを見て、とても怖《こわ》がっている。たしかにそれは無理もない。なにしろぼくたちは半裸《はんら》で髭《ひげ》は伸《の》び放題《ほうだい》と、ひどいありさまだったから。ここが泥棒《どろぼう》の国でもない限り、住人が怯《おび》えるような風体《ふうてい》だ。

少年が逃《に》げようとしたとき、ハンスが駆《か》け寄《よ》って捕《つか》まえ、足をばたばたさせて泣きわめくのもかまわずこっちへ連れて来た。

叔父《おじ》は少年を一生懸命《いっしょうけんめい》なだめると、きちんとしたドイツ語でこうたずねた。

「坊《ぼう》や、あの山はなんというのかね？」

少年は答えない。

「なるほど」と叔父《おじ》は言った。「ここはドイツではなさそうだ」

叔父《おじ》は英語で同じ問いをした。

少年はますますもって答えない。いったいどういうことなのか、ぼくは気になってしかたなかった。

「こいつは口がきけないのだろうか」と叔父《おじ》は言ったものの、たくさんの外国語を話せるのが自慢《じまん》だったので、今度はフランス語で同じ質問をした。

少年はやはり黙《だま》ったままだ。

「だったら、イタリア語で試《ため》してみよう」そして叔父《おじ》はこうたずねた。

「ドヴェ・ノイ・シアーモ?」

「そう、ここはどこなのさ?」ぼくも待ちきれずに繰《く》り返《かえ》した。

それでも少年は答えない。

「こいつめ、なにか言わんか」叔父《おじ》は怒《いか》り始め、少年の耳を引っぱった。「コメ・シ・ノーマ・クェスタ・イゾラ?」

「ストロンボリ」と羊飼いの少年は言うと、ハンスの手を逃《のが》れてオリーヴの茂《しげ》みを突《つ》っ切《き》り、平野のほうへ走っていった。

これはほとんど予想もしていなかった。なんと、ストロンボリ島とは! この思いがけない名前に、ぼくの想像力はどんなに刺激《しげき》されたことか。ぼくたちは地中海の真ん中、ギリシャ神話の記憶《きおく》をとどめるエオリア諸島《しょとう》のストロンギュレ島にいた。そこは風の神アイオロスが、風や嵐《あらし》を鎖《くさり》につないでいたと言われる島だ。すると東に丸く連なる青い山なみは、カラブリア〔イタリア半島南端〕の山々というわけか。南の水平線にそびえる火山はエトナ山、あの険《けわ》しいエトナ山にほかならない。

「いやまったく、ストロンボリ島とは」とぼくは言った。

叔父《おじ》も身ぶり手ぶりを加えて、ぼくの言葉を繰《く》り返《かえ》した。ぼくたちはまるで、声を合わせて歌っているみたいだった。

ああ、なんという旅、なんてすばらしい旅だったのだろう！　火山から地底にもぐり、また別の火山から出てきたとは！　しかもそこは、世界の果てに見捨《みす》てられた荒涼《こうりょう》たるアイスランドのスネッフェルス山から四千八百キロも離《はな》れていたのだ。偶然《ぐうぜん》のなりゆきから、ぼくたちはこの世でもっとも心地《ここち》よい国へとやって来た。万年雪の国を離《はな》れ、緑が生《お》い茂《しげ》る国へとたどり着いた。凍《こお》りついた土地を包む灰色《はいいろ》の霧《きり》を頭上に残し、シチリアの青空へと戻《もど》ってきた。

果実と冷たい水というおいしい食事のあと、ぼくたちはストロンボリの港めざしてふたたび歩き始めた。どうやってこの島へやって来たのか、明かさないほうが無難《ぶなん》だろう。イタリア人は迷信《めいしん》深いから、ぼくたちのことを地獄《じごく》の底から飛び出した悪魔《あくま》だと思うに違《ちが》いない。だから、哀《あわ》れな遭難者《そうなんしゃ》でとおすしかなかった。あまり名誉《めいよ》な話ではないが、そのほうが安全だ。

道々、叔父《おじ》のつぶやき声が聞こえた。

半裸姿で腰に革袋をくくりつけた叔父

「だがコンパスは？　コンパスは北を指していたじゃないか。あれはどう説明するんだ？」

「まあまあ」とぼくは、少し偉《えら》ぶった態度で言った。「説明なんかしなくていい。そのほうが簡単《かんたん》ですよ」

「とんでもない。ヨハネウム学院の教授たる者、この世で起きる現象《げんしょう》に理由を見つけられないなんて恥《は》ずかしいじゃないか」

半裸姿《はんらすがた》で腰《こし》に革袋《かわぶくろ》をくくりつけた叔父《おじ》はこう言うと、鉱物学《こうぶつがく》の大学者に戻《もど》っておもむろに眼鏡《めがね》を鼻にかけなおした。

オリーヴの茂《しげ》みを離《はな》れて一時間後、ぼくたちはサン＝ヴィンチェンツォの港に着いた。そこでハンスが請求《せいきゅう》した第十一週目の給料は、熱い握手《あくしゅ》とともに支払《しはら》われた。

そのときもハンスは、ぼくたちと同じ自然な感動を共にはしなかったけれど、いつもとは違《ちが》う心の動きをちらりと垣間見《かいまみ》せたのだった。

彼は指先でぼくたちの両手を軽く取ると、にっこり微笑《ほほえ》んだのだった。

45 帰《き》還《かん》

この物語の結末について触《ふ》れておこう。どんなことにも驚《おどろ》かない、すれっからしの人々も、この話だけは信じられないと言うかもしれない。しかしぼくのほうも、人間のそうした猜疑《さいぎ》心《しん》にはすっかり動じなくなっている。

ぼくたちはストロンボリの漁師たちから、遭難者《そうなんしゃ》として丁重《ていちょう》に迎《むか》えられた。彼らは衣服と食べ物を提供《ていきょう》してくれた。四十八時間待ったあと、八月三十一日に小型船でメッシーナまで運ばれ、そこで何日か休んですっかり元気を取《と》り戻《もど》した。

九月四日、フランス帝国《ていこく》輸送の郵便船《ゆうびんせん》ヴォルチュルヌ号に乗った。そして三日後、マルセイユに上陸した。まだ悩《なや》んでいるのは、忌々《いまいま》しいコンパスのことくらいだった。あの説明がつかない事実だけは、どうにも気にかかってしかたがない。九月九日の夕方、ぼくたちはハンブルクに着いた。

マルテがどんなにびっくり仰天《ぎょうてん》したか、グラウベンがどんなに喜んだか、とても口では言いあらわせられない。

「アクセル、あなたはもう英雄《えいゆう》なんだから」と愛する恋人《こいびと》は言った。「わたしのもとを離《はな》れなくていいのよ」

ぼくは恋人《こいびと》をじっと見つめた。彼女は涙《なみだ》を流しながら、微笑《ほほえ》んでいた。

リーデンブロック教授の帰還《きかん》がハンブルクに巻《ま》き起《お》こしたセンセーションについては、ご想像におまかせしよう。おしゃべりなマルテのおかげで、教授が地球の中心めざして旅立ったというニュースは、すでに世界中に広まっていた。しかし誰《だれ》もそれを信じようとしなかったし、こうして帰ってきたのを見ればなおさらだった。

ところがハンスという証人がいたこと、アイスランドからさまざまな情報が伝わってきたことで、徐々《じょじょ》に世論《よろん》は変わっていった。

こうして叔父《おじ》は偉人《いじん》となり、ぼくは偉人《いじん》の甥《おい》になった。それだけでも大変なことだ。ハンブルク市はぼくたちのために祝典をひらき、ヨハネウム学院では公開講演会が催《もよお》された。そこで教授は地底旅行の一部始終を語ったけれど、コンパスのことだけには触《ふ》れなかった。その日、叔父《おじ》は市の古文書館《こもんじょかん》にサクヌッセンムの資料を寄贈《きぞう》した。わが意志の力によっても乗《の》り越《こ》えられないさまざまな状況《じょうきょう》により、アイスランドの旅行者が残した足跡《そくせき》を地球の中心までたどることができなかったのはまことに残念であります、と叔父《おじ》は挨拶《あいさつ》をした。

栄光のなかにあっても謙虚《けんきょ》さを忘《わす》れない態度に、彼の名声はいや増したのだった。

これほどの名誉《めいよ》に対しては、妬《ねた》みを抱《いだ》く者もかならず出てくる。今回も例外ではなかった。叔父《おじ》の学説はたしかな事実に基《もと》づいているとはいえ、地球の中心は高温だという科学の通説に反していたため、世界中の学者たちとペンと言葉で激《はげ》しい議論《ぎろん》を戦わせることになった。

ぼくはと言えば、叔父《おじ》の地球冷却説《ちきゅうれいきゃくせつ》をどうしても認《みと》めることはできない。この目ではっきり見たけれど、中心熱の存在《そんざい》は信じているし、これからも信じ続けるだろう。しかしながら、まだはっきりと定義されていないある種の状況下《じょうきょうか》では、さまざまな自然現象《げんしょう》によってこの法則が変化することもありうると認《みと》めよう。

こうした問題について議論《ぎろん》が白熱していたさなか、叔父《おじ》は本当に悲しい思いをすることになった。必死の懇願《こんがん》をふりきり、ハンスがハンブルクを去ってしまったのだ。ぼくたちはなにからなにまで、彼の世話になりっぱなしだった。そのお礼も充分《じゅうぶん》にできないうちに、ハンスはアイスランドが懐《なつ》かしくなったのだ。

「ファルヴァル」とある日、彼は言った。こんな別れの言葉ひとつを残してレイキャヴィックに旅立ち、無事故郷《こきょう》に戻《もど》ったのだった。

ぼくたちは勇敢《ゆうかん》なケワタガモの猟師《りょうし》が、ほんとうに好きだった。彼のおかげで、何度となく命拾いをした。いなくなったからといって、忘《わす》れられようはずがない。死ぬまでにぜひもう一度会いたいと思っている。

最後につけ加えておかねばならないが、この『地底旅行』は世界中で大評判となった。この本はあらゆる言葉に翻訳《ほんやく》され、出版された。権威《けんい》ある大新聞が、こぞってその主要なエピソードを掲載《けいさい》しようとし、それを信じる者も信じない者も同じようにきっぱりとした口調《くちょう》で論評《ろんぴょう》し、議論《ぎろん》し、攻撃《こうげき》し、支持をした。叔父《おじ》は生きているうちから、ありとあらゆる栄誉《えいよ》を享受《きょうじゅ》することができた。こんなことは、めったにない。かの興行師《こうぎょうし》バーナム氏までもが、アメリカ合衆国《がっしゅうこく》で叔父《おじ》を《展示《てんじ》》するために大金を出そうと申し出たほどだ。

しかしこの栄光のなかに、ひとつだけ気がかりなこと、苦悩《くのう》と言ってもいいようなものが潜《ひそ》んでいた。どうしても理由がわからない、あのコンパスの一件だ。学者にとってこうした説明のつかない現象《げんしょう》の存在は、頭をきりきりと痛《いた》めつけられているようなものだ。けれども天は叔父《おじ》のために、心からの幸福を用意してくれていた。

ある日、叔父《おじ》の書斎《しょさい》で鉱物のコレクションを整理していると、例のコンパスがふと目にとまり、ぼくはそれを調べ始めた。

コンパスは自分がどんなに悩《なや》みの種《たね》になっているかも知らず、六か月前から部屋の片隅《かたすみ》にひっそりと置かれていたのだった。

突然《とつぜん》、ぼくは激《はげ》しい驚愕《きょうがく》に襲《おそ》われ、あっと声をあげた。なにごとかと、叔父《おじ》が駆《か》け寄《よ》ってくる。

「なにごとだ?」

「このコンパス……」

「コンパスがどうした?」

「針《はり》が北ではなく、南を指しています」

「まさか」

「見てください。極が変わってしまったんです」

「極が変わっただって?」

叔父《おじ》はじっと見つめ、あれこれ動かしてみた。そして勢いよく飛びあがり、家じゅうを揺《ゆ》らした。

ぼくと叔父《おじ》は同時にはっとひらめいた。

「つまり、この忌《い》まわしいコンパスは」しばし絶句していた叔父《おじ》は、ようやくそう言った。「この忌《い》まわしいコンパスは、サクヌッセンム岬《みさき》に着いたあと、ずっと北ではなく南を指していたというわけか」

「そのとおりです」

「それなら、われわれが間違《まちが》ったわけもわかる。だが、いったいどうして、そんな逆転現象《げんしょう》が起きたのだろう?」

「簡単《かんたん》な話ですよ」

「説明してみろ、アクセル」

「リーデンブロック海で嵐《あらし》にあったとき火の玉が出て、筏《いかだ》の鉄を磁化《じか》させましたよね。あのとき、このコンパスもおかしくなってしまったんです」

「ああ!」と叔父《おじ》は叫《さけ》んで、大笑いした。「なるほど、電気のいたずらだったのか」

この日から、叔父《おじ》は世界一幸福な学者となり、ぼくは世界一幸福な男になった。ケーニッヒ通りの家に暮《く》らすわがいとしのフィルラント娘《むすめ》が、後見人つき孤児《こじ》という立場から、姪《めい》にして妻という資格を得るにいたったからだ。彼女の叔父《おじ》というのは、世界五大陸のあらゆる科学、地理学、鉱物学《こうぶつがく》の通信会員であるオットー・リーデンブロック教授その人であることは、つけ加えるまでもないだろう。

訳者《やくしゃ》あとがき

地球空洞説《ちきゅうくうどうせつ》！

この言葉を聞いただけで、なぜか心が躍《おど》る。

われわれが暮《く》らしている大地の下には、もうひとつ別の未知なる世界が広がっているのではないかという空想は、人間の想像力の根幹《こんかん》に深く根ざしているからかもしれない。神話や伝説にあらわれる地獄《じごく》や黄泉《よみ》の国だって、一種の地下世界だ。

けれども地球空洞説《ちきゅうくうどうせつ》が科学的な議論《ぎろん》として取りあげられるようになったのは、十八世紀以降《いこう》だった。地動説《ちどうせつ》が広く認《みと》められて、地球そのものに科学の目がむけられるようになったとき、古くから人々の心の奥底《おくそこ》にあった想像の記憶《きおく》がよみがえってきたのだろう。本書も、そうした地球空洞説《ちきゅうくうどうせつ》のうちのひとつに触《ふ》れている。「あるイギリス人学者がこんな説を唱えていた。彼によれば、地球の内部は空洞《くうどう》なのだという。そこでは気圧によって空気が発光し、プルートンとプロセルピナという二つの星が不思議な軌道《きどう》を描《えが》いている」（二百六十九頁）とあるのは、スコットランドの物理学者ジョン・レスリーが十八世紀後半に提唱した説のことである。

もちろん現代の科学的な知見からすればあり得る話ではないのだけれど、フィクションの世界、とりわけSFのジャンルではさまざまな作品で繰《く》り返《かえ》し使われている定番のテーマだ。本書はそうした「地下世界もの」の古典的な代表作である。訳者《やくしゃ》も小学生のころ、子供《こども》むけに訳された『地底旅行』を、文字どおりページをめくるのももどかしく興奮《こうふん》して読んだおぼえがある。今回、あらためてじっくり読みなおしてみて、なんて面白《おもしろ》い作品だろうとつくづく感心した。

まずは謎《なぞ》めいた古文書《こもんじょ》の暗号文によって、いっきに物語に引きこまれる。そして地下へ下る入り口があるアイスランドの火山へとむかう長い道のりに、冒険《ぼうけん》旅行への期待感はますます高まっていく(すっかり怖気《おじけ》づいて、なんとか旅をやめようとしている語り手のアクセル君には、申しわけないけれど)。そしていよいよ地底世界へいたれば、手《て》に汗握《あせにぎ》る出来事の連続だ。飲み水が底をついて渇《かわ》きに苦しむ場面は、読んでいるこちらまで喉《のど》がひりひりしてくるほどだし、アクセルが仲間とはぐれ、真っ暗な地下の迷宮《めいきゅう》でひとりぼっちになってしまうときの恐怖《きょうふ》は迫力《はくりょく》満点だ。まさに冒険《ぼうけん》小説の王道を行く作品だと言っても過言《かごん》ではない。

そしてもうひとつ、リーデンブロック教授のユニークなキャラクターも忘《わす》れてはならない。科学の研究や新発見のためならどんな犠牲《ぎせい》や危険《きけん》、はた迷惑《めいわく》も顧《かえり》みない極《きわ》めつけの奇《き》人変人《じんへんじん》だ。けれども、ときおり甥《おい》のアクセルに見せるやさしい心遣《こころづか》いには、意外に人間的な一面も感じられる。何より学者としては一流で、「科学なんて間違《まちが》いだらけだ。だが、間違《まちが》いを犯《おか》すのは決して悪いことじゃない。そうやって少しずつ、真実に近づいていくのだから」(二百八十二頁)という言葉は、現代にも通用する科学の本質を言いあらわしているのではないか。

作者ジュール・ヴェルヌについては、あらためて多くを語る必要はないだろう。『八十日間世界一周』(一八七二年)や『海底二万里』(一八六九〜一八七〇年)、『二年間の休暇《きゅうか》(十五少年漂流記《ひょうりゅうき》)』(一八八八年)といった冒険《ぼうけん》小説、SF小説が今なお広く読み続けられている十九世紀フランスの大作家だ。『地底旅行』(一八六四年)は、ヴェルヌの名を一躍《いちやく》世に知らしめた出世作『気球に乗って五週間』(一八六三年)に続いて書かれた初期の作品で、本格的な執筆《しっぴつ》活動に乗り出そうとしていた作者の意気ごみがよく感じられる。ヴェルヌの作品は本文庫にもすでに『海底二万里』と『二年間の休暇《きゅうか》』の二作が収《おさ》められ、訳者《やくしゃ》私市保彦《きさいちやすひこ》氏による詳《くわ》しい解説が付されている。あわせてお読みいただければ、ヴェルヌという作家の大きさがいっそうよくわかるはずだ。

ヴェルヌが活躍《かつやく》した十九世紀後半は、科学技術が急速に進歩し、人々の関心が新たな世界へと広がっていった時代だ。ヴェルヌはそんななかで、最新の科学知識を詰《つ》めこみ、海底や地底、さらには宇宙《うちゅう》までと、われわれの知らない領域《りょういき》を舞台《ぶたい》にした小説で大成功を収《おさ》めた。けれども、ときには間違《まちが》った知識や理解にもとづいた記述も見られる。本作でも、主人公たちがらい病(ハンセン病)患者《かんじゃ》に出会う場面(百三十七頁)はそのひとつだが(本文中の訳注《やくちゅう》参照)、この病気の原因がまだ解明されていない時代の作品である点、ご理解いただきたい。

最後になりましたが、岩波書店児童書編集部の須藤建さんには、本書の企画《きかく》から訳文《やくぶん》の詳細《しょうさい》なチェックにいたるまで大変お世話になりました。心から感謝します。

二〇一八年十月

平《ひら》岡《おか》敦《あつし》

訳者　平岡 敦
1955年，千葉市生まれ。フランス文学翻訳家。ミステリから絵本，SFまで幅広い作品の翻訳を手がける。『最初の舞踏会 ホラー短編集3』(岩波書店)ほか，訳書多数。チェン・ジャンホン『この世でいちばんすばらしい馬』(徳間書店)，ネーマン＆タレック『水曜日の本屋さん』(光村教育図書)で産経児童出版文化賞翻訳作品賞受賞。『オペラ座の怪人』(光文社)で第21回日仏翻訳文学賞受賞。

地底旅行　　　　岩波少年文庫 618

2018年11月16日　第1刷発行
2022年12月5日　第2刷発行

訳者　平《ひら》岡《おか》 敦《あつし》

発行者　坂本政謙

発行所　株式会社 岩波書店
〒101-8002 東京都千代田区一ツ橋2-5-5
電話案内 03-5210-4000
https://www.iwanami.co.jp/

印刷製本・法令印刷　カバー・半七印刷

ISBN 978-4-00-114618-9　　Printed in Japan
NDC 953　422 p.　18 cm

岩波少年文庫創刊五十年――新版の発足に際して

心躍る辺境の冒険、海賊たちの不気味な唄、垣間みる大人の世界への不安、魔法使いの老婆が棲む深い森、無垢の少年たちの友情と別離……幼少期の読書の記憶の断片は、個個人のその後の人生のさまざまな局面で、あるときは勇気と励ましを与え、またあるときは孤独への慰めともなり、意識の深層に蔵され、原風景として消えることがない。

岩波少年文庫は、今を去る五十年前、敗戦の廃墟からたちあがろうとする子どもたちに海外の児童文学の名作を原作の香り豊かな平明正確な翻訳として提供する目的で創刊された。幸いにして、新しい文化を渇望する若い人びとをはじめ両親や教育者たちの広範な支持を得ることができ、三代にわたって読み継がれ、刊行点数も三百点を超えた。

時は移り、日本の子どもたちをとりまく環境は激変した。自然は荒廃し、物質的な豊かさを追い求めた経済の成長は子どもの精神世界を分断し、学校も家庭も変貌を余儀なくされた。いまや教育の無力さえ声高に叫ばれる風潮であり、多様な新しいメディアの出現も、かえって子どもたちを読書の楽しみから遠ざける要素となっている。

しかし、そのような時代であるからこそ、歳月を経てなおその価値を減ぜず、国境を越えて人びとの生きる糧となってきた書物に若い世代がふれることは、彼らが広い視野を獲得し、新しい時代を拓いてゆくために必須の条件であろう。ここに装いを新たに発足する岩波少年文庫は、創刊以来の方針を堅持しつつ、新しい海外の作品にも目を配るとともに、既存の翻訳を見直し、さらに、美しい現代の日本語で書かれた文学作品や科学物語、ヒューマン・ドキュメントにいたる、読みやすいすぐれた著作も幅広く収録してゆきたいと考えている。

幼いころからの読書体験の蓄積が長じて豊かな精神世界の形成をうながすとはいえ、読書は意識して習得すべき生活技術の一つでもある。岩波少年文庫は、その第一歩を発見するために、子どもとかつて子どもだったすべての人びとにひらかれた書物の宝庫となることをめざしている。

（二〇〇〇年六月）

岩波少年文庫

501・2 はてしない物語 上下
エンデ作／上田真而子、佐藤真理子訳

503〜5 モンテ・クリスト伯 上中下
デュマ作／竹村 猛編訳

561・2 三 銃 士 上下
デュマ作／生島遼一訳

506 ドン・キホーテ
セルバンテス作／牛島信明編訳

507 聊斎志異《りょうさいしい》
蒲松齢作／立間祥介編訳

508 古事記物語
福永武彦作

509 羅生門《らしょうもん》 杜《と》子春《ししゅん》
芥川龍之介作

510 科学と科学者のはなし
——寺田寅彦エッセイ集
池 内 了編

555 雪は天からの手紙
——中谷宇吉郎エッセイ集
池 内 了編

511 農場にくらして
アトリー作／上條由美子、松野正子訳

512 波 紋
リンザー作／上田真而子訳

513・4 ファーブルの昆虫記 上下
大 岡 信編訳

〈ローラ物語・全5冊〉

515 長 い 冬

516 大草原の小さな町

517 この楽しき日々

518 はじめの四年間

519 わが家への道—ローラの旅日記
ワイルダー作／谷口由美子訳

520 あのころはフリードリヒがいた

567 ぼくたちもそこにいた

571 若い兵士のとき
リヒター作／上田真而子訳

521 まだらのひも
シャーロック・ホウムズ

522 最後の事件
シャーロック・ホウムズ

523 空き家の冒険
シャーロック・ホウムズ

524 バスカーヴィル家の犬
シャーロック・ホウムズ
ドイル作／林 克己訳

525 怪盗ルパン

526 ルパン対ホームズ

527 奇 岩 城
モーリス・ルブラン作／榊原晃三訳

528 宝 島

552 ジーキル博士とハイド氏
スティーヴンスン作／海保眞夫訳

529 イワンのばか
トルストイ作／金子幸彦訳

530 タイムマシン
H・G・ウェルズ作／金原瑞人訳

▷書名の上の番号：001〜 小学生から，501〜 中学生から

岩波少年文庫

531 時の旅人
アトリー作／松野正子訳

532~4 三国志 上中下
羅貫中作／小川環樹、武部利男編訳

535 山椒魚 しびれ池のカモ
井伏鱒二作

536·7 レ・ミゼラブル 上下
ユーゴー作／豊島与志雄編訳

538 ガリヴァー旅行記
スウィフト作／中野好夫訳

539 最後のひと葉
オー・ヘンリー作／金原瑞人訳

540 一握の砂 悲しき玩具
石川啄木作

541~3 水滸伝 上中下
施耐庵作／松枝茂夫編訳

544·5 リンゴ畑のマーティン・ピピン 上下
ファージョン作／石井桃子訳

546 シェイクスピア物語
ラム作／矢川澄子訳

547~9 西遊記 上中下
呉承恩作／伊藤貴麿編訳

550 北欧神話
P・コラム作／尾崎 義訳

551 クリスマス・キャロル
ディケンズ作／脇 明子訳

553 走れメロス 富嶽百景
太宰 治作

554 坊っちゃん
夏目漱石作

556 モルグ街の殺人事件
E・A・ポー作／金原瑞人訳

557·8 ロビン・フッドのゆかいな冒険 1·2
パイル作／村山知義、村山亜土訳

559·60 見習い物語 上下
ガーフィールド作／斉藤健一訳

563 雪女 夏の日の夢
ハーン作／脇 明子訳

564 台所のおと みそっかす
幸田 文作／青木奈緒編

565 灰色の畑と緑の畑
ヴェルフェル作／野村 泫訳

566 ロビンソン・クルーソー
デフォー作／海保眞夫訳

568 今昔ものがたり
杉浦明平

569 宇治拾遺ものがたり
川端善明

▷書名の上の番号：001～ 小学生から，501～ 中学生から

岩波少年文庫

614 走れ、走って逃げろ　オルレブ作／母袋夏生訳

615・6 少年キム　上下　キプリング作／三辺律子訳

617 古森のひみつ　ブッツァーティ作／川端則子訳

619 ぬけ穴の首　西鶴の諸国ばなし　廣末　保

620 かくれ家のアンネ・フランク　ヤニー・ファン・デル・モーレン作　西村由美訳

621・2 ベルリン1919　赤い水兵　上下

623・4 ベルリン1933　壁を背にして　上下

625・6 ベルリン1945　はじめての春　上下　クラウス・コルドン作／酒寄進一訳

＊

別冊 なつかしい本の記憶——岩波少年文庫の50年　岩波書店編集部編

別冊2 岩波少年文庫のあゆみ——1950-2020　若菜晃子編著

岩波少年文庫

145 風の妖精たち
ド・モーガン作／矢川澄子訳

147・8 グリム童話集 上下
佐々木田鶴子訳／出久根育絵

150 あらしの前

151 あらしのあと
ドラ・ド・ヨング作／吉野源三郎訳

152 北のはてのイービク
フロイゲン作／野村 泫訳

153 美しいハンナ姫
ケンジョジーナ作／マルコーラ絵／足達和子訳

154 シュトッフェルの飛行船
エーリカ・マン作／若松宣子訳

155 オタバリの少年探偵たち
セシル・デイ=ルイス作／脇 明子訳

156・7 ふたごの兄弟の物語 上下

214・5 七つのわかれ道の秘密 上下

244 青い月の石
トンケ・ドラフト作／西村由美訳

158 マルコヴァルドさんの四季
カルヴィーノ作／関口英子訳

159 ふくろ小路一番地
ガーネット作／石井桃子訳

160 指ぬきの夏

201 土曜日はお楽しみ
エンライト作／谷口由美子訳

161 黒ねこの王子カーボネル
バーバラ・スレイ作／山本まつよ訳

164 ふしぎなオルガン
レアンダー作／国松孝二訳

165 りこうすぎた王子
ラング作／福本友美子訳

166 青矢号 おもちゃの夜行列車

200 チポリーノの冒険

213 兵士のハーモニカ
—ロダーリ童話集
ロダーリ作／関口英子訳

〈アーミテージ一家のお話1〜3〉

167 おとなりさんは魔女

168 ねむれなければ木にのぼれ

169 ゾウになった赤ちゃん
エイキン作／猪熊葉子訳

248 しずくの首飾り
エイキン作／猪熊葉子訳

▷書名の上の番号：001〜 小学生から，501〜 中学生から

岩波少年文庫